Die Scherben von Nirma

Die Spiele von Zanano

Das Buch:

Die Freunde brauchen noch einen Stein, damit die Zeitmaschine vollständig ist. Dieser befindet sich in einem Pokal, den nur der Sieger der Spiele von Zanano erhält. Um an den Spielen teilnehmen zu können, schleusen sich Fatma, Madu und Sying als Schüler und George, Charlie und Ehawee als Bedienstete in die Residenz ein. Ihre Erfolgsaussichten sind äußerst schlecht, und alles scheint gegen sie zu laufen.

Wird Rhem sich an ihre Begegnung in Zan erinnern? Welche Gefahr droht ihnen von der Garde? Was für seltsame Dinge geschehen bei der Aufrufung der Teams für die Spiele? Wo befindet sich das verschlossene Portal nach Nirma und wie können sie es wieder öffnen? Die Hindernisse scheinen unüberwindbar, doch die Freunde geben nicht auf. Denn sie kämpfen nicht mehr nur für die Rettung Nirmas, sondern auch für die Zukunft Zananos.

Die Autorin

Alena N. Beek, geb. 1974, lebt mit ihrem Mann und ihren zwei Kindern in Mönchengladbach-Wickrath. Ursprünglich wollte sie die spannende Abenteuer- und Fantasiegeschichte nur für ihre Kinder schreiben. Erst später kam der Gedanke an eine Veröffentlichung.

Alena N. Beek

Die Scherben von Nirma

Die Spiele von Zanano

Bibliografische Information der Deutschen Nationalbibliothek:
Die Deutsche Nationalbibliothek verzeichnet diese Publikation in der Deutschen Nationalbibliografie; detaillierte bibliografische Daten sind im Internet über http://dnb.dnb.de abrufbar.

Lektorat: Janine Kolbach (Lektorat Textsicher)
Cover: Juliane Schneeweiss(www.juliane-schneeweiss.com)

Herstellung und Verlag: BoD – Books on Demand, Norderstedt

ISBN: 9783754361078

Für meine Leser, ich hoffe, ihr habt genau so viel Freude beim Lesen wie ich beim Schreiben!

Folgende Bände sind erschienen:

1. Die Scherben von Nirma/Die Suche
2. Die Scherben von Nirma/Die Entscheidung
3. Die Scherben von Nirma/Eine neue Welt
4. Die Scherben von Nirma/Die Spiele von Zanano

Die Bände »Die Suche« und »Die Entscheidung« sind zuerst unter den Titeln »Die Scherben des Schicksals/Die Suche« und »Die Scherben des Schicksals/Die Entscheidung« mit anderen Covern erschienen. Mit der Veröffentlichung des dritten Bandes wurden sie umbenannt.

Was bisher geschah ...

Ein Jahr nach dem fantastischen Abenteuer von George, Charlie, Fatma, Madu und Sying auf Nirma wurde diese Welt von der Sumpfhexe mithilfe des Elementenwürfels vernichtet. Im letzten Moment konnte Gerzin, der Weise von Nirma, Ehawee und Fred zur Erde schicken, um ihre Freunde um Hilfe zu bitten.

Denn auf der Erde soll das letzte Portal zu Nirmas Schwesterplaneten Zanano existieren, auf dem sich eine Zeitmaschine befindet. Durch diese allein kann die Zerstörung Nirmas rückgängig gemacht werden. Doch diese Informationen sind uralt und niemand weiß, was die Jugendlichen auf Zanano erwarten wird. Denn schon vor Tausenden von Jahren ist der Kontakt dorthin abgebrochen.

Mit der Unterstützung ihrer Freunde finden Ehawee und Fred nach einigen Recherchen und Hindernissen den Zugang zu dieser Welt im Pergamonaltar in Berlin.

Doch die aktuelle Lage auf Zanano übersteigt ihre schlimmsten Befürchtungen. Seit dem großen Krieg herrscht auf Zanano ein totalitäres Regime, in dem zwischen dunkelgrünen Zananern, der Herrscherklasse, und den hellgrünen Zananern, den Dienern, streng unterschieden wird. Dadurch ergeben sich für die Freunde wegen ihrer Hautfarbe sowohl Möglichkeiten als auch Schwierigkeiten. Denn durch Gerzins Farbkapseln haben Fatma, Madu und Sying eine dunkelgrüne und George und Charlie eine hellgrüne Haut erhalten.

7

Mit der Hilfe der Hellen gelingt es den Freunden, immer mehr Hinweise auf den Verbleib der Zeitmaschine zusammenzutragen. Dafür müssen sie Geheimnisse lüften und unglaubliches Geschick, Mut und Köpfchen beweisen, um die Gefahren auf ihrer Suche zu überstehen. Einen großen Schritt machen sie, als sie das Geheimnis der Bilder entschlüsseln. Immer wieder treffen sie auf wundersame Wesen und Tiere, von denen sie unerwartet Unterstützung erhalten, während ihnen von den Dunklen ständige Gefahr droht.

In der Verbotenen Zone an der Brücke, die ins Nichts führt, am halberfrorenen Dorf, wo die Sonne sich viermal spiegelt, finden sie schließlich einen Teil der Zeitmaschine. An Konars Grab entdecken sie den entscheidenden Hinweis auf den Verbleib des zweiten Teils der Maschine. Der fehlende Stein soll sich in einem Pokal befinden. Um in dessen Besitz zu gelangen, gibt es nur einen Weg: Den Sieg bei den Spielen von Zanano. Dafür müssen sie sich als Schüler und als Dienstboten in die Residenz, dem Herzstück der dunklen Macht, einschleichen.

Wird ihnen ihr Vorhaben gelingen? Denn längst kämpfen sie nicht nur für die Rettung Nirmas, sondern auch für das Leben und die Zukunft der Hellen auf Zanano.

Showtime

Seid ihr bereit?« Masors Stimme erfüllte den Raum. Er stellte diese wichtigste Frage, die sie alle beschäftigte. Fatma, Madu und Sying nickten und verdrängten die letzten kleinen Zweifel.

Die Freunde hatten im Eiltempo so viele Informationen wie möglich über die Residenz in nur wenigen Tagen aufgenommen. Ehawee, Charlie und George wurden intensiv in ihre Pflichten als Diener eingewiesen. Fatma, Madu und Sying dagegen entwickelten mit Nudara und anderen Hellen eine einfache, aber glaubhafte Geschichte für ihre zehnjährige Gefangenschaft.

Nudara fasste sie ein letztes Mal zusammen: »Als ihr entführt worden seid, ward ihr zwischen zwei und vier Jahren alt. So wird jeder verstehen, dass ihr euch nicht mehr daran erinnern könnt. Ihr seid von Hellen in die Berge gebracht worden, wo ihr ziemlich einsam mit wenigen Erwachsenen aufgewachsen seid. Mit zunehmendem Alter habt ihr immer mehr verstanden, dass ihr Gefangene seid. Ihr konntet einige Gespräche der Hellen belauschen und habt so eure Geschichte erfahren. Dadurch ist in euch der Entschluss gereift, zu fliehen und euer wahres Volk aufzusuchen. Glücklicherweise hat mit den Jahren die Wachsamkeit der Hellen immer mehr nachgelassen, so dass ihr ihnen schließlich entkommen konntet. Das Gute ist, dass niemand erwarten wird, dass ihr viel über das Leben der Dunklen und ihre Gebräuche wisst. Genauso wenig durftet ihr als Gefangene aktiv am Leben der Hellen teilnehmen. Das gibt euch Raum für Fehler und Fragen.«

»Ehawee, George und Charlie werden euch genauso wie Dix kurz danach in die Residenz als Bedienstete folgen«, ergänzte Masor.

»Und ihr passt gut auf den ersten Teil der Zeitmaschine auf, während wir weg sind?«, vergewisserte Charlie sich. Diesen wichtigen Gegenstand zurückzulassen, bereitete ihr großes Unbehagen, nachdem es so schwierig gewesen war, ihn überhaupt zu finden. Doch in der Residenz konnte er zu leicht entdeckt werden. Sie mussten später eine Möglichkeit finden, ihn zurückzubekommen.

Masor bestätigte dies mit einem kräftigen Nicken.

Nun verabschiedeten sie sich von den Dorfbewohnern. Vor allem Dix umarmte jeden innig und drückte Madu zum Abschied etwas in die Hand. »Den könnt ihr euch unterwegs teilen.«

Gerührt sah Madu auf den Glumpschhaufen in seiner Hand. Er brachte es nicht übers Herz, Dix zu gestehen, dass er die Süßigkeit gar nicht mochte. Also bedankte er sich herzlich und steckte den Glumpsch in seine Hosentasche. Danach brachen Fatma, Madu und Sying mit einigen hellen Begleitern, die sie ungesehen in die Nähe der Residenz bringen sollten, zügig auf. Bereits einige Stunden später erreichten sie ihr Ziel. Ab jetzt waren sie auf sich allein gestellt.

»Da vorne liegt die Residenz. Sobald wir aus dem Wald auf die Straße treten, werden sie uns sehen«, sagte Fatma und knetete nervös ihre Hände.

»Also dann, Showtime!« Madu klatschte in die Hände.

Die drei taumelten auf die Straße, wobei Madu von Fatma und Sying gestützt wurde. Augenblicklich wurde man auf sie aufmerksam und drei Wachen kamen ihnen entgegen.

»Bitte, helft uns«, stammelte Fatma und schluchzte leise.

10

»Was ist passiert? Wo kommt ihr her?«, fragte eine der Wachen.

»Aus Ganagos«, hauchte Madu, bevor er filmreif zusammensackte.

Die Wächter erbleichten. »Wir müssen sofort die Hohepriesterin holen.«

Mysteriöse Heimkehr

Weg da! Lasst mich durch.«

Erschrocken sprangen die Schüler zur Seite, um Platz für ihre Hohepriesterin zu machen. Irritiert sahen sie ihr hinterher.

Die erste Hohepriesterin Hara war eine disziplinierte und würdevolle Erscheinung. Immer. Sie war stets akkurat gekleidet und keine Haarsträhne an ihrem Kopf wagte es, anders zu liegen, als sie es bestimmt hatte. Sie jetzt fast rennend und mit verrutschter Robe durch die Schulkorridore eilen zu sehen, war daher äußerst ungewöhnlich. Soweit die Schüler wussten, war dies vorher noch nie vorgekommen. Was hatte sie nur dermaßen aus der Fassung gebracht?

Hara stürmte in ihr Büro, in das die Neuankömmlinge von Rhem, dem zweiten Hohepriester, gebracht worden waren.

Dass Rhem vor mir informiert worden ist, ist nicht hinnehmbar, dachte sie. Ich weiß, dass er nach meinem Amt strebt, und offenbar hat er sein Netzwerk stärker ausgebaut, als ich vermutet habe. Dagegen muss ich dringend etwas unternehmen. Als sie den Raum betrat, ignorierte sie Rhem bewusst und musterte stattdessen die fremden Dunklen.

Madu trat unter ihren prüfenden Blicken unbehaglich von einem Fuß auf den anderen, während Sying stoisch vor sich hinblickte, als würde ihn alles nichts angehen.

Ist das die Hohepriesterin? Warum sagt sie nichts? Hat sie uns durchschaut? Madus Blick wanderte nervös umher.

12

Fatma hatte dagegen eher den Eindruck, dass die Dunkle nichts sagte, da sie sich selbst erst sammeln musste. Dazu passte es, dass sie sich mehrfach durch ihre zerzausten Haare strich und sie gedankenverloren wieder feststeckte. Schließlich setzte die Frau sich hinter einen großen Schreibtisch. »Ich bin die erste Hohepriesterin Hara und gespannt darauf, eure Geschichte zu hören.«

Das war das Stichwort für Fatma, Madu und Sying. Bisher waren sie vom Verhalten der anderen abhängig gewesen. Eine erste große Hürde in der Residenz, ihre Begegnung mit Rhem, hatten sie schon überstanden. Direkt nach ihrer Ankunft auf Zanano war es zu einem unerfreulichen Zusammenstoß mit dem Hohepriester und seinen Begleitern gekommen. Nur dank der Hilfe des Sterns von Nirma hatten sie die Konfrontation heil überstanden. Mittels eines Tranks hatten die Hellen den Dunklen die Erinnerung an diese Ereignisse genommen. Das Vergessen hielt glücklicherweise weiter an, denn er hatte keinerlei Anzeichen eines Erkennens bei ihrem Anblick gezeigt.

Nun konnten sie endlich die Geschichte erzählen, die sie konstruiert und eingeübt hatten. Sie berichteten von ihrem abgeschiedenen Leben in den Bergen und dass sie zufällig herausgefunden hatten, dass sie Opfer einer Entführung waren, auch wenn sie sich daran nicht erinnern konnten.

»So ist dann unser Entschluss zur Flucht gereift, um wieder bei unserer wahren Rasse leben zu können. Einer Flucht, die vor einigen Tagen begonnen und nun hoffentlich ein Ende gefunden hat«, beendete Fatma ihre Erzählung.

Hara räusperte sich und dachte kurz nach. »Habt ihr irgendwelche Beweise für eure Behauptungen?«

13

Madu trat vor und zog einen Gegenstand aus seiner Tasche. »Dies ist das Einzige, das uns aus der Zeit vor der Entführung geblieben ist.«

Hara und Rhem starrten auf das Armband, das dunkle Kinder gewöhnlich zu ihrer Geburt bekamen und auf dem der Name des Kindes eingraviert wurde. Auf diesem war deutlich der Name des Kindes zu erkennen, das alle für den künftigen Primus gehalten hatten.

»Wartet bitte draußen, ich muss mich kurz mit dem zweiten Hohepriester besprechen.« Hara Stimme klang mühsam beherrscht.

Erleichtert, den durchdringenden Blicken für eine Weile zu entkommen und dankbar für die Verschnaufpause, gingen die drei vor die Tür.

»Du wirst ihnen diese haarsträubende Geschichte doch nicht abnehmen?«, fragte Rhem, kaum dass sie die Tür geschlossen hatten. Hara und Rhem sprachen vor Aufregung so laut, dass die Freunde sie auch dort im Gang gut verstehen konnten.

»Doch, genauso ist es.« So sicher, wie Hara sich gab, fühlte sie sich zwar nicht, aber sie wollte Rhem klar zeigen, wer hier das Sagen hatte. »Wie erklärst du dir sonst ihre Anwesenheit? Woher sollen sonst plötzlich drei dunkle Kinder auftauchen, noch dazu mit dem Armband des Primus?«

»Ich weiß es nicht. Aber etwas sagt mir, dass das Auftauchen dieser Kinder nicht mit rechten Dingen zugeht.«

»Wenn ein unbestimmtes Gefühl dein einziger Grund für deine Meinung ist, ist das leider nicht ausreichend. Damit steht mein Entschluss fest. Die drei werden erst einmal am normalen Schulunterricht teilnehmen. Ich fürchte, in diesem Punkt besteht ein gewisser Nachholbedarf. In einigen

14

Tagen werden wir dann ihre endgültige Gildenbestimmung durchführen. Wenn der Primus wirklich unter ihnen ist, kann bei ihm nur ein Ergebnis herauskommen.«

Abscheulicher Unterricht

Da sich bei der weiteren Befragungen herausgestellt hatte, dass die drei Kinder keinerlei Grundkenntnisse der Rassenkunde oder der Geschichte Zananos hatten, wurden sie in die erste Klasse gesteckt. Das einzige Zugeständnis, das die Dunklen ihnen machten, war, dass sie ihre bisherigen Namen behalten durften.

Na toll, jetzt dürfen wir uns hier auch noch mit Hausaufgaben rumschlagen, dachte Madu. Dabei haben wir doch eine wichtige Mission zu erfüllen.

Sie gingen mit gemischten Gefühlen zum Unterricht. Zum einen fanden sie es komisch, neben so jungen Schülern zu sitzen, zum anderen behagte ihnen der Unterrichtsstoff nicht. Dabei war die Geschichte Zananos noch das geringere Übel. Auch wenn die Fakten zu Gunsten der Dunklen verdreht wurden, lernten sie neue Aspekte kennen. Sie hofften, irgendwann etwas Nützliches zu erfahren, was ihnen bei ihrer Aufgabe half.

Abscheulich war dagegen die Rassenkunde. Stunde um Stunde wurde ihnen von Rhem, der zu allem Überfluss ihr Lehrer in diesem Fach war, die Unzulänglichkeiten der Hellen eingetrichtert, die sie auswendig lernen und dann wiedergeben mussten.

An diesem Tag wurde es besonders schlimm: Rhem hatte tatsächlich eine Helle als Anschauungsobjekt mitgebracht! Die ältere Frau war ausgemergelt, hatte krumme Knochen, fahle Haut und stumpfe Haare. Diese Anzeichen erkannte Madu sofort als Zeichen einer jahrelangen Mangelernäh-

16

rung, wie er sie leider in seinem Land schon oft gesehen hatte.

»Wie schmutzig sie ist«, flüsterte Sying den anderen zu. »So läuft niemand in Zan herum. Wetten, dass Rhem sie absichtlich so aussehen lässt.«

»Fatma, komm nach vorne und demonstriere uns anhand des Anschauungsobjektes, was du gelernt hast«, forderte Rhem sie auf.

Oh nein, das kann ich nicht, dachte Fatma entsetzt, als sie wie in Trance aufstand und nach vorne ging. Auf ihrem Weg zu der Hellen hörte sie die neidvollen Kommentare der jüngeren Schüler, die nur zu gerne mit ihr getauscht hätten. Sie fanden den Unterricht sehr interessant.

Sie wissen es nicht besser, versuchte Fatma sich zu beruhigen. An ihnen wird eine systematische Gehirn- wäsche vorgenommen.

Als sie vorne angekommen war, nahm sie den Stock, den Rhem ihr entgegenhielt, versuchte ihre Gefühlswelt aus- zuschalten und fing an, die einzelnen Positionen herun- terzuleiern. »An den verfilzten Haaren und dem Dreck unter den Nägeln erkennt man deutlich, dass die Hellen es mit der Reinlichkeit nicht so genau nehmen.«

Rhem unterbrach sie. »Deshalb brauchen die Hellen …«

Die Klasse antwortete im Chor: »… die Dunklen, damit sie für sie sorgen.«

»Der kleine Kopf zeigt, dass sie nicht besonders klug ist.«

»Deshalb brauchen die Hellen …«, wiederholte Rhem seine Worte, woraufhin ihm augenblicklich die einstudierte Antwort entgegenschallte:»… die Dunklen, damit sie für sie sorgen.«

So ging es weiter. Fatma wurde schlecht, vor allem, weil sie den gequälten Ausdruck in den Augen der Hellen wahr-

17

nahm. Stumm bat sie sie für ihre Worte um Verzeihung. Am liebsten hätte sie Rhem entgegengeschrien, dass das alles gar nicht stimmte. Dass die Größe eines Kopfes nichts über die Intelligenz aussagte und dass die Dunklen schuld daran waren, dass die Hellen so wenig Gesundes essen konnten, dass man es ihren Körpern ansah.

Doch sie tat nichts von alledem. Leichenblass spielte sie ihre Rolle zu Ende. Als sie Rhem den Stock zurückgab, rebellierte ihr Magen. So sehr verabscheute sie sich selbst. Sie schaffte es bis zum nächsten Mülleimer, in den sie sich übergab.

Hoffentlich mache ich mich jetzt nicht verdächtig, dachte Fatma, doch ihre Sorge erwies sich als unbegründet.

Denn Rhem interpretierte ihre Reaktion völlig anders. »Und das passiert mit Dunklen, die gezwungen sind, sich neben solchen Hellen aufzuhalten. Und deshalb ...«

»... brauchen die Hellen die Dunklen, damit sie für sie sorgen.«

Fatma schloss die Augen. Konnte es noch schlimmer werden?

Dienstbotenleben

Ehawee, Charlie und George kamen gemeinsam mit Dix erst einige Tage nach ihren Freunden in der Residenz an. Nachdem sie sich in Zan von Fatma, Madu und Sying verabschiedet hatten, hatten sie nichts mehr von ihnen gehört. Das Innere der Residenz war komplett von der Außenwelt abgeschottet. Nichts, was von der Führung der Dunklen nicht gebilligt wurde, drang nach drinnen oder nach draußen.

Deshalb wussten sie nur, dass ihre Freunde die Residenz planmäßig betreten und bisher nicht wieder verlassen hatten. Zumindest wenn man Masors Kundschaftern glauben wollte.

Einen Eindruck davon, wie streng das Hauptquartier der Dunklen überwacht wurde, bekamen sie, als sie sich in die lange Schlange vor der Residenz einreihten. Es war der Tag des großen Personalwechsels. Ein Tor war der einzige Ein- und Ausgang. Um hineinzukommen, musste man drei Wachposten passieren. Die gesamte Anlage wurde von zwei hohen Zäunen abgeriegelt, in deren schmalen Zwischenraum sich zahlreiche Wane befanden. George war diesen Tieren bereits in der dunklen Stadt begegnet, doch die Mädchen sahen sie zum ersten Mal.

Charlie lief ein Schauer über den Rücken. »Wir haben ja schon schaurige Geschichten von diesen Biestern gehört, aber in natura sehen sie noch gruseliger aus.«

George hatte ihnen erzählt, dass die Wane den Waranen auf der Erde ähnelten. Allerdings waren die Wane durch ihre langen Beine viel größer, etwa so groß wie ein Pferd.

19

Ihr Körperbau war schlanker, weshalb sie oft von den Wächtern als Reittiere benutzt wurden. Eine lange Zunge schnellte immer wieder zwischen den spitzen Zähnen hervor.

»Es ist schon komisch. Der Elementenwürfel hat so viele Arten auf dieser Welt ausgelöscht und ausgerechnet diese Biester überleben«, wunderte Ehawee sich.

»Tja, die lieben, kuscheligen Tierchen haben kein Privileg aufs Überleben«, meinte George. »Bei uns auf der Erde – so wird es gesagt – sollen angeblich Kakerlaken die letzten Überlebenden nach Katastrophen sein. Und die sind bei uns auch nicht die bevorzugten Haustiere.«

Nach einer gefühlten Ewigkeit und einer intensiven Inspektion der Taschen konnten sie den Kontrollpunkt endlich hinter sich lassen. Sie ließen ihre Blicke über die Gebäude schweifen. Die Hellen hatten ihnen zwar von der Residenz erzählt und sie sogar aufgemalt, aber es war noch mal ein Unterschied, alles mit eigenen Augen zu sehen.

Die Anlage war u-förmig aufgebaut. Vor ihnen lag das prunkvolle Tempelgebäude, das spirituelle Zentrum von Zanano. Der mittlere Teil besaß ein kuppelförmiges Dach, das mit kunstvollen Mosaiken verziert war. Natürlich dominierte hier die Farbe dunkelgrün. Ein schweres Tor, vor dem zwei Wächter positioniert waren, verschloss den Eingang. Dahinter sollte sich die große Halle befinden, in der die Versammlungen der Schulgemeinde stattfanden. Linker Hand war das Krankenhaus. Die schlichte, geradlinige Gestaltung des Bauwerks wurde durch viele bunte Fenster aufgelockert, wodurch es eindeutig das freundlichste Gebäude an diesem Ort darstellte. Im krassen Gegensatz dazu stand das Haus auf der rechten Seite, das düster und bedrohlich wirkte. Dort wohnten die Wächteranwärter. Die Truppen, die zur ständigen Garnison der Residenz gehörten, waren in anderen Gebäuden untergebracht.

Hinter dem Wächterhaus sahen die Freunde einen Trainingsplatz. An das Krankenhaus waren zwei lang gezogene Baracken angeschlossen; das mussten die Unterkünfte für die Bediensteten sein. Abgesehen von dem großen Platz zwischen den Gebäuden erstreckten sich hinter dem Tempelgebäude ausgedehnte Park- und Gartenanlagen.

»Trödelt nicht. Bringt eure Sachen in eure Zimmer und fangt an zu arbeiten«, herrschte sie einer der Wächter an. Rasch setzten sich die Freunde in Bewegung.

Nur nicht auffallen, dachte Charlie und folgte den anderen Hellen.

Während George und Dix in der einen Baracke verschwanden, gingen Ehawee und Charlie in die gegenüberliegende. Entsetzt betrachteten die Mädchen den Platz, an dem sie die nächsten Monate schlafen würden. Ungefähr sechzig Betten waren in sechs Reihen nebeneinander aufgestellt. Zu jedem Bett gehörte ein schmaler Spind, die sich alle an einer Wandseite befanden.

Privatsphäre ist hier wohl Fehlanzeige, dachte Charlie und runzelte die Stirn. Aber warum bin ich überhaupt überrascht? Dass uns hier kein Luxushotel erwartet, war ja wohl klar.

Draußen standen Bottiche, in denen Regenwasser aufgefangen wurde. Sie dienten so als Waschgelegenheiten. Die Mädels froren schon allein bei dem Anblick.

»Das ist eine Unverschämtheit«, polterte Ehawee los und ihre grünen Zöpfe flogen wild hin und her. »Und bei diesen Verhältnissen soll man auch noch arbeiten.« Sie stemmte die Hände in die Hüften, ihr Gesicht hatte sich vor Empörung gerötet.

»Schsch ...«, beschwichtigte Charlie ihre Freundin. »Vergiss nicht, wir spielen hier eine Rolle. Und als Helle sind wir nichts anderes gewohnt.«

Ehawee schnaubte, sagte aber nichts mehr.

Nachdem sie sich zwei Betten nebeneinander gesichert hatten, zogen sie ihre Dienstkleidung an, die in ihren Spinden hing.

»Wir müssen los«, sagte ein Mädchen zu ihnen, »sonst kommen wir zu spät.«

Es war unumgänglich gewesen, zumindest einen Teil der Hellen in den Personentausch einzuweihen, vor allem enge Freunde derer, dessen Identität sie angekommen hatten. Sie hätten den Austausch ohnehin bemerkt und sie durch ihre Reaktion verraten können. Außerdem sollten die anderen Hellen sie nach Kräften unterstützen, sich auf dem unbekannten Gebiet zurechtzufinden und nicht aufzufallen. Natürlich waren diese Hellen von Masor und Nudara mit größter Sorgfalt und Bedacht ausgewählt worden.

Derweil war George Dix in die Unterkunft der männlichen Bediensteten gefolgt, die eine exakte Spiegelung des Quartiers der Zananerinnen war. Auch sie hatten nur kurz Zeit, ihre Sachen zu verstauen, bevor sie sich gemeinsam mit den anderen Dienstboten vor den Räumlichkeiten des Hausmeisters einfanden. Dort trafen sie wieder auf Charlie und Ehawee.

Zu ihrem Erstaunen trat ein älterer Heller aus einem Schuppen und begrüßte sie mit geschäftsmäßiger Stimme. »Für alle, die mich noch nicht kennen, mein Name ist Zinus. Ich bin der Hausmeister hier und für den reibungs-

22

losen Ablauf in der Residenz verantwortlich. Solltet ihr bei mir wegen meiner Hautfarbe auf Milde hoffen, lasst euch gesagt sein, dass dies nicht der Fall sein wird. Denn jede Nachlässigkeit von eurer Seite fällt auf mich zurück. Ich habe hier bei den Dunklen einen guten Ruf und ein gewisses Ansehen, soweit dies möglich ist. Das werde ich mir von niemandem kaputt machen lassen.«

»Was für ein sympathischer Kerl«, flüsterte Ehawee Charlie zu.

Ich weiß nicht recht, dachte diese. Irgendwie nehme ich ihm die harte Gangart nicht ab. Hunde, die bellen, beißen bekanntlich nicht.

Ihre Vermutung wurde von Dix, der Ehawees Worte gehört hatte, bestätigt. »Lasst euch nicht täuschen«, flüsterte er ihnen zu. »In Wirklichkeit hat Zinus ein Herz aus Gold. Er hat schon mehr als einmal Helle vor den Quälereien der Dunklen gerettet. Aus irgendeinem Grund bringen ihm die Dunklen einen gewissen Respekt entgegen. Vielleicht weil der Laden ohne ihn zusammenbrechen würde. Aber Nachlässigkeit duldet er tatsächlich nicht.«

Zinus' eindrucksvolle Stimme schallte über den Hof. »Ihr erhaltet jetzt euren Aufgabenbereich für die nächsten Monate. Kurzfristige Änderungen können aber immer möglich sein. Außerdem sind während der Mahlzeiten grundsätzlich alle in der Küche oder im Service eingeteilt.« Er rief die einzelnen Namen mit der jeweiligen Zuteilung auf. Charlie und Ehawee hätten ihre fast verpasst, da sie sich im Gegensatz zu George, der schon einmal als Pine aufgetreten war, noch nicht an ihre Tarnnamen gewöhnt hatten. Ehawee wurde für die Pflege der Gärten eingeteilt, was hervorragend zu ihr passte. Charlie hatte hauptsächlich die Aufgaben eines Zimmermädchens und George sollte sich als Helfer bei den Trainingseinheiten der Wächter bereithalten.

Ob die unterschiedlichen Aufgaben Vor- oder Nachteile mit sich brachten, konnten sie noch nicht sagen.

Gildenzuweisung

Es sollte nicht mehr lange dauern, bis Fatma, Sying und Madu einer Gilde zugeteilt wurden und sie dorthin umziehen würden. Die drei konnten es kaum erwarten, denn sie hatten nur eine begrenzte Zeit zur Verfügung, um Nirma zu retten.

Bisher hatten sie in den Gästequartieren geschlafen und ihre Räume nur verlassen, um zum Unterricht zu gehen. Selbst das Essen wurde ihnen dorthin gebracht. Solange man zu keiner Gilde gehörte, durfte man sich in der Residenz weder frei bewegen noch an gemeinsamen Aktivitäten wie den Mahlzeiten teilnehmen. So hatten sie nur näheren Kontakt zu ihren jüngeren Mitschülern und Lehrern gehabt und lediglich entfernte Blicke auf die anderen Bewohner werfen können. Dadurch war es ihnen bisher unmöglich gewesen, der Rettung Nirmas näher zu kommen.

Was sie bei der Gildenauswahl genau erwartete, ob sie einen Test machen mussten oder welche Auswahlkriterien eine Rolle spielten, wussten sie nicht. Mehrfach hatten sie versucht, von ihren Klassenkameraden etwas in Erfahrung zu bringen, doch sie hüllten sich in Schweigen. Ob dies auf Anweisung der Hohepriesterin geschah oder weil sie den Ablauf in ihrem speziellen Fall nicht kannten, erfuhren sie nicht. So verbrachten sie die folgenden Tage in einer gespannten Aufmerksamkeit und Erwartungshaltung. Als es dann endlich soweit war, wurden sie trotzdem überrascht. Fatma hatte gerade den letzten Bissen des Abendessens heruntergeschluckt, als es an ihrer Tür klopfte. Nicht leise oder vorsichtig, sondern energisch und kraftvoll. Donnernde Schläge, die so lange anhielten, bis sie mit einem mulmigen Gefühl im Bauch die Tür öffnete. Es standen fünf in unterschiedlichen Gilderoben gehüllte Personen vor ihr, die ihre Kapuzen tief über ihr Gesicht gezogen hatten. Mit einem Anflug von Erleichterung erkannte Fatma im Hintergrund Madu und Sying, die offenbar schon vor ihr abgeholt worden waren.

»Komm mit«, ertönte eine dunkle Stimme, die sie nicht kannte.

Gemeinsam wurden die Freunde von den Verhüllten in eine große Halle geführt, die majestätisch und einschüchternd wirkte. Vor den hohen Fenstern standen verschnörkelte Kerzenständer und zwischen den Fenstern hingen lange, dunkelgrüne Banner mit einem großen schwarzen Z für Zanano in der Mitte. Rechts und links standen wie in einer Kirche hölzerne Bankreihen, die bis auf den letzten Platz von den Schülern der Residenz belegt waren. Vorne warteten die zwei Hohepriester auf einem Podest.

Während Fatma, Madu und Sying von ihrer Eskorte zu ihnen geführt wurden, waren alle Augen auf sie gerichtet. Eine so späte Gildenzuteilung war höchst ungewöhnlich. Außerdem hatten sie viele Gerüchte über die drei neuen Dunklen gehört und waren neugierig darauf, endlich zu erfahren, welche der Wahrheit entsprachen und welche nicht.

Ich wünschte, ich wüsste genauer, was bei einer Bestimmungszeremonie passiert, dachte Sying unbehaglich.

Auch Fatma machte sich Sorgen und knetete nervös ihre Hände. Hoffentlich ist es kein Test, durch den wir als Betrüger entlarvt werden. Dann hätten wir keine Chance mehr, an den Spielen von Zanano teilzunehmen.

26

Als sie das Podest erreichten, stellte sich ihre Eskorte an beiden Seiten der Halle auf.

Hara trat vor und richtete das Wort an die Schülerschaft.

»Durch eine glückliche Fügung sind den Dunklen drei neue Schüler geschenkt worden. Drei, die wir schon für verloren hielten und bei denen unsere Hoffnung, wenn wir diese auch nie aufgegeben haben, doch nur sehr gering war, sie lebend wiederzusehen.« Sie machte eine kurze Pause, damit ihre Worte die entsprechende Bedeutung bekamen. »Nun sollen sie ihre Gilde wählen und damit als vollwertige Mitglieder der Dunklen aufgenommen werden. Da hier so viele neue Eindrücke auf euch zukommen, dürft ihr vorläufig eure Namen behalten. Zumindest solange, bis ihr bereit seid, eure richtigen, dunklen Geburtsnamen wieder anzunehmen.«

Eine Woge der Erleichterung erfasste die drei Freunde, die die Angst, dass die Zusammenkunft einen ganz anderen Grund hatte, nicht hatten abschütteln können.

Gott sei Dank, dachte Sying, wir sind nicht aufgeflogen, sondern kommen unserem Ziel endlich einen Schritt näher.

»Normalerweise«, fuhr Hara mit klarer und fester Stimme fort, »haben dunkle Kinder jahrelang Zeit, sich auf eine Gilde vorzubereiten. Dabei werden sie von ihren Lehrern unterstützt und durch verschiedene Beurteilungen in ihrem Entschluss bestärkt oder in eine andere Richtung gelenkt. Dies ist bei unseren Neuankömmlingen natürlich nicht der Fall. Daher haben wir beschlossen, in diesem Fall auf eure Intuition zu vertrauen.«

Ein Schnauben Rhems machte deutlich, dass das »wir« wohl eher »Hara« bedeutete und er keinen Einfluss auf diese Entscheidung gehabt hatte. Nichtsdestotrotz sprach er jetzt weiter. »Es gibt die drei Hauptgilden, die hier in der

Residenz verbleiben. Die erste und über alle anderen erhabene ist die der Hohepriester. Dorthin kann man nur durch einen Hohepriester nach jahrelanger Vorbereitung berufen werden. Damit steht sie für euch nicht zur Wahl. Daneben existieren noch die Wächter- und die Heilergilde. Alle anderen Nebengilden, wie Lehrer oder Baumeister, werden in Schulstätten in anderen dunklen Städten unterrichtet.«

Fatma schüttelte sich. Rhems Gesichtsausdruck zeigt deutlich, dass er uns maximal in den Nebengilden sieht, und selbst das noch ungern. Doch den Gefallen können wir ihm leider nicht tun. Für unseren Plan ist es wichtig, dass wir in der Residenz leben.

Da erhielt sie von Madu einen Stoß in die Seite. Sie war so in Gedanken versunken, dass sie gar nicht mitbekommen hatte, dass Rhem sie aufgerufen hatte. Ungnädig blickte er sie jetzt an. Rasch stieg sie die Stufen hinauf.

»Hast du dich schon für eine Gilde entschieden?«

Fatma nickte. »Ich wähle die Heilergilde.«

»Unsere Fatma wird eine Heilerin. Deine Gilde wartet auf dich. Die Dunklen haben gesprochen.« Während Rhems Gesichtsausdruck zeigte, dass er ihre Entscheidung missbilligte, begrüßten die Schüler der Heilergilde, die alle Roben mit blauen Streifen trugen, sie mit Applaus.

Nun war Sying an der Reihe. Natürlich hatten sie im Vorfeld beratschlagt, welche Gildenzugehörigkeit für ihr Vorhaben am sinnvollsten war. Da sie über die Verbindungen und Dunklen der einzelnen Bereiche nicht viel wussten, wollten sie möglichst überall vertreten sein. Dies bedeutete, mindestens einer von ihnen sollte bei den Heilern und einer bei den Wächtern sein. Madu würde eine zusätzliche Verstärkung für einen von ihnen sein.

28

»Ich nehme die Wächtergilde«, sagte der kleine Chinese, was Rhem zu einem weiteren abfälligen Schnauben veranlasste.

Vereinzelte Überraschungsrufe waren zu hören. Auch der Applaus klang verhaltener als zuvor bei Fatma. Doch als Hara seine neue Zugehörigkeit verkündete und diese durch den Zusatz »die Dunklen haben gesprochen« bekräftigte, schallte es von den Schülern laut ein »die Dunklen haben gesprochen« zurück.

Als Sying zu seinen zukünftigen Kameraden mit den rotgestreiften Roben ging, verstand er, warum sich die Begeisterung in Grenzen gehalten hatte. Alle waren fast zwei Köpfe größer und doppelt so schwer wie er.

In der Zwischenzeit war Madu auf die Bühne gerufen worden.

In welche Gilde soll ich nur gehen?, überlegte Madu aufgeregt. Eigentlich wollte ich gerne mit Sying zusammen sein, aber wenn ich mir die Anwärter dort anschaue, vielleicht dann doch lieber die Heiler …?

Bevor er sich entscheiden konnte, trat Hara vor und sagte nur ein Wort: »Deligo!«

Daraufhin war es so still im Saal, dass man eine Stecknadel hätte fallen hören können. Die Schüler schienen in ihrer Bewegung erstarrt zu sein. Die Freunde spürten, dass etwas Außerordentliches vorgefallen war, ohne genau zu wissen, was.

Rhems Kopf fuhr zu Hara herum. »Das kann nicht dein Ernst sein. Das kannst du nicht machen!«, zischte er zwischen zusammengebissenen Zähnen zu ihr herüber, während seine Augen vor Wut überquollen.

»Ich kann und ich werde!« Dann schritt sie hoheitsvoll zu dem verwirrt schauenden Madu und hielt seinen Arm nach

29

oben. »Begrüßt mit mir den neuen Priesteranwärter. Die Dunklen haben gesprochen.«

Der erwartete Applaus blieb aus. Stattdessen erhoben sich alle von ihren Sitzen, legten die Hände an die Stirn und verbeugten sich. »Die Dunklen haben gesprochen.«

»Was? Wieso?«, fragte Madu verwirrt.

Bevor er eine Antwort erhalten konnte, wurde ihm eine Robe mit dunkelgrünen Streifen umgelegt, die außer ihm nur zwei weitere Dunkle trugen.

Die Wächter

Nachdem Sying seine Robe erhalten hatte, begrüßte ihn ein älterer Junge. »Hallo, ich bin Chap, der Vorsteher unseres Hauses. Ich begrüße dich bei den Wächtern.«

Sying wurde von zahlreichen Kindern in unterschiedlichem Alter umringt, wobei es deutlich mehr Jungen als Mädchen in dieser Gruppe gab.

Die sind alle viel größer und muskulöser als ich, dachte Sying beklommen. Selbst bei den Mädchen ist das so.

Chap merkte nichts von dem Unbehagen des Neulings oder ignorierte es einfach. »Ich bin dir als Partner zugeteilt worden. Das bedeutet, dass wir uns ein Zimmer teilen und die meisten Übungen während unserer Ausbildung zusammen absolvieren.«

»Äh ... Ausbildung?«

»Wir trainieren, wie man kämpft, angreift, sich verteidigt. Kurzum: wie wir unsere Leute vor den Hellen schützen.«

»Meint ihr denn, dass das notwendig ist? So gefährlich kamen sie mir gar nicht vor.«

»Das ist so, weil wir dafür sorgen. Aber es erstaunt mich, dass gerade du unsere Maßnahmen infrage stellst. Schließlich hast du die Auswirkungen des Aufstandes vor zehn Jahren am eigenen Leib erfahren. Oder hegst du Sympathien für die Hellen?« Misstrauisch sah Chap Sying an.

»Oh nein, ich hasse die Hellen und bin sehr froh, endlich hier zu sein«, beeilte Sying sich zu sagen. Ich muss vorsichtiger mit meinen Worten sein, ermahnte er sich lautlos.

31

»Gut so. Ich zeige dir erst einmal alles.« Sie verließen den Tempel und betraten ein kleines Gebäude auf der gegenüberliegenden Seite. »Hier im Wächterhaus wohnen wir.«

Die große Eingangshalle war bis auf wenige Helle, die putzten, leer. Alles wirkte kalt und zweckmäßig. Es gab einen marmornen Steinboden und glatte Wände, an denen kein einziges Bild hing. Lediglich das Leitmotto der Wächtergilde »Immer wachsam« war in großen Lettern auf einer Wand zu lesen. Neben der Treppe waren Seile und Kletterwände angebracht, die bis in die obersten Stockwerke führten.

»Das erste Mal darfst du ausnahmsweise die Treppe benutzen, ansonsten musst du über andere Wege in dein Zimmer gelangen.« Chap deutete auf die waghalsigen Konstruktionen.

»Und was passiert, wenn ich dort nicht hochkomme?« Sying machte sich diesbezüglich keine Sorgen. Als Zirkuskind hatte er das Klettern buchstäblich mit der Muttermilch aufgesogen und was er hier sah, konnte er im Schlaf. Aber ihn interessierte die Antwort auf seine Frage.

»Wer es nicht schafft, darf hier unten auf dem Boden schlafen. Das erhöht die Motivation zu üben«, grinste Chap. »Sollte es jemand gar nicht schaffen, fliegt er aus dem Wächterkor. Es kommt sehr selten vor, aber manchmal gibt es einen Fehler bei der Bestimmungszeremonie.« Dabei sah er Sying so an, als hielte er auch seine Einteilung für einen Fehler.

Ihr Zimmer lag in der dritten Etage und war genauso funktional eingerichtet wie alles, was Sying bisher im Wächterhaus gesehen hatte. Rechts und links an der Wand standen jeweils ein Bett und ein Schrank, der Platz unter

32

dem Fenster wurde von einem langen Schreibtisch mit zwei Stühlen eingenommen. Das einzig Individuelle, wenn man so wollte, war eine Reckstange, die auf einer Seite zwischen Schrank und Wand gespannt war.

So wie Chap aussieht, macht er dort locker dreißig Klimmzüge vor dem Frühstück, dachte Sying.

»Das rechte Bett ist deins. Im Schrank findest du alle Kleidungsstücke, die du brauchst. Wahrscheinlich musst du sie alle kürzen lassen, da wir so Kleine wie dich sonst nicht hier haben.«

Sying zuckte zusammen. Das hört sich an wie ein Vorwurf. Aber vielleicht bin ich auch zu empfindlich.

»Ich zeige dir noch unseren Übungsplatz, auf dem du ab morgen unter unserem Ausbilder Jögol mit uns trainieren wirst.« Auf dem Weg dorthin wies Chap ihn auf den Fitnessraum und den Speisesaal hin. »Hier gibt es Frühstück und Snacks für den Tag. Das Abendessen nehmen wir gemeinsam mit den anderen Gilden ein. Abgesehen davon und von bestimmten Zeremonien bleiben wir unter uns. Die Wächter sind jetzt deine Familie und ich rate dir, das nicht zu vergessen.«

Oh nein! Ich werde Fatma und Madu nur einmal am Tag treffen und ob wir dann miteinander sprechen können, bleibt abzuwarten. Sying fühlte sich einsam, ließ es sich aber nicht anmerken.

Beim Abendessen sah er seine beiden Freunde nur aus der Ferne, da die Schüler nach Gilden getrennt saßen. Außerdem wurden sie genau wie er von ihren Mitschülern mit Fragen überhäuft, die alles über die Neuen erfahren wollten.

Hoffentlich legt sich das schnell, sonst wird es schwierig, Kontakt aufzunehmen, dachte der kleine Chinese.

Doch einen Lichtblick gab es: Als die Speisen serviert wurden, entdeckte er Charlie unter den Hellen. Das bedeutete, dass das Einschleusen seiner Freunde als Bedienstete nach Plan verlaufen war. Sofort fühlte er sich besser.

Als sie nach dem Abendessen in ihre Unterkunft zurückkehrten, sah Sying in der Eingangshalle eine Ecke mit Kissen und Decken. Hier schlief jemand!

»Was ist das?«, fragte er Chap erstaunt.

»Es sieht so aus, als würde Nocal auch diese Nacht hier unten schlafen.« Der Dunkle zeigte auf einen Jungen mit eng stehenden Augen und einem hinterhältigen Gesichtsausdruck. »Es ist ihm bisher noch nie gelungen, den Parkour zu bezwingen. So hoffnungsvoll wie er dich anblickt, geht er sicher davon aus, dass du ihm heute Gesellschaft leistest.«

Chap und Sying waren die Letzten, die noch unten standen. Außer Nocal waren die anderen ohne Benutzung der Treppe nach oben gelangt.

»Nun, in dem Punkt werde ich ihn enttäuschen müssen«, sagte Sying selbstsicher.

Behände kletterte er den Parkour hoch und schwang sich schon kurz darauf über das Geländer auf seiner Etage. Chap folgte ihm nur Sekunden später.

»Ich glaube, du hast gerade einen neuen Rekord aufgestellt.« Sying sah Respekt in Chaps Augen aufblitzen. »Auch wenn der Parkour geändert wird, wirst du sicherlich nicht unten schlafen müssen.«

»Das war wirklich sehr gut«, erklang eine weitere Stimme. Einer ihrer Ausbilder stand unten und hatte alles beobachtet. »Vielleicht kannst du Nocal ein wenig Nachhilfe geben.«

Oh je, dachte Sying. Das hätte er besser nicht gesagt.

34

Der dunkle Junge hatte schon vorher nicht glücklich ausgesehen, aber der Blick, mit dem er jetzt Sying bedachte, ließ ihn frösteln.

Chap entging Nocals Blick auch nicht. »Mach dir nichts draus. Der ist nur neidisch.«

Das macht es nicht besser, dachte Sying. Unsere Mission ist auch ohne zusätzliche Feinde heikel genug. Ich werde versuchen, ein gutes Verhältnis zu ihm aufzubauen.

Die Heiler

Und hier werdet ihr euer Wissen anwenden. Ich präsentiere euch die beste Krankenstation von Zanano. Heute werde ich euch alles zeigen, aber morgen schon werdet ihr hier mitarbeiten.«

Luga, Ausbilderin in praktischen Übungen, führte Fatma mit ihren Gildenkollegen durch die Krankenstation. Für Fatma erklärte sie, dass in diesem fünfstöckigen Gebäude die unterschiedlichsten Abteilungen untergebracht waren. Von überall her kamen die Zananer, um sich hier behandeln zu lassen. Die Zimmer der einzelnen Stationen waren zweckmäßig, aber ansprechend eingerichtet.

»Im Erdgeschoss liegt die Ambulanz. Dort werden hauptsächlich Fälle aus der Residenz behandelt. Für harmlosere Erkrankungen gibt es überall Ambulanzen in der Nähe der Dörfer.«

Interessiert sah Fatma sich um. Vorhänge trennten die zahlreichen Liegen in dem großen Raum voneinander ab. Die Instrumente sahen neu aus. An jeder Seite des Raumes befand sich ein weiterer abgetrennter Bereich, den Fatma nicht einsehen konnte. Luga wandte sich nach links und öffnete die Tür.

Hier haben sie also ihren Sperrmüll und die alten Geräte untergebracht, dachte Fatma.

»Ihr freut euch sicher zu hören, dass ihr hier viel üben könnt. Denn dies ist die Krankenstation für die Hellen. Medikamente und Therapien sind teuer. Ihr müsst lernen zu entscheiden, ob jemand wirklich eine Behandlung braucht, er sich nur vor der Arbeit drücken möchte oder nicht mehr arbeitsfähig ist. Im letzten Fall kann die Person uns noch einige Zeit in den Gruben oder bei der Suche nützen.«

Während die anderen eifrig nickten, hatte Fatma bei diesen Worten Mühe, ihr Entsetzen zu verbergen. Sie war froh, diesen Ort verlassen zu können und den großen Raum bis zur anderen Seite zu durchqueren. Hinter der Tür dort erwartete sie etwas komplett anderes. Alles sah edel und komfortabel aus.

»Hier werden die Erkrankten der Priestersparte behandelt. Die Behandlung bleibt ausdrücklich den ersten Heilern vorbehalten. Ihr werdet lediglich Handreichungen vornehmen.«

Neugierig spähte Fatma in den Raum und zuckte erschrocken zusammen. Durch einen anderen Eingang betrat der zweite Hohepriester das Zimmer.

»Wie ich sehe, haben wir soeben hohen Besuch bekommen. Rhem ist zur Medikamenteneinstellung hier.«

»Was ist denn mit ihm?«, fragte Fatma.

»Er leidet unter einem kurzfristigen Gedächtnisverlust. Aber ich bin mir sicher, dass wir bald ein geeignetes Mittel dagegen finden. Ich werde mich um ihn kümmern.« Luga winkte sie hinter sich her. »Du wirst mir helfen. Ihr anderen wartet hier.«

Neidische Blicke verfolgten sie, als die Ausbilderin die Tür hinter ihnen schloss.

Nach der obligatorischen Verbeugung vor einem Angehörigen der Priesterschaft fragte die Heilerin: »Erinnerst du dich an etwas?«

»Nein, an gar nichts. Es ist, als hätte es diesen Tag gar nicht gegeben. Ich sehe nur Nebel in meinem Kopf, wenn ich versuche, mich daran zu erinnern.« Rhem griff sich an den Kopf, als könne er die Erinnerungen mit seinen Händen herausholen.

Die Ärztin nickte. »Du beschreibst die gleichen Symptome wie deine Begleiter.«

»Wenigstens bekomme ich dabei keine Kopfschmerzen mehr.«

Luga horchte auf: »Das ist ein gutes Zeichen. Es zeigt, dass wir mit dem neuen Medikament auf dem richtigen Weg sind. Der Widerstand in deinem Geist bröckelt. Wir müssen wahrscheinlich nur noch ein paar Dosisanpassungen vornehmen.«

O je, das sind keine guten Neuigkeiten, dachte Fatma und knetete wieder ihre Hände. Sobald er sich erinnert oder nur einen von uns erkennt, sind wir verloren. Ein Schauer überkam sie, als sie an ihre Begegnung in Zan erinnerte.

»Reich mir das rote Glas da vorne und eines der großen Blätter«, sprach die Heilerin Fatma an.

Erschrocken zuckte sie zusammen. Bisher war sie von niemandem beachtet worden, eine Tatsache, über die sie sehr froh war. In dem Glas war ein grünes Pulver. Daneben standen weitere Gläser mit unterschiedlichen Inhalten. Nachdem Fatma Luga das Gewünschte gebracht hatte, schüttete sie eine kleine Menge des Pulvers auf das Blatt, wickelte es ein und reichte es Rhem. »Das reicht für drei Tage. Danach sollte eine Änderung eintreten.«

Rhem brummte etwas Unverständliches und verließ grußlos das Zimmer.

Fatma stieß einen Seufzer aus, als die Anspannung aus ihr wich. Das ist noch einmal gutgegangen. Aber wie wird es in drei Tagen sein?

Die Priesterschaft

Madu wäre am liebsten weggelaufen. Er hatte gesehen, wie Fatma und Sying bei der Zeremonie von vielen Schülern umringt worden waren. In den Gruppen wurden gesprochen und gelacht. Bei ihm war alles anders. Schon das Umlegen der Robe erfolgte mit so wenig Körperkontakt wie möglich.

»Wir sind Sacros und Pelu, die bisher einzigen Priesteranwärter. Du gehörst nun zu uns, also verhalte dich entsprechend. Folge uns.«

Sie setzten ihre Kapuzen auf, was Madu ihnen hastig nachtat. Dann verließen sie in bedächtigen Schritten den Raum. Die anderen Gilden machten ihnen eilig Platz und verbeugten sich.

In was bin ich hier nur hereingeraten?, dachte Madu und fühlte sich sehr unbehaglich. Das sollte er in den folgenden Minuten häufiger denken. Das nächste Mal schon, als er in sein Zimmer geführt wurde. Die Pritsche anstelle eines Bettes ist gar nicht so schlimm. Das erinnert mich sogar ein bisschen an Afrika. Aber ein Stehpult ohne Sitzmöglichkeit und diese Meditationsecke sind schon seltsam.

»Die Hohepriesterin legt großen Wert darauf, dass wir uns auf das Wesentliche konzentrieren und nicht abgelenkt werden«, klärte Sacros ihn auf.

Ah, ja. Das nennt man dann wohl tolle Aussichten! Beklommen folgte Madu den beiden in den Tempelraum, das Herzstück der Priestergilde. Der Raum war rund und hatte ein Kuppeldach, das von Säulen gestützt wurde. Zwischen ihnen hingen die gleichen Fahnen, die er in der großen Halle gesehen hatte. Lediglich eine Wand war ausgespart. Dort war eine Konstruktion angebracht, die Madu nicht kannte. Davor stand ein Tisch mit einer Schale, einer Kanne und Tassen. Auf dem Boden war eine grüne runde Metallplatte eingelassen, sieben gemalte Strahlen gingen von ihr ab. In jedem Zwischenraum dieser Sonnenstrahlen lag eine Meditationsmatte.

»Hier treffen wir uns mit den beiden Hohepriestern zur Mediation oder um bestimmte Rituale durchzuführen. Du wirst dort sitzen.« Sacros zeigte auf eine Matte. »Hast du noch Fragen?«

»Wie sind denn hier so die Essenszeiten?« Madu zeigte sein breitestes Grinsen, um die Situation aufzulockern.

Sacros sah ihn nur irritiert und etwas pikiert an.

Wahrscheinlich hat er ganze andere Fragen erwartet, dachte Madu.

Doch er bekam eine Antwort. »Wir essen nur einmal am Tag beim großen Mahl abends, damit unser Geist nicht abgelenkt oder unsere Mediation gestört wird.«

Das werde ich niemals überstehen, vermutete der immer hungrige Madu schon jetzt.

Das erste Training

Gestern konnte Sying bereits einen kurzen Blick auf den rechteckigen Trainingsplatz direkt hinter dem Wächterhaus werfen. Heute hatte er Gelegenheit, sich alles genauer anzusehen. In der Mitte des Platzes stand ein hoher Turm aus Bambus, der durch zwei schräg gespannte Seile gesichert war. An einer Seite waren die unterschiedlichsten Waffen untergebracht sowie diverse Gerätschaften aus Bambus, die Sying an Turngeräte erinnerten.

Zu seiner Erleichterung stand dort George, um den Trainierenden die Waffen auszuteilen oder auszuwechseln. Nach dem Gebrauch reinigte er diese sofort. Sying wusste, dass George ihm nicht helfen konnte. Beide mussten so tun, als kannten sie sich nicht. Trotzdem fühlte er sich besser.

Das erste Training war hart und schwierig. Das Konditionstraining wäre für Sying normalerweise kein Problem gewesen, doch Chap behielt mit seiner Prophezeiung leider recht: Die Kleidung war dem kleinen Chinesen viel zu groß. Er hatte die Hosenbeine zwar hochgekrempelt, aber beim Warmlaufen lösten sie sich und ließen ihn stolpern. Genervt schnappte er sich eines der Messer und kürzte seine Hosen selbst. Befreit lief er danach locker mit den anderen mit. Doch sein Glück währte nicht lange. Jemand stellte ihm ein Bein und er fiel längs in den Matsch. Die anderen lachten.

Als er sich wieder aufrappelte, bemerkte er Nocal, der sich diebisch freute und ihn schadenfroh angrinste.

Das hat er doch absichtlich gemacht, dachte Sying erbost. Da er aber keine Beweise dafür hatte, nutzte ihm diese Erkenntnis leider nichts.

»Offenbar bist du beim Klettern viel geschickter als auf geradem Boden«, setzte ihr Ausbilder Jögol noch einen drauf. »Mal sehen, wie du dich beim Kämpfen anstellst.«

Schlecht, wie es sich schon nach nur wenigen Minuten herausstellte. Sein Gegner Chap und er bekamen jeweils einen langen Stock, mit dem sie den anderen zu Boden bringen sollten. Obwohl Sying den Eindruck hatte, dass Chap sich zurückhielt, konnte er keinen einzigen Treffer landen oder auch nur einen abwehren. Im Gegenteil: Der Stock störte ihn mehr bei seinen Bewegungen, als dass er ihn unterstützte.

»Versuch es noch einmal«, forderte Jögol Sying auf.

Zum x-ten Mal probierte der kleine Chinese einen Angriff gegen Chap. Bisher hatten seine unbeholfenen Versuche bei ihm nur ein müdes Lächeln hervorgerufen. Zudem hatte Chap den Vorteil, zwei Köpfe größer zu sein. Mit seinen längeren Armen war es ihm ein Leichtes, seinen Gegner zu erreichen. Sying war inzwischen so oft auf dem Boden gelandet, dass sein Körper von blauen Flecken übersät war.

So war es außer ihm nur Nocal ergangen. Bei allen anderen war das Verhältnis von Sieg und Niederlage einigermaßen ausgeglichen.

»Das hat keinen Zweck«, sagte der Ausbilder. »Dir fehlen die einfachsten Grundlagen. Die wirst du in Förderstunden mit Chap nachholen.«

»Das kann ja heiter werden«, sagte Sying düster zu Chap auf dem Weg zum Mittagessen. »Ich habe mich direkt bei meinem ersten Training lächerlich gemacht.

»Mach dir keine Gedanken. Jögol ist sehr streng. Es ist dein erster Tag und du wirst es noch lernen. Im Gegensatz zu anderen.« Chap warf einen bedeutungsvollen Blick in Richtung Nocal.

»Was ist mit dem nur los?«, erkundigte sich der kleine Chinese.

»Es ist ein offenes Geheimnis, dass Nocal jemand ist, der falsch zugeteilt wurde. Wenn Rhem nicht seine schützende Hand über ihn halten würde, wäre er schon längst aus der Gilde geflogen.«

»Welches Interesse hat Rhem denn an ihm?« Sying versuchte, möglichst viele Informationen zu sammeln. Alles konnte sich für ihre Mission als nützlich erweisen.

»Nocal ist sein Neffe, und den Neffen des Hohepriesters kann man schlecht als unfähig bezeichnen. Wenigstens haben wir auf diese Weise jemanden, der sich um die Wane kümmert.«

»Von den Tieren habe ich schon gehört und sie bei unserer Ankunft gesehen. Sie sollen ziemlich bedrohlich sein.«

Chap zuckte mit den Schultern. »Sie sind nützlich. Wir können auf ihnen reiten, und sie helfen uns bei der Jagd auf Helle. Aber kuschelig sind sie nicht. Auch wenn jeder von uns die Wane mal versorgen muss, ist Nocal der Einzige, der sich wirklich gerne bei ihnen aufhält.«

Wäre Nocal mir nicht schon längst unsympathisch, wäre es spätestens jetzt der Fall, dachte Sying.

Das Mittagessen verlief schweigsam, da alle ziemlich erschöpft waren. Unmengen an Essen wurden serviert. Sying merkte erst jetzt, dass er enormen Hunger hatte und aß mit großem Appetit. Danach hatten sie eine Stunde Pause, bevor es zum Nachmittagstraining ging.

43

»Diesmal ändern wir die Paarungen. Nocal und Sying, ihr kämpft nun gegeneinander.«

Als George diese Ankündigung hörte, grinste er in sich hinein. Er hatte genau gesehen, wie Nocal seinem Freund ein Bein gestellt und es noch weitere Male versucht hatte. Jetzt wirst du die Quittung dafür bekommen, dachte er grimmig und drückte dem dunklen Jungen einen Stock in die Hand, den er zuvor ein wenig behandelt hatte.

Nocal griff Sying fast augenblicklich an. Im Gegensatz zu Chap nahm er keine Rücksicht und schlug erbarmungslos zu. Beim dritten Schlag passierte es: Sein Stock brach entzwei! Eine Gelegenheit, die Sying sich nicht entgehen ließ und seinen Gegner schmerzhaft an der Seite traf. Der Dunkle unterdrückte einen Schmerzensschrei und blickte ungläubig zwischen seinem Stock und George hin und her. Schließlich stapfte er wütend zu diesem herüber. »Du hast mir einen defekten Stock gegeben. Das wirst du noch bereuen!«

Bevor Nocal weitere Drohungen ausstoßen konnte, ertönte die Stimme ihres Ausbilders: »Der nächste Kampf erfolgt ohne Hilfsmittel. Einer greift an, der andere muss sich verteidigen.«

»Jetzt kann dir keine kaputte Waffe helfen.« Fast verächtlich kam Nocal auf den kleinen Chinesen zu.

Er setzte zum Schlag an, der jedoch ins Leere ging. Instinktiv war Sying ausgewichen. Er war durchtrainiert und hatte gute Reflexe. Dass er nach ihrem ersten Abenteuer auf Nirma mit Kampfsport angefangen hatte, kam ihm nun zugute. Nocal schaffte es nicht ein einziges Mal, ihn zu treffen und wurde daher immer ärgerlicher. Als er versuchte, mit seinen eigenen Beinen Sying zu Fall zu bringen, machte der Zirkusakrobat einen Salto rückwärts.

44

Die anderen Schüler unterbrachen ihre eigenen Kämpfe und schauten interessiert zu. Sying bemerkte einen Anflug von Anerkennung auf dem Gesicht ihres Ausbilders.

»Wechselt die Rollen«, befahl dieser.

Jetzt musste der kleine Chinese angreifen. Sying ging im Geiste eine Trainingskombination durch, die er kurz darauf ausführte. Nur Sekunden später lag Nocal benommen auf dem Boden.

Jögol sah beeindruckt aus. »Interessanter Angriff, so etwas habe ich noch nie gesehen. Vielleicht gibt es doch einen Grund, warum du bei uns bist. Im Gegensatz zu anderen. Nocal, du räumst hier auf.«

Der dunkle Junge sah den Chinesen hasserfüllt an, bevor er sich aufrappelte und wie ein geprügelter Hund davonschlich.

Ich fürchte, unsere Feindschaft ist nun endgültig besiegelt, dachte Sying und sah ihm mit gemischten Gefühlen nach.

Kräutertausch

Fatma hastete durch die Gärten der Residenz. Bisher hatte sie keine Gelegenheit gehabt, hierher zu kommen. Unter anderen Umständen hätte sie das viele Grün und den weitläufigen Park sicher genossen. Die Anlage war strikt geometrisch angeordnet. Jeder Grashalm, jedes Blatt hatte den ihm zugewiesenen Platz. Obwohl Fatma es lieber etwas wildwachsender mochte, übte der Garten eine gewisse Faszination auf sie aus.

Sie lief an Springbrunnen und Skulpturen vorbei, die bedeutende Dunkle darstellten, wie sie aus der Geschichte Zananos wusste. Es gab zahlreiche z-förmige Blumenbeete, in denen jeweils eine bestimmte Sorte Blumen wuchs. Abgesehen von diesem Garten gab es einen Park mit alten Bäumen und einem See sowie einen Nutzgarten, wie sie von Ehawee wusste. Das geerntete Gemüse wurde neben den Lieferungen aus den hellen Dörfern in der Küche der Residenz zu schmackhaften Mahlzeiten verarbeitet.

Fatma hatte keine Ahnung, wo Ehawee sich aufhielt. Daher blieb ihr nichts anderes übrig, als die Außenanlagen systematisch abzusuchen. Endlich fand sie sie vor einem Beet, Unkraut zupfend.

»Das ist eine schöne Überraschung, dich hier zu sehen.« Ehawee stand begeistert auf, doch als sie Fatmas Gesichtsausdruck sah, fügte sie seufzend hinzu: »Das ist kein reiner Freundschaftsbesuch, oder?«

Fatma schüttelte den Kopf und Ehawee sah sich hastig um. Dann zog sie ihre Freundin hinter eine Hecke. »Hier sollten wir vor neugierigen Blicken geschützt sein.«

46

»Wie geht es dir, Madu und Sying?« Durch ihre Arbeit in den Gärten hatte die Nirmanerin am wenigsten Kontakt mit den dreien. Charlie hielt sie zwar so oft wie möglich auf dem Laufenden, aber das waren nur hastig geflüsterte Informationen abends vor dem Schlafengehen.

»Bisher läuft alles ganz gut. Jedenfalls hat noch niemand Verdacht geschöpft. Ich habe leider nicht viel Zeit. Kennst du diese Pflanze? Sie nennt sich Blöberkraut.« Fatma holte einen kleinen Beutel aus ihrer Tasche und reichte ihn Ehawee.

Diese roch an dem Pulver und zerrieb etwas davon zwischen ihren Fingern. »Ich glaube schon. Warum fragst du?«

»Ich brauche etwas, was genauso aussieht und schmeckt, aber nicht die gleiche Wirkung hat.« Rasch berichtete Fatma von dem Problem mit Hohepriester Rhems Erinnerung.

Vorsichtig kostete Ehawee ein wenig von dem Pulver und runzelte die Stirn. »Die Farbe und die Konsistenz herzustellen ist nicht schwierig, aber der Geschmack ist eine Herausforderung. Ich muss etwas herumexperimentieren. Gib mir ein wenig Zeit.«

»Bitte beeil dich. Zeit ist genau das, was wir nicht haben.«

Flaun

Madu verzweifelte. Er hatte genau wie die anderen die vorgeschriebene Meditationsposition eingenommen. Und die war alles andere als bequem. Er saß im Schneidersitz, aber seine Füße lagen auf dem gegenüberliegenden Oberschenkel. Immer wieder musste er seinen Sitz korrigieren und mit kleinen Bewegungen seine schmerzenden Muskeln lockern.

Und dabei soll ich mich entspannen und meinen Geist schweifen lassen? Am besten wäre es wohl, wenn ich auch noch eine Vision hätte. Hara hat mir zwar die Vorgehensweise und den Sinn der Meditation ausgiebig erklärt, trotzdem weiß ich nicht, wie ich das anstellen soll. Ich kann immer nur daran denken, wann die Übung vorbei ist und was es heute zu essen gibt.

Auch wenn er schon einige Meditationsrunden mitgemacht hatte, konnte er keine Verbesserung feststellen. Der Sitz blieb unbequem, die Schmerzen in seinem Körper wurden nicht besser und seine Gedanken konnte er auch nicht fokussieren.

Madu blinzelte leicht und beobachtete die anderen Anwärter. Sie verharrten scheinbar mühelos in ihrer Position und mussten sich nicht mit solchen Problemen herumschlagen. Endlich verkündete der Gong das Ende der Meditation. Madu unterbrach seine Qualen und stand auf.

Hohepriester Rhem starrte ihn höhnisch an, während die Blicke von Sacros und Pelu zwischen abfällig und vorwurfsvoll schwankten. Seine Schwierigkeiten waren ihnen offenbar nicht verborgen geblieben.

Nur Hara ließ sich nichts anmerken. Er wollte gerade als Letzter den Raum verlassen, da hielt sie ihn auf. »Madu, ich erwarte dich vor dem Abendessen in meinen Räumen.«

Bevor er etwas sagen konnte, war die Hohepriesterin schon verschwunden.

Pünktlich klopfte er an Haras Tür, vor der zwei Wächter positioniert waren. Was will die Hohepriesterin nur von mir? Wenn stimmt, was ich gehört habe, lässt sie nicht einmal die Dienstboten ihre Räume betreten. Angeblich hat sie die Wachen nicht, damit sie sie vor den Hellen beschützen, sondern aus Sorge, dass Rhem hier herumschnüffeln könnte.

»Herein!« Hara schaute erwartungsvoll auf, als Madu eintrat, und klappte ein sehr alt aussehendes Buch zu, in dem sie zuvor an ihrem Stehpult gelesen hatte.

Ihr neuer Anwärter machte die vorgeschriebene Verbeugung und blieb unschlüssig vor der Hohepriesterin stehen.

Rhem war davon überzeugt, dass die Dunklen nicht aus Ganagos kamen, wie sie behaupteten. Hara konnte nicht zulassen, dass seine Zweifel weiter zunahmen und er andere damit ansteckte. Sie musste etwas dagegen unternehmen und sichergehen, dass es niemand mitbekam.

»Hast du dich gut eingelebt?«, fing die Hohepriesterin unverfänglich das Gespräch an.

»Ähm … ich denke schon.« Was soll ich denn darauf antworten? Worauf will sie hinaus? Beunruhigt trat Madu von einen Fuß auf den anderen.

»Aber die Meditation fällt dir noch schwer. Du hattest bisher noch keine Vision, oder?«

Madu schüttelte betreten den Kopf.

»Es ist für uns beide sehr wichtig, dass sich das ändert. Ich werde dir etwas geben, das dir helfen wird, dich zu entspannen. Das muss aber unter uns bleiben. Dieses Getränk ist eigentlich nur den Hohepriestern vorbehalten.« Sie sah ihn so streng an, dass er sofort zustimmend nickte. »Trink das.« Hara reichte ihm einen Becher, aus dem ein übler Geruch aufstieg.

Madu sah misstrauisch auf das Gebräu. Mir bleibt wohl keine andere Wahl, sie wird mich schon nicht vergiften, dachte er und trank den Becher in großen Schlucken aus. »Und jetzt?«

»Jetzt meditieren wir. Der Tee wird dir dabei helfen.« Sie wies auf zwei vorbereitete Plätze in einer Ecke ihres Zimmers.

Skeptisch setzte Madu sich im klassischen Schneidersitz auf seinen Platz, schloss die Augen und versuchte, sich zu entspannen. Seine Gedanken schweiften wie immer ab, und er wurde zappelig. Doch im Gegensatz zu sonst merkte er nach einigen Minuten, wie sein Körper und sein Geist ruhiger wurden. Er entspannte sich und überlegte nicht mehr, wie lange er noch so sitzen bleiben musste. Genaugenommen dachte er an gar nichts mehr.

Überrascht schlug er die Augen auf, als er eine Berührung an seiner Schulter spürte. Hinter ihm stand Hara und lächelte ihn an.

»Die Meditation ist beendet. Das hat heute viel besser funktioniert. Du kannst jetzt gehen. Aber du solltest ab jetzt immer ein wenig von dem Tee trinken, bevor du zu den Meditationsübungen kommst. Und denk daran, zu niemandem ein Wort.« Die Hohepriesterin sah sehr zufrieden aus und drückte Madu einen Beutel mit diesen geheimnisvollen Blättern in die Hand.

50

Er stand auf, seine Knie fühlte sich an, als wären sie aus Wackelpudding. Er atmete tief durch und verabschiedete sich.

Wane

Die nächsten Tage verliefen für Sying ähnlich wie der erste Trainingstag. Die zusätzlichen Trainingsstunden mit Chap ließen seine Bewegungen mit dem Stock oder mit dem Schwert geschmeidiger wirken. Inzwischen konnte er schon länger dagegen halten, bevor er entwaffnet wurde.

»Aua!« Eine Wurfkugel prallte unerwartet von rechts gegen Sying und schüttelte ihn durch. Wegen seines blinden Auges hatte er sie nicht kommen sehen.

Ich muss mich häufiger umsehen, so etwas darf nicht passieren. Die Dunklen dürfen nichts von meiner Blindheit erfahren, ermahnte der kleine Chinese sich, während er die getroffene Stelle begutachtete. Die Sorge vor einer Entdeckung begleitete ihn, seitdem George berichtet hatte, dass Erkrankte und Behinderte für das Auffinden von gefährlichen Stellen auf Zanano eingesetzt wurden. Die Dunklen nannten das »die Suche«.

»Was war denn los? Träumst du etwa?«, fragte Chap ihn verwundert.

»Klar, von der hübschen Dunklen bei den Heilern!«

Chap lachte und knuffte seinen Freund in die Seite. Erleichtert atmete Sying auf, froh, dass er seine Erklärung geschluckt hatte und nicht misstrauisch geworden war. Sying drehte sich um und sah, wie Nocal ihn mit einem verschlagenen Gesichtsausdruck ansah.

Hat er die Aktion beobachtet? Und wenn schon, beruhigte er sich. Das macht bestimmt nichts.

Aber in diesem Punkt sollte er sich irren.

52

George zog die großen Übungstürme, die Hausmeister Zinus für die Wächter aus Bambus herstellte, zur Seite und räumte die letzten Geräte wieder in die Regale. Jetzt musste er nur noch den Sandplatz harken, dann hatte er endlich Pause.

Dabei war er vertieft in seine Gedanken um Sying: Er hat sich heute wirklich gut geschlagen und lernt wirklich rasch. Hätte ihn nur dieses Wurfgeschoss nicht getroffen. Und Nocal hat es auch mitbekommen! Hoffentlich kann ich heute noch irgendwie mit Sying sprechen.

»Hey, Heller! Komm mit, ich habe eine Aufgabe für dich«, erklang es hinter ihm.

Wenn man vom Teufel spricht … Die Stimme hätte er überall erkannt, vor allem da Nocal der Einzige war, der alle Dienstboten mit Heller oder Helle ansprach, als sei es ein Schimpfwort. Er weigerte sich, sich auch nur einen Namen zu merken. George fragte sich, ob er zu dumm dafür war oder ob er ihnen damit vermitteln wollte, wie unwichtig sie in seinen Augen waren.

Bestimmt macht er jetzt seine Drohung wahr und rächt sich für den kaputten Stock, schoss es ihm durch den Kopf.

Wie richtig George mit dieser Befürchtung lag, zeigten Nocals nächste Worte: »Du kannst mir bei der Fütterung der Wane helfen.«

Wachsam folgte George ihm zum Zaun, an dem der dunkle Junge ihm einen Eimer mit rohem Fleisch in die Hand drückte. »Füttere sie und wechsle den Bodenbelag aus.«

Wie bitte? Jeder wusste, dass die Wane sich, warum auch immer, bei Nocal handzahm verhielten. Für alle anderen bedeutete ihre Nähe eine gefährliche Situation. Normalerweise wurden die Tiere deshalb während der Reinigung des

Geheges in einen Verschlag gesperrt! Doch das hatte Nocal diesmal nicht vor.

Unschlüssig blieb der Teenager vor der geöffneten Tür stehen. Ein Schubs in den Rücken ließ ihn einige Meter nach vorne zu den Wanen taumeln. Wütend drehte er sich um, doch Nocal hatte die Tür schon abgeschlossen.

»Mir fällt gerade ein, dass ich noch etwas Wichtiges erledigen muss. Ich komme später wieder.« Damit ließ er George allein mit den Wanen zurück.

Fred verzweifelte langsam. So schwierig hatte er sich das nicht vorgestellt. Tagelang lief er schon auf Flaps die Zäune der Residenz ab, in der Hoffnung endlich einen Durchschlupf ins Innere zu finden. Seitdem das putzige Tier mit dem farbigen Fell und der Pilz gemeinsam bei der Entdeckung des Refugiums geholfen hatten, hatten sie das Kriegsbeil begraben. Bisher waren ihre Anstrengungen, Fred in die Residenz einzuschleusen, aber kläglich gescheitert.

Denn diese verdammten Wane schienen ihn förmlich zu riechen. Egal, an welcher Stelle er auf das Gelände gelangen wollte, waren sie schon da und versuchten, ihn mit ihren langen Zungen zu erreichen. Einmal hatte eine ihn fast gepackt, nur ein beherzter Schlag von Flaps auf die Schnauze des Wanen hatte ihn davor bewahrt, als Snack zu enden. Langsam mochte er den flauschigen Kerl wirklich! Aber seitdem war er vorsichtiger und mahnte sich immer wieder zur Geduld.

Als er heute wieder sein Glück versuchen wollte, tauchte George bei den Wanen auf. Das war seine Chance! Rasch kroch er durch ein Loch im Gittergeflecht. Einen Moment waren die Tiere zwischen ihm und dem Engländer hin- und hergerissen, entschieden sich aber kurzerhand für seinen menschlichen Freund. Dieser war nicht nur der größere Happen, sondern roch auch besser. Denn Fred hatte sich zuvor in vergammeltem Laub gewälzt, um seinen Geruch zu überdecken.

George hatte den kleinen Pilz noch nicht entdeckt und beeilte sich daher, den Bodenbelag aus grünen Spänen zusammen zu harken und aufzusammeln. Die Wane hatten ihn zunächst nur interessiert beäugt, doch nun kamen sie näher. Er griff in den Eimer mit dem rohen Fleisch und warf etwas davon weiter weg. Sofort stürzten sich die Tiere darauf und stritten sich um die größten Fleischstücke.

Die Verschnaufpause, die George sich damit erkauft hatte, währte nur kurz. Die Tiere hatten sich gemerkt, woher das Fleisch gekommen war und wollten mehr. George warf das nächste Stück und nutzte die Ablenkung, um frische Späne auf dem Boden auszukippen.

Als sie erneut auf ihn zukamen, bemerkte er, dass der Eimer leer war. Er runzelte die Stirn. So wenig Futter war ungewöhnlich, gerade genug, um die Viecher anzufüttern, aber nicht um ihren Hunger zu stillen. Das sahen die Wane genauso und bedrängten ihn weiter. Ihre Zungen schnellten heraus und peitschten ihn regelrecht. Hektisch sah George sich um, doch niemand war in der Nähe, der ihm helfen konnte.

Wenn ich nicht als Fressen enden will, muss ich so schnell wie möglich hier raus und über den Zaun klettern. Der Stacheldraht wird zwar unangenehm, aber besser, als Bekanntschaft mit diesen grässlichen Zähnen zu machen.

Er sprintete los. Einer der Wane schlug mit seinem Schwanz um sich und holte George schmerzhaft von den

Beinen. In Rückenlage sah er, wie sich die furchterregenden Köpfe langsam zu ihm herunterbeugten.

Fred hatte etwa die Hälfte der Strecke zurückgelegt, als er Georges Notlage bemerkte. Sofort versuchte er, die Tiere auf sich aufmerksam zu machen.

Hätte ich mich nur nicht mit diesem stinkenden Laub eingerieben, dachte Fred. Die Viecher nehmen mich überhaupt nicht zur Kenntnis.

Fieberhaft suchte er nach einer Möglichkeit George zu helfen, als er eine Wasserstelle entdeckte. Mit einem lauten Platsch sprang er hinein und wusch sich den ganzen Dreck ab. Keinen Augenblick zu früh tauchte er wieder auf. George lag am Boden! Einer der Wane hatte sein Maul schon aufgerissen, als sein Kopf herumfuhr und die Quelle des neuen Geruchs suchte.

Gut, es hat geklappt! Die anderen haben George ebenfalls vergessen, freute sich der Pilz. Ähm, vielleicht doch nicht gut, korrigierte er sich nur einen Moment später. Jetzt kommen sie alle direkt auf mich zu.

Er riskierte es, zickzacklaufend zur anderen Seite des Geheges zu gelangen. Doch die Wahrscheinlichkeit war hoch, dabei zertrampelt zu werden. Mit einem beherzten Sprung schnappte Fred sich den Schwanz eines Tieres und hielt sich daran fest. Als der Schwanz in die richtige Richtung peitschte, ließ er los und flog und flog …

… direkt in die Arme eines verblüfften Georges, der sich gerade aufrichtete und in Fred seinen Retter erkannte.

Die Wane kamen auf sie zu, beide Leckerbissen standen nun an der gleichen Stelle.

»George, schnell zur Tür, ich schließe dir auf.« Die Stimme des Hausmeisters löste eine Woge der Erleich-

56

terung aus. Nie war er einer Aufforderung so gerne gefolgt. Rasch steckte der Junge Fred in seine Tasche und quetschte sich durch die Tür, die Zinus im letzten Moment vor den anstürmenden Wanen verschließen konnte.

»Dich hat der Himmel geschickt! Das war wirklich Rettung in letzter Minute. Danke! So wild wie heute habe ich die Tiere noch nie gesehen.«

Zinus nickte, stirnrunzelnd roch er an Georges Händen. »Wer hat dir das Fleisch gegeben?«

»Nocal. Überhaupt war die ganze Fütterung seine Idee.«

»Das habe ich fast vermutet. Das ist Dongfleisch. Davon drehen die Wane durch, daher dürfen sie es gar nicht fressen.«

»Nocal, dieser …« Wenn Nocal jetzt da gewesen wäre, hätte George sich ohne zu zögern auf ihn gestürzt.

»Schon gut, mein Junge, ich weiß«, sagte Zinus unerwartet verständnisvoll. »Komm mit, du kannst mir helfen.«

George kochte innerlich, als er dem Hausmeister folgte. Dass er noch lebte, hatte er nur dem unerwarteten Auftauchen von Fred und Zinus zu verdanken.

Ich habe keine Ahnung, wie die anderen Hellen es schaffen, so stoisch die Behandlungen der Dunklen über sich ergehen zu lassen. Wahrscheinlich haben sie Angst, dass es noch schlimmer kommen könnte. Nur was könnte noch schlimmer sein? Wenn Zinus nicht rechtzeitig eingegriffen hätte, wäre es übel für mich ausgegangen. Georges Gedanken wirbelten durcheinander.

»Wobei soll ich dir denn helfen?«, fragte er den Hausmeister, der seither keinen Ton mehr gesagt hatte.

Offenbar hatte er keine Lust zu antworten, so dass George den weiteren Weg schweigend neben ihm herlief.

57

Sie erreichten Zinus' Scheune, in der der alte Mann wohnte und arbeitete. Daneben lagerten größere Ersatzteile sowie Unmengen Bambusstangen, durch die sie sich nun einen Weg bahnten. Erst nach einigen Metern erkannte George einen kleinen Anbau, der ihm zuvor verborgen geblieben war. Der Hausmeister öffnete eine Tür und trat ein. Bis auf einen Boxsack war der Raum leer.

George spähte an Zinus vorbei. »Ich verstehe nicht.«

»Wenn das nächste Mal dein Gemüt zu hochkocht, kannst du dich hier abreagieren«, brummte Zinus und schlug mit seiner Hand gegen den Boxsack. »Du kannst auch gerne deine Freunde mitbringen. Die Dunklen kennen diesen Ort nicht, obwohl er sich direkt vor ihrer Nase befindet.«

Überrascht riss George die Augen auf. Bietet mir Zinus etwa eine Möglichkeit, mich heimlich mit den anderen zu treffen? Aber warum sollte er das tun?

Verhängnisvolle Sucht

Madu griff zu seinem Beutel und sah hinein. »Kaum noch etwas da. Ich muss dringend mit Hara sprechen«, murmelte er leise vor sich hin. Die vergangene Woche hatte er sich vor jeder Meditation eine Tasse Flaun aufgebrüht. Wenn die Wirkung nachließ, fühlte er sich unruhig, daher hatte er auch zwischendurch von dem Tee getrunken. Danach ging es ihm direkt besser.

Madu fand Hara im Tempelraum. »Hohepriesterin, ich brauche bitte neues Flaun.«

Sie runzelte die Stirn, »Jetzt schon? Der Beutel, den ich dir gegeben habe, sollte eigentlich viel länger reichen. Flaun ist kostbar und nicht unbegrenzt zu bekommen.«

Oh, das wusste ich nicht, dachte Madu. Ich muss mir etwas einfallen lassen.

»Ich habe leider einiges verschüttet. Da ich nicht wusste, wie selten Flaun ist, habe ich es weggeworfen. Es tut mir leid.« Madu schaute zerknirscht drein.

»Gut, ich gebe dir noch etwas. Aber sei diesmal sparsamer.« Hara ging zu dem einzigen Tisch im Raum und füllte eine kleine Menge des wertvollen Tees ab.

Er war ihr dorthin gefolgt und sah die seltsame Konstruktion an der Wand zum ersten Mal aus der Nähe. Die Form war zylindrisch aus einem grünlichen Metall mit sieben quadratischen Vertiefungen. An einem Ende des Zylinders ragte ein dreieckiges Ansatzstück heraus.

»Was ist das?« Neugierig streckte er die Hand aus.

»Nicht anfassen«, fuhr die Hohepriesterin ihn an. Erschrocken zuckte Madu zurück. »Das ist eine Antiquität

59

aus längst vergangener Zeit, die leider nicht mehr funktioniert.«

»Warum nicht?«, bohrte er nach.

Irritiert sah Hara ihn an. Offenbar ziemte es sich nicht für Priesteranwärter oder Schüler, solche Fragen zu stellen. Widerstrebend antwortete sie: »Es gibt niemanden mehr, der weiß, wie man es startet. Wir versuchen den richtigen Code zu finden, aber bisher vergebens.«

»Aber was ist das?« Madu widerstand der Versuchung erneut nach der Konstruktion zu greifen.

»Dein Flaun,« sagte sie bestimmt und reichte ihm den Beutel, ohne eine Antwort auf seine Frage zu geben.

Gierig nahm Madu das Gewünschte in Empfang. Sein Drang, den Tee zu trinken, war überwältigend. Rasch verabschiedete er sich. Seine Frage hatte er längst vergessen.

Intrigen

Fred war in geheimer Mission unterwegs. George hatte ihn unbemerkt in seiner Tasche zu Ehawee gebracht. Gemeinsam hatten sie unermüdlich an Fatmas Auftrag, ein neues Pulver für Rhem herzustellen, gearbeitet. Endlich waren ihre Bemühungen von Erfolg gekrönt. Fred sollte das neue Mittel zu Fatma bringen. Da sie wussten, dass vormittags theoretischer Unterricht stattfand, wollte Fred es dort versuchen. Klein, wie er war, gelangte er unentdeckt zu den Klassenräumen. In einer Pause zwischen den Stunden trat Fatma auf den Flur.

Stolz überreichte er ihr den Beutel mit den pulverisierten Pflanzen. »Ehawee hat unterschiedliche Pflanzen gemischt, ich musste immer probieren, ob der Geschmack stimmt. Einmal dachten wir schon, wir hätten es geschafft. Doch dann habe ich überall gelbe Punkte bekommen. Vielleicht tritt die Nebenwirkung auch nur bei uns Pilzen auf, aber wir wollten kein Risiko eingehen. Daher haben wir weitergesucht und, voilà, hier ist das Ergebnis.« Die Worte sprudelten nur so aus dem kleinen Pilz heraus.

Fatma sah sich die Mischung genau an und kostete ein wenig davon. Begeistert riss sie die Augen auf. »Das ist großartig! Ich merke keinen Unterschied.«

»Wir wissen aber nicht, ob es irgendwelche Nebenwirkungen hat«, warnte Fred sie erneut.

»Das Risiko müssen wir eingehen. Vielen Dank an euch.«

Beschwingt lief der kleine Pilz davon. Auf dem Rückweg kam er am Tempel vorbei. Einer Eingebung folgend, betrat er das Gebäude immer auf der Hut vor einer Entdeckung.

61

Vielleicht treffe ich hier Madu und finde heraus, was ihn bedrückt. Von den anderen hatten Ehawee und er erfahren, dass ihr Freund in letzter Zeit sehr abwesend wirkte.

Bald begann die Meditationszeit. Da sich die Priesteranwärter dann im großen Tempelraum einfanden, wollte Fred ihn auf dem Weg dorthin abfangen. Eine offenstehende Tür, hinter der Stimmen erklangen, weckte seine Neugier. Er konnte nicht widerstehen und spähte hinein.

Der Hohepriester Rhem stand mit dem Rücken zu ihm und sprach mit Sacros. »Wir werden Hara beweisen, dass dieser Madu nicht der Primus ist. Nicht die kleinste übersinnliche Begabung zeigt er! Ich habe nicht so viel Mühe in dich investiert, damit jetzt jemand anderes ihr Favorit wird.«

»Aber was wollen wir unternehmen? Sie ist völlig von ihm eingenommen.«

»Ich werde ein Duell zwischen dir und Madu vorschlagen, bei dem ich diese fünf Karten mit verschiedenen Symbolen hochhalte. Ihr beide müsst dann erkennen, was darauf zu sehen ist.«

»Ich weiß nicht, ob ich schon soweit bin. Ich schaffe in der Regel eine, vielleicht zwei«, sagte Sacros ängstlich.

Rhem fächerte die Karten auf. »Ich zeige euch die Karten in folgender Reihenfolge: unser Tempelgebäude, Wane, eine Priesterrobe und ein Wächter. Merk dir das gut, wir wollen doch nicht, dass etwas schief geht.«

Der junge Hohepriesteranwärter atmete erleichtert aus. »Was ist mit der fünften Karte?«

»Wenn du die noch wüsstest, wäre es zu auffällig. Madu wird keine einzige vorhersagen, also spielt es keine Rolle.«

Leise zog der kleine Pilz sich zurück. Er hatte genug gehört und gesehen. Da er hinter Rhem stand, konnte er

62

die fünfte Karte deutlich erkennen. Jetzt musste er endlich Madu finden.

Dieser war gerade unterwegs zum großen Tempelraum. Er machte sich Sorgen. Heute habe ich viel mehr von dem Tee gebraucht und merke erst jetzt, dass er anfängt zu wirken. Also brauche ich noch eher Nachschub als gedacht. So in Gedanken vertieft, hätte er das leise Stimmchen fast überhört, das von unten zu ihm hoch klang. »Pst, Madu!«

Überrascht blieb er stehen und sah Fred hinter einem Vorhang hervorspähen. Er hat es tatsächlich geschafft, in die Residenz zu gelangen. Der Plan funktioniert. Aber jetzt passt es mir gerade überhaupt nicht, mit ihm zu reden. Er wird mir auch nicht helfen können, neuen Flaun zu besorgen. Das war im Moment seine größte Sorge. Daher klang seine Stimme schroff, als er antwortete: »Ich habe keine Zeit. Wir sehen uns ein anderes Mal.«

»Rhem plant eine Falle für dich. Ich kann dir helfen«, sagte der kleine Pilz schnell.

Madu blieb stehen. Das war etwas anderes. »Sag mir, was du weißt.«

»Rhem will dich prüfen. Er wird Karten in der folgenden Reihenfolge hochhalten.« Rasch zählte Fred die entsprechenden Bilder auf. »Du musst die Motive erkennen, ohne sie zu sehen.«

»Da ich das jetzt weiß, werde ich den Test problemlos bestehen.« Schon eilte Madu ohne ein weiteres Wort weiter.

»Gern geschehen«, murmelte Fred noch vor sich hin, doch der Priesteranwärter hörte ihn nicht mehr. Danke heißt das im Übrigen, setzte er in Gedanken hinzu. Die anderen haben recht, irgendetwas stimmt mit Madu nicht.

Der Tee zeigte seine maximale Wirkung. Madu fühlte sich unbesiegbar und war überhaupt nicht nervös, als er

63

sich niederließ. Wahrscheinlich hätte ich Freds Hilfe nicht einmal gebraucht.

Nachdem seine drei Mitanwärter Platz genommen hatten, betraten die beiden Hohepriester den Raum.

»Rhem hat um einen Wettkampf zwischen Madu und Sacros gebeten, um ihr telepathisches Können zu ermitteln«, kam Hara ohne Einleitung zur Sache.

Sie musste zugeben, dass das ein cleverer Schachzug war. Mit dieser Begründung durfte selbst sie das Duell nicht verweigern, da eine Lern- und Leistungsüberprüfung jederzeit von einem Hohepriester gefordert werden konnte. Aber wenn Madu dabei schlecht abschnitt, hatte sie ein ernsthaftes Problem. Da Rhem sie gerade erst informiert hatte, hatte sie keine Chance, Madu irgendwie vorzubereiten.

»Das Duell wird, wie es Brauch ist, schon gleich in der großen Halle vor allen Schülern stattfinden«, sprach sie weiter.

»Tretet vor«, forderte Rhem die beiden Anwärter auf.

Die gesamte Schülerschaft hatte sich kurz darauf vor dem Podest im Versammlungssaal eingefunden und konnte ein aufgeregtes Tuscheln nicht unterdrücken. Der zweite Hohepriester gab ihnen jeweils einen Stapel mit verschiedenen Motiven in die Hand. Er selbst stellte sich so, dass sowohl Hara als auch alle anderen die Karten, die er hochhielt, deutlich sehen konnten. Bei der ersten Karte überlegte Sacros kurz und suchte eine Karte heraus, die er Hara reichte; Madu folgte seinem Beispiel. Hara drehte die Karten um, beide zeigten das richtige Motiv. Applaus ertönte. Hara atmete erleichtert aus. Rhem und Sacros hingegen blickten überrascht auf. Auch die nächsten drei Karten wurden von beiden richtig vorhergesehen. Die

64

anderen Schüler honorierten das mit immer größerer Begeisterung und lautem Applaus.

Jetzt war nur noch die letzte Karte übrig. Die Zuschauer konnten deutlich die Flaunblätter darauf identifizieren. Rhem hatte Sacros das letzte Motiv nicht verraten, also musste er raten. Madu zog dagegen, ohne zu zögern, eine Karte heraus. Um die Spannung zu erhöhen, zeigte Hara zuerst Sacros' Karte. Enttäuschte »Oohs« waren das Ergebnis, als sie die Sonne darauf sahen. Damit lag der Junge falsch. Alle Augen waren nun auf Madus Karte gerichtet, die Hara umgehend hochhielt. Dank Fred kannte er auch das letzte Motiv: die Flaunblätter. Die Dunklen applaudierten. Madu hatte gewonnen!

»Nur dem wahrhaftigen Primus ist es möglich, so eine Erfolgsquote vorzuweisen.« Hara sah Rhem auffordernd an. Sie hoffte, dass sie ihre Erleichterung vor ihm verbergen konnte.

Sacros sah seinen Mentor hilfesuchend an. Er verstand die Welt nicht mehr. Wie konnte er diesen Wettkampf verlieren? Rhem war doch auf seiner Seite und er hatte alles genauso gemacht, wie sie es besprochen hatten. Aber der Hohepriester beachtete ihn nicht. Stattdessen konzentrierte er sich nur auf die triumphierende Hara.

»Du hast recht«, gab er zähneknirschend zu. »Ich werde seinen Status nicht mehr anzweifeln.«

Doch Madu sah in seinen Augen, dass Rhem ihn immer noch für einen Betrüger hielt. Soll er doch. Ich bin der Primus! Ich bin unbesiegbar!

Ein Wunder

Charlie sah sich stirnrunzelnd in Rhems Quartier um. Ihre Tasche mit den Reinigungsutensilien hatte sie auf dem Tisch abgestellt. Bisher hatte sie hier nur die vorgeschriebenen Arbeiten als Zimmermädchen verrichtet, aber heute wollte sie seine Medizin austauschen und versuchen, mehr über die Spiele von Zanano herauszufinden.

Von den Hellen und einigen mitteilsamen Dunklen hatte sie ein paar Details über den bevorstehenden Wettkampf in Erfahrung bringen können. Sie konnte ihre Fragen immer nur beiläufig stellen, um keinen Verdacht zu erregen. Abgesehen von der Information, dass die erste Hohepriesterin im Laufe des Schuljahres den Zeitpunkt dafür verkündete, hatte sie vor Kurzem einen wichtigen Hinweis erhalten: Rhem war für den Ablauf und die Aufgaben verantwortlich. Es würde ihnen einen nicht zu unterschätzenden Vorteil bringen, wenn sie vorher wüssten, was sie erwarten würde.

Also hatte sie sich vorgenommen, sein komplettes Zimmer zu durchsuchen. Da er jetzt bei seiner täglichen Meditationsstunde war, hatte sie genügend Zeit für beide Aufgaben.

In einer Schublade des Nachttisches fand sie die Medizin. Rasch tauschte sie die richtigen Medikamente mit ihrem mitgebrachten Beutel aus, da erklang eine kalte Stimme hinter ihr. »Was hast du da zu suchen?«

Charlie erstarrte vor Schreck. So ein Mist, er ist umgekehrt. Vielleicht hat er etwas vergessen. Geistesgegenwärtig schob sie den ausgetauschten Beutel in ihren Ärmel und drehte sich um.

Die vorgeschriebene Verbeugung machte sie äußerst langsam, um sich eine geeignete Antwort zu überlegen. »Ich … ähm, wollte nur den Speiseplan von dieser Woche hinlegen.«

Charlie wusste, dass Rhem diesen immer von Zinus einforderte. Im Gegensatz zu Hara schätzte er die Einschränkungen hinsichtlich des Essens und der sonstigen Bequemlichkeit überhaupt nicht und bestellte sich gerne etwas zusätzlich.

Rhem sah sie misstrauisch an. »Irgendetwas sagt mir, dass man dir nicht trauen kann. Du kommst mir bekannt vor«, grübelte er weiter.

»Wahrscheinlich, weil du mich schon häufiger in der Residenz gesehen hast, beim Servieren der Mahlzeiten oder auf den Gängen.«

»Nein, es ist etwas anderes.« Der Hohepriester ging um sie herum und musterte sie intensiv, während Charlies Herz wie wild klopfte. »Es wird mir sicher noch einfallen.« Dann wechselte er unvermittelt das Thema. »Zeig ihn mir!«

Verwirrt sah Charlie Rhem an. »Was denn zeigen?«

»Den Speiseplan. Den Grund dafür, dass du hier bist. Und wenn du nicht in den Gruben landen willst, hast du ihn auch besser dabei.«

Oh je, was mache ich jetzt nur? Eine klügere Ausrede ist mir auf die Schnelle nicht eingefallen. Aber ich habe auch nicht damit gerechnet, dass er darauf besteht, den Plan zu sehen. Umständlich begann Charlie in ihrer Tasche zu kramen.

»Das dauert mir zu lange.« Ungeduldig entriss Rhem sie ihr und schüttete sie mit einem Schwung aus. Der gesamte

Inhalt verteilte sich über den Tisch und kullerte über den Boden.

Schicksalsergeben schloss Charlie die Augen, um sie bei Rhems nächsten Worten sofort wieder zu öffnen. »In Ordnung, diesmal hast du wohl die Wahrheit gesagt, aber ich werde dich ab jetzt im Auge behalten. Du kannst gehen.« Der Hohepriester hielt den Speiseplan in der Hand.

Hastig raffte Charlie ihre Sachen zusammen und floh regelrecht aus dem Zimmer. Dabei beschäftigte sie nur eine Frage. Wie war der Speiseplan in ihre Tasche gekommen? Sie wusste genau, dass sie ihn nicht eingesteckt hatte.

Die Garde

Im Moment ist die Zeit der Sonderaufträge, dachte George ungnädig, als er am Abend auf den Park zuging. Erst die Wane und jetzt dieser Auftrag kurz vor Ende seiner Schicht. Er war müde und wollte nur noch ins Bett. Seine Stimmung besserte sich aber augenblicklich, als Charlie ihm über den Weg lief.

»Was machst du denn hier?«, fragte sie ihn erstaunt. Sie selbst war nur so spät unterwegs, weil einige Dunkle in den Gärten ein Picknick veranstaltet hatten und sie die Überreste wegbrachte.

»Gute Frage. Irgendein Dunkler hat mich in den Park bestellt. Was ich dort soll, hat er mir nicht verraten. Vielleicht soll ich mit den Wanen Gassi gehen, nachdem ich mich schon mit ihnen anfreunden konnte.« Die Ironie in Georges Worten war nicht zu überhören.

»Ich habe davon gehört«, sagte Charlie und musterte ihn besorgt. »Geht es dir gut?«

»Ich bin in Ordnung. Aber ich muss mich beeilen, wenn ich rechtzeitig dort sein will.« George strich ihr leicht über den Arm, bevor er weiter ging, ohne sich noch einmal umzudrehen. Wenig später stand er an dem Springbrunnen im Park, der von Hecken umgeben war. Was soll ich nur in dieser dunklen Ecke? »Hallo? Ist jemand hier?«, rief George.

»Oh ja, wir sind da!« Die flüsternden Stimmen schienen von allen Seiten zu kommen.

Schlagartig bekam George ein mulmiges Gefühl und blickte unsicher hin und her. Etwas stimmt nicht. Ich sollte schleunigst hier weg. Er drehte sich um und sah sich drei Personen in langen Gewändern und Kapuzen gegenüber, die ihre Gesichter vollständig verdeckten. Lediglich Schlitze für die Augen und den Mund ließen sie frei.

Gar nicht gut, dachte George und suchte nach einer Fluchtmöglichkeit. Dabei bemerkte er zwei weitere Gestalten in seinem Rücken. Ich bin umzingelt. Gegen fünf habe ich keine Chance!

Charlie stellte den Korb mit dem schmutzigen Geschirr in der Küche ab und traf dort auf Dix. »Heute sind offenbar alle spät dran. George muss auch noch auf Befehl eines Dunklen in den Park.«

Mit einem Knall stellte Dix den Topf, den er gerade abtrocknete, ab. »Welcher Dunkle?«

Charlie zuckte mit den Achseln. »Das ist ja das Seltsame. Er hat nur gesagt ›irgendein Dunkler‹. Er wusste nicht mal, was er da soll.«

»Wir müssen sofort zu ihm. George befindet sich in großer Gefahr.« Dix zerrte Charlie hinter sich her.

»Was soll das bedeuten? Was ist mit George?« Angst überkam sie, während sie über einzelne Steine auf dem Weg stolperte.

»Es war bestimmt die Garde, die ihn dort hinbestellt hat, weil er Nocal verärgert hat. Sie will bestimmt ein Exempel zu statuieren. Er war aufmüpfig, so etwas duldet sie nicht.«

Charlie war verwirrt. »Die Garde? Wer ist das? Davon höre ich zum ersten Mal.« Die Worte kamen abgehackt und von heftigen Atemstößen begleitet aus ihr heraus. Dix rannte und sie versuchte, neben ihm zu bleiben. Da er im Dunklen querfeldein lief, war es gar nicht so leicht, Blumenbeeten, Bäumen und Büschen auszuweichen.

70

»Es gibt eine geheime Garde innerhalb der Dunklen. Auch wenn euch die Gesetze der Dunklen gegen die Hellen hart erscheinen, gehen sie einigen nicht weit genug. Die Garde bestraft Helle bei vermeintlichem Ungehorsam oder einfach nur aus Spaß. Offiziell wird ihre Existenz natürlich geleugnet.« Dem jungen Zananer schien das Tempo nichts auszumachen, er war nicht mal aus der Puste.

»Und wer gehört dazu?« Charlie ärgerte sich, dass die Hellen sie darüber nicht informiert hatten.

»Genau weiß das niemand. Die Aktionen finden im Geheimen statt. Die Garde verhüllt außerdem ihre Gesichter. Man munkelt aber, dass Rhem ihr Anführer ist.«

»Passen würde es zu ihm.« Charlie änderte die Richtung.

»Was machst du? Zum Park geht es hier lang«, rief Dix verwirrt.

»Hilfe holen. Wenn ich das so höre, brauchen wir Unterstützung.«

Die drei Vermummten vor George kamen langsam näher.

»Was wollt ihr von mir? Wer seid ihr?«

»Wir sind diejenigen, die dir Manieren beibringen werden. Damit du dich in Zukunft angemessen benimmst und die Aufträge, die man dir erteilt, ordentlich zu Ende bringst.« Soll das ein Witz sein? Warf Nocal – und er hätte alles darauf verwettet, dass Nocal einer der Vermummten war – ihm jetzt ernsthaft vor, dass er den Wanekäfig nicht fertig gesäubert hatte? Der hat doch nicht mehr alle Latten am Christbaum.

Was die Typen unter »Manieren beibringen« verstanden, zeigten sie schnell. Zuerst schubsten sie ihn nur ein wenig und ärgerten ihn, dann wurden ihre Schläge härter. George versuchte, so gut wie möglich auszuweichen und seinen Kopf zu schützen. Aber gegen drei Personen bot er immer noch genug Angriffsfläche. Nach einem schweren Schlag sank er in die Knie und sah, wie ein Vermummter sich drohend über ihm aufrichtete und die Faust ballte. Schicksalsergeben schloss George die Augen, um sie einen Wimpernschlag später erstaunt aufzureißen. Der erwartete Schlag war ausgeblieben, stattdessen hatte sein Gegenüber einen Schmerzensschrei ausgestoßen und hielt sich seinen Arm. Wenige Sekunden später schrien auch die anderen beiden Angreifer auf und fassten sich an ihr Knie und ihre Hand. Von allen Seiten flogen jetzt Steine auf die zwei Vermummten, die bisher nur zugesehen hatten. Nicht jeder Wurf war ein Treffer, aber es sorgte für einige Verwirrung.

George hatte eine Vermutung, wer dahintersteckte. Obwohl ihm jeder Körperteil schmerzte, robbte er langsam hinter die nächste Hecke, aus der Gefahrenzone. Dort sah er seine Annahme bestätigt: Ehawee ließ mit ihrer Steinschleuder unermüdlich Steine los, die Fred ihr reichte. Glücklicherweise hatten Charlie und Dix sie schnell gefunden. Hinter den Hecken des Springbrunnens hatten sie sich aufgeteilt, um die Angreifer von verschiedenen Seiten attackieren zu können.

»Ich glaube, das reicht«, sagte Charlie. Während die Dunklen mit ihren Blessuren beschäftigt waren, war sie mit Dix zu Ehawee und George gelaufen. Erleichtert umarmte sie ihren Freund. »Die haben erst einmal genug. Wir sollten schauen, dass wir von hier verschwinden.«

Zusammen liefen sie los, bis ein Aufschrei hinter ihnen nichts Gutes verhieß und sie herumfahren ließ.

»Was war das? Wo ist Dix?«, rief Charlie und sah sich suchend um. »Hoffentlich haben sie ihn nicht erwischt.«

72

In einiger Entfernung sahen sie eine große, vermummte Gestalt, die einen zappelnden Dix festhielt. George wollte sofort umkehren, doch Ehawee hielt ihn auf.

»Im Moment können wir ihm nicht helfen. Noch haben sie uns nicht gesehen. Sie dürfen uns nicht auch noch fangen.«

Schweren Herzens ließen sie Dix zurück.

Völlig verändert

Charlie schloss die Tür hinter sich und lehnte sich aufatmend dagegen. Das war knapp! Sie spielte die Begegnung mit Rhem, den sie auf dem Weg zu Madu ein weiteres Mal getroffen hatte, noch einmal durch.

»Irgendwoher kenne ich dich. Es wird mir noch einfallen, da bin ich mir sicher.« Der Hohepriester hatte sie bei seinen Worten seltsam angesehen.

Sie hatte bewusst eine tiefe Verbeugung gemacht und ihre Haare vor ihr Gesicht fallen lassen, bis er an ihr vorbei war. Erinnert Rhem sich allmählich? Es war höchste Zeit, dass wir seine Medizin ausgetauscht haben.

Madu saß auf seinem Bett und beobachtete sie. Als sie gerade Luft holte, um ihm davon zu berichten, plapperte er schon los: »Hast du mir neue Teeblätter mitgebracht?« Sehnsüchtig hatte er auf sie gewartet. An diesem Morgen war es so schlimm, dass seine Hände zitterten und er Mühe hatte, sich zu konzentrieren.

»Es tut mir leid, Madu, ich bin noch nicht dazu gekommen.«

»Wie bitte? Ich habe dir einen direkten Befehl erteilt.« Aufgebracht schüttelte Madu seine Freundin, die seine Hände ärgerlich zur Seite schob.

»Sag mal, spinnst du? Einen direkten Befehl? Kann es sein, dass dir die Priestergilde und der ganze Bohei, der um euch gemacht wird, zu Kopf gestiegen sind?«

»Du vergisst wohl, wie wichtig es ist, dass ich bei den Hohepriestern einen guten Eindruck hinterlasse. Es ist traurig, dass du es nicht schaffst, eine einfache Aufgabe zu erledigen und mich zu unterstützen. Schließlich bin ich der Primus!«

Charlie glaubte, sich verhört zu haben. »Hast du eine Ahnung, wie viel wir hier arbeiten müssen? Neben unseren täglichen Aufgaben erhalten wir immer noch unzählige Sonderwünsche, die natürlich sofort erfüllt werden müssen. Dazwischen versuchen George und ich Botschaften zwischen uns allen weiterzugeben, wobei uns nur allzu bewusst ist, dass uns der kleinste Fehler verraten könnte. Außerdem versuchen wir verzweifelt etwas über Dix herauszufinden, der wie vom zananischen Boden verschluckt ist. Niemand scheint etwas zu wissen oder bemerkt zu haben. Falls du dich noch an Dix erinnerst. Du weißt schon, ein kleiner heller Junge, mit dem du immer Gerim gespielt hast.« Wütend funkelte sie Madu an.

»Weißt du was? Da du so überlastet bist, hole ich mir den Tee eben selbst.« Madu stürmte aus seinem Zimmer und ließ Charlie sprachlos zurück.

Ich habe es nicht nötig, mich so von Charlie behandeln zu lassen. Ich gehe direkt zu Fatma.

Madu stürmte in die Ambulanz. »Fatma, bist du hier?«

Alarmiert sah sie auf. Sie war in die Behandlungsräume der Priesterschaft geschlichen, um Rhems Medikament auszutauschen. Schließlich würde der Beutel in seinem Zimmer bald leer sein. »Madu, ist etwas passiert?«

»Allerdings, ich habe keinen Tee mehr. Gib mir neuen!«

»Ach so, ich hole dir gleich welchen. Aber sei bitte leise. Wenn jemand mitbekommt, was ich gerade mache, dann …«

Aber seine Geduld war endgültig erschöpft. »Ich bin der Primus und komme sofort dran. Ist das klar?«

75

Fatma wusste natürlich, dass Angehörige der Priestergilde bevorzugt behandelt wurden. Aber bei Madu sollte das doch nicht notwendig sein, vor allem nicht, wenn sie damit beschäftigt war, ihre Mission zu erfüllen. Außerdem war niemand hier, vor dem er den vorbildlichen Dunklen spielen musste.

Fatma wollte nicht, dass die Situation eskalierte, und lenkte ein. »Natürlich, ich gebe dir einen Beutel.«

Besorgt nahm Fatma Madus glänzende Augen und zittrigen Hände wahr. Es steht ja noch schlimmer um ihn, als wir vermuteten, dachte sie und füllte einige Flaunblätter ab. Noch bevor sie den Beutel verschließen konnte, riss Madu ihn ihr aus der Hand und verschwand wortlos.

Entzug

Charlie betrat die Geheimzentrale, wo Fatma, Sying und George auf sie warteten. Ehawee und Fred waren verhindert. Außerdem fehlte Madu, der aber gar nichts von diesem Treffen wusste.

»Wir kennen alle den Grund, warum wir hier sind«, sagte George. »Madu verhält sich besorgniserregend. Gestern hat er mich beschimpft, weil ich vor ihm als Primus keine Verbeugung gemacht habe.«

»Er ist teilweise wie von Sinnen«, stimmte Charlie ihm zu. »Als ich noch auf der Straße gelebt habe, habe ich ein ähnliches Verhalten bei den Drogensüchtigen gesehen.«

»Das sind bestimmt die Flaunblätter«, erwiderte George. »Er ist regelrecht abhängig von diesem Tee und kann an nichts anderes mehr denken, wenn die Wirkung nachlässt.«

»Ich habe ihn auch schon lange nicht mehr lachen sehen, vorher war er doch immer so fröhlich. Mich wundert es aber, dass die Hohepriester keine Auffälligkeiten zeigen. Denn die beiden trinken doch den gleichen Tee«, wandte Sying ein.

»Vielleicht hängt seine Reaktion mit dem menschlichen Stoffwechsel zusammen«, mutmaßte Fatma.

»Was machen wir denn dagegen?«, fragte Sying, der sich große Sorgen um seinen Freund machte.

»Da hilft nur eins«, sagte Charlie. »Er muss einen Entzug machen, und ich weiß auch schon, wie.«

Charlie nahm ihre Putzsachen und ging erneut in Madus Zimmer. Zielstrebig zog sie einen Beutel mit den Teeblättern unter seinem Bett hervor. Seit sie bei ihrem Treffen einen Plan geschmiedet hatten, um ihrem Freund zu helfen, hatte sie regelmäßig seine Flaunblätter gegen harmlose, ähnlich aussehende Blätter ausgetauscht. Fatma hatte ihr geraten, nicht zu viele Blätter auf einmal auszutauschen. Wenn die Entzugssymptome zu stark wurden, war das zu auffällig. Madu musste sich langsam entwöhnen.

Doch ihnen lief die Zeit davon. Madus Blick schien ihnen zwar inzwischen etwas klarer, aber er zitterte mehr. Wahrscheinlich, weil er mit der neuen Teemischung seinen gewohnten Pegel nicht erreichte. Daher tauschte Charlie diesmal seinen ganzen Vorrat aus.

Es kursierten Gerüchte, dass bald die Spiele angekündigt werden sollen. Dann brauchten sie Madu bei klarem Verstand. Sie hoffte, dass ihre vorherige, schrittweise Reduzierung des Flauns seine körperlichen Reaktionen einigermaßen eindämmte und er keinen Verdacht schöpfte. Wenn doch, tja, das wollte sie sich besser nicht vorstellen.

Sie verließ das Zimmer und stieß mit einem Dunklen zusammen, der mit zwei Begleitern den Gang entlang kam. Charlie wusste, dass die drei zur Heilergilde gehörten, kannte sie aber nicht näher. Bei dem Zusammenstoß entglitt ihr der Beutel mit den Flaunblättern und fiel auf den Boden, Wasser aus dem Putzeimer schwappte auf die Schuhe und die Hose des Dunklen.

»Kannst du nicht aufpassen, du Trampel! Mich hier so nass zu machen.« Drohend baute er sich vor Charlie auf, die sich ängstlich duckte. »Das wird dir noch leidtun.«

Einer der anderen Dunklen, die gespannt darauf warteten, wie sich das Gespräch weiter entwickeln würde, zeigte plötzlich auffallendes Interesse an dem zu Boden gefallenen Beutel und machte Anstalten sich zu bücken.

78

Oh nein, er darf auf keinen Fall die Flaunblätter finden. Sie musste ihn ablenken.

»Du hast mich doch angerempelt. Außerdem bist du nicht nass, sondern hast nur ein paar Spritzer abbekommen.« Charlie sagte die Worte so hitzig, dass der Dunkle den Beutel augenblicklich vergaß und staunend dem Gespräch zwischen seinem Freund und ihr folgte.

Dafür hatte sie jetzt ein neues Problem.

»Und das kannst du beurteilen?« Wütend stieß der Dunkle sie zu Boden.

Charlie fiel glücklicherweise auf den Beutel und konnte ihn so unbemerkt einstecken.

Ich muss sichergehen, dass sie sich nicht daran erinnern. Dazu fällt mir leider nur eine Möglichkeit ein.

Sie rappelte sich auf und sah in das gemeine Gesicht vor sich. Sie hatte die herablassende Art der Dunklen so satt und hatte sich schon die vergangenen Tage zusammengerissen, um nichts zu sagen. Es bereitete ihr daher eine gewisse Genugtuung, dem Dunklen ihr restliches Putzwasser über den Kopf zu gießen.

»Ja, das kann ich. Denn so sieht man aus, wenn man nass wird und nicht nur ein paar Tropfen abbekommen hat.«

Es war schwer zu sagen, wer entsetzter über diese Aktion war. Der Dunkle, dem es die Sprache verschlagen hatte und die Helle vor sich perplex anstarrte, oder die Hohepriesterin Hara, die soeben aus einem Zimmer trat und deren Gesichtsausdruck nichts Gutes verhieß.

Erwischt

Weißt du etwas Neues von Charlie?«, fragte Sying George leise bei der Waffenausgabe.

Besorgt schüttelte dieser den Kopf. »Ich habe nur Gerüchte gehört, was passiert sein soll. Und dass Hara ein schnelles Urteil sprechen will. Ich hoffe, sie kommt mit einer Verwarnung davon.«

Beide wussten, wie unwahrscheinlich das war.

»Und ich werde der nächste sein«, sagte Sying düster. »Nocal hat einen Verdacht. Er taucht immer wieder an meiner rechten Seite auf und versucht mich dadurch zu erschrecken. Es ist, als wolle er mich testen. Ich tue so, als würde ich ihn grundsätzlich ignorieren, aber das nimmt er mir nicht ab.« Der Stress und das harte Training hatten Sying zugesetzt.

George runzelte die Stirn. Wenn die Dunklen herausfinden, dass der kleine Chinese auf einem Auge blind ist, werden sie ihn im schlimmsten Fall für die Suche rekrutieren. Ein Schauer lief ihm über den Rücken, als er an die Gruppe der Unglücklichen dachte, die er auf den Spiegelpflanzen gesehen hatte. »Versuch, noch mehr aufzupassen. Außerdem, was soll er schon machen?«

Offensichtlich eine ganze Menge!

Als Sying Nocal kurze Zeit später aus dem Büro der Hohepriesterin kommen sah, breitete sich ein ungutes Gefühl in ihm aus, das sich beim Abendessen bestätigte.

Die erste Hohepriesterin stand auf. Sie hätte es nie zugegeben, doch seit sie die dunklen Kinder aus Ganagos aufgenommen hatten, häuften sich die Probleme. Zuerst hatte es Ärger wegen zwei aufmüpfigen Hellen gegeben. Rhem dachte zwar, dass er ihr diesen Vorfall in den Gärten verheimlichen konnte, aber auch sie hatte ihre Informanten. Dann das Zimmermädchen mit ihrem Putzeimer, deren Verhalten sie auf keinen Fall tolerieren konnten. Ihr Urteil würde sie in Kürze vor allen Hellen aussprechen. Und jetzt das! Eine mögliche Verunreinigung direkt in ihrer Mitte, im Herzen der Residenz.

Nach außen sah man der Hohepriesterin ihre Gefühlsregungen und Gedanken nicht an. Ihr Gesicht war undurchdringlich, als sie ihre Stimme erhob. »Ich spreche nun zu euch, weil mir etwas Ungeheuerliches zu Ohren gekommen ist. Nocal hat eine schwere Anschuldigung vorgebracht. Sying, tritt bitte vor.«

Ängstlich folgte Sying der Anweisung.

»Ist es richtig, dass du defekt bist?«

Ein Raunen ging durch die Menge.

Was soll ich nur machen? Hilfesuchend blickte er sich um. Game over! ›Defekt‹, als wäre man nichts mehr wert, nur weil man eine Behinderung hat. Wie eine kaputte Maschine, die aussortiert werden muss.

Diese Gedanken machten ihn wütend und er sagte trotzig: »Ich weiß nicht, was du meinst.«

»Dann will ich meine Frage gerne konkretisieren. Bist du auf einem Auge blind? Ich kann dich untersuchen lassen.«

Sie nickte in Richtung der Heilergilde. Fatma saß dort zwischen den anderen Heilern. Sying sah ihr an, wie hilflos sie sich fühlte und nicht wusste, was sie tun sollte.

»Ich weiß zwar nicht, warum es eine Rolle spielt, aber es stimmt.«

Diesmal war es kein Raunen, sondern ein mittlerer Hurrikan, der durch den Saal fuhr. Es gab auch wenige

Dunkle mit Einschränkungen entweder von Geburt an oder durch Unfälle oder Erkrankungen. Im ersten Fall starben die betroffenen Kinder oft sehr schnell sei es durch mangelnde Versorgung oder durch aktives Nachhelfen, was stillschweigend geduldet wurde. Ältere verschwanden einfach aus der Öffentlichkeit, indem sie in den Häusern ihrer Familien ein gefangenenähnliches Dasein fristeten und nicht mehr erwähnt wurden.

Daher war es für die Schüler neu, einen dunklen Jungen mit einer Einschränkung, die sie lange Zeit nicht einmal bemerkt hatten, in ihrer Mitte zu wissen. Besonders Chap saß bestürzt da und starrte Sying fassungslos an.

»Das Verschweigen eines Defektes wird bei uns schwer geahndet. Wir können nicht zulassen, dass wir durch ...«

Fatma sprang auf. »Bitte, Hohepriesterin, das wussten wir nicht. Außerdem hat er ...«, sie kämpfte mit sich, dieses Wort aussprechen zu müssen, »... diesen Defekt seit dem Überfall auf unser Dorf. Er wurde von einem Hellen am Kopf verletzt und hat dabei sein Augenlicht verloren. Lasst doch in eurer großen Weisheit nicht zu, dass dieser Helle noch sein Ziel erreicht.«

Hara runzelte die Stirn. »Ich gebe zu, dieser spezielle Fall ist äußerst ungewöhnlich. Wir werden uns zur Beratung zurückziehen.«

Das Warten und die Ungewissheit zermürbten Sying. Er musste weiter dort vorne stehen bleiben, umringt von fünf Wächtern, den Blicken und dem Getuschel der anderen gnadenlos ausgeliefert

Natürlich verlässt niemand den Saal, dachte er verbittert. Keiner möchte die Show hier verpassen. Wie wird das Urteil lauten? Was werden sie mit mir machen? Tapfer

82

versuchte der kleine Chinese, die aufkommende Panik zu unterdrücken und keine Gefühlsregung zu zeigen.

Es lag eine unwirkliche Stille über dem Raum. Alle warteten mit einer sensationslüsternen Neugierde auf das Urteil. Außer Fatma. Sying sah ihr an, wie gerne sie zu ihm gekommen wäre. Das gab ihm ein wenig Kraft. Von Madu wehte ihm allerdings nichts als Langeweile und Gleichgültigkeit entgegen. Er sah aus, als ginge ihn das alles nichts an. Sying konnte immer noch nicht fassen, wie Madu sich verhielt. Obwohl es nur an dem Einfluss des Tees lag, half ihm das nicht.

»Wir haben ein einstimmiges Urteil!« Diese Ankündigung riss Sying aus seinen trübsinnigen Gedanken. Hara betrat den Raum. Das Warten hatte ein Ende. »Das Verschweigen eines Defektes wird immer mit dem Tod bestraft. Denn nur so können wir die Reinheit unserer Rasse gewährleisten und sie stark halten.«

Sying hielt vor Schreck die Luft an.

»Allerdings«, fuhr die Hohepriesterin fort, »wurde dir durch das Verbrechen der Hellen dein eigentliches Schicksal entrissen. Dadurch bist du auch nicht mit den üblichen Regeln aufgewachsen. Und die Hellen sollen wirklich nicht noch ihr Ziel erreichen.«

Der Funke Hoffnung, der in ihm aufkam, erlosch bei Haras nächsten Worten sofort wieder.

»Daher wurde durch den hohen Rat bestimmt, dass du zum Nutzen der dunklen Gemeinschaft weiterleben darfst – in den Gruben. Die Dunklen haben gesprochen!«

Die Anwesenden wiederholten: »Die Dunklen haben gesprochen.«

Sying erbleichte und wechselte einen kurzen verzweifelten Blick mit Fatma. Er hatte einige Geschichten über die Gruben gehört, eine grausamer als die andere. Doch eines hatten alle gemeinsam: Es war ein Tod auf Raten.

Sying schalt sich für seine düsteren Gedanken: Ich bleibe am Leben. Meine Freunde werden eine Möglichkeit finden, mir zu helfen.

»In zwei Tagen geht der nächste Transport zu den Gruben. Die Zeit bis dahin verbringst du im Arrest.«

Heldentat

Fatma nahm ihren ganzen Mut zusammen und legte so viel Autorität wie möglich in ihre Stimme: »Ich muss zu dem Gefangenen.«

Keiner von ihnen hatte Sying seit seiner Verurteilung gesehen und heute sollte er zu den Gruben verlegt werden. Das war die einzige Chance, vorher mit ihm zu sprechen.

»Ich habe Anweisungen, niemanden zu ihm zu lassen.«

»Und ich habe Anweisung, ihn auf Flatulenz zu untersuchen. Aber wenn du verantwortlich dafür sein willst, dass er damit alle Arbeiter in den Gruben krank macht, ist das nicht mein Problem.« Achselzuckend wandte Fatma sich um.

»Halt, warte! Nicht so schnell.« Nervös sah der Wächter sie an. »Flatu ...? Flatu ... was?«

»Flatulenz«, wiederholte sie die Diagnose.

»Äh, genau. Dafür kann ich wohl eine Ausnahme machen.« Der Wächter schloss die Tür auf und Fatma trat ein.

Sying sah sie erwartungsvoll an. Er hatte das Gespräch mit angehört.

»Was soll ich haben?«

»Blähungen«, grinste Fatma. Dann wurde sie wieder ernst. »Wie geht es dir?«

»Eigentlich ganz gut, aber ich schätze, das werde ich gleich nicht mehr sagen können.« Hilflos zuckte der kleine Chinese mit den Schultern.

»Wir haben Masor schon informiert. Wenigstens die Fred-Flaps-Buschtrommel funktioniert nach Plan. Die

85

Hellen arbeiten an einem Befreiungsplan, um dich zu retten.«

»Was ist das eigentlich für ein Lärm da draußen?«, wechselte Sying das Thema.

»Heute ist so etwas wie der Tag der offenen Tür. Die zukünftigen Schüler dürfen sich heute die Residenz anschauen.«

»Lauter Fünfjährige. Vielleicht ist mein Los doch nicht so schlimm«, scherzte Sying.

Nur wenig später wurden ihm die Hände vor seinem Körper zusammengebunden und er durch die Hintertür nach draußen geführt. Seine Wächter waren Nocal und Chap, dessen Reaktion Sying mehr traf, als er zugeben wollte.

Von Nocal hätte ich das Verhalten erwartet. Aber Chap sieht mich weder an noch redet er mit mir. Dabei waren wir doch Freunde.

Schweigend gingen sie nebeneinander her.

Auf dem Trainingsplatz liefen zahlreiche Kinder umher und versuchten sich an verschiedenen Übungsgeräten. Ein Junge war sogar bis oben auf den Turm geklettert und winkte fröhlich herunter.

Plötzlich geschah es. Ein Mädchen, das einen brennenden Pfeil schießen wollte, verriss im entscheidenden Moment den Bogen. Der Pfeil flog in eine völlig andere Richtung und landete auf der mittleren Etage des Turms, die in Sekundenschnelle in Flammen stand.

»Hilfe, Hilfe!«, rief der kleine Junge von oben herunter.

»Das ist mein Bruder! Ich muss ihm helfen.« Alarmiert rannte Chap zum Fuß des Turms, wurde dort jedoch von Jögol zurückgehalten.

86

»Durch das Feuer kommt keiner mehr hoch oder herunter. Es tut mir leid. Aber es hilft niemandem, wenn du auch verbrennst.«

Chap wehrte sich verzweifelt, kam aber nicht gegen die Kraft des Ausbilders an, der ihn eisern festhielt.

Sying verfolgte das Drama und suchte fieberhaft nach einem Ausweg für den Jungen. Der Turm würde dem Feuer nicht mehr lange standhalten und umstürzen. Spätestens dann würde das Kind umkommen, wenn nicht schon vorher durch den Rauch oder die Flammen. Als sein Blick auf die schräg gespannten Seile fiel, wusste er, wie er den Jungen retten konnte.

»Chap«, rief Sying, »binde mich los. Ich kann deinen Bruder retten.«

Chap drehte sich zu ihm um. »Wie willst du ...?«

»Keine Zeit für Erklärungen. Binde mich los.«

»Wir werden doch keinen Gefangenen befreien!« Demonstrativ stemmte Nocal die Fäuste in die Hüften.

Doch Chap hatte schon sein Messer gezückt und Syings Fesseln durchgeschnitten. Dieser verlor keine Zeit und rannte zu einem der gespannten Seile, während Chap den tobenden Nocal festhielt.

Sying hob einen Stock vom Boden auf und setzte dann seine Füße auf eines der Seile, die den Turm stabilisierten. Mit jedem Schritt kam er höher und näher an den Turm heran. Dreiviertel der Strecke konnte er rasch zurücklegen, auf dem letzten Stück musste er durch dichten Rauch.

Ich hätte mir ein Tuch vor das Gesicht binden sollen, dachte er.

In der Eile hatte er nicht daran gedacht, daher zog er sich sein Oberteil über Mund und Nase, um besser atmen zu können. Er konnte kaum noch etwas sehen, der Rauch brannte in seinen Augen. Wieder einmal musste er sich auf das Tastgefühl in seinen Füßen verlassen, aber er erreichte die obere Etage. Behände sprang er auf die Plattform, die bedenklich knirschte.

Zusammengekauert saß ein kleiner Junge in der Ecke.

»Hi, dein Bruder Chap hat mich geschickt, um dich herunterzuholen.«

Der Junge sah ihn ängstlich an.

»Chap hat gesagt, dass du ein großer Wächter werden willst. Du schafft es bestimmt, dich an meinen Schultern festzuhalten, wenn ich dich Huckepack nehme.«

Hinter ihm züngelten die Flammen am Boden, die erste Stelle brannte. Das gab den Ausschlag, denn der Kleine kletterte ohne ein Wort auf Syings Rücken, der sich sofort auf den Rückweg machte.

Chaps Bruder war zwar nicht allzu schwer, kostete den kleinen Chinesen durch den Rauch fast seine ganze Kraft. Er hatte die Hälfte des Wegs zurückgelegt, als der Turm schwankte, Teile von ihm abbrachen und zu Boden stürzten. Sying glich die Schwingungen aus, so gut er konnte. Erschrockene Schreie von unten begleiteten seinen Versuch, das Gleichgewicht wieder zu finden. Mit einer ungeheuren Kraftanstrengung gelang es ihm, auf dem Seil zu bleiben, seinen Stock hatte er verloren.

Ich muss mich beeilen. Weder der Turm noch ich werden dies lange durchhalten.

Sying konzentrierte sich und lief weiter. Er war so auf das nächste Stück Seil vor ihm fokussiert, dass er erst das Übungsgerät neben ihm beinahe nicht bemerkt hätte. Jögol hatte veranlasst, dass es neben das Seil geschoben wurde. Helfende Hände hoben den Jungen von Syings Rücken. Für den kleinen Chinesen kam die Befreiung von seiner

88

Last so überraschend, dass sich seine Schritte automatisch beschleunigten. Gleichzeitig verlor der Turm den Kampf gegen das Feuer und kippte mit lauten Knirschen und Knarren zur Seite. Das Seil verlor seine Spannung und Sying stürzte die letzten drei Meter zu Boden. Reglos blieb er liegen.

Das Urteil

Die Angelegenheit wurde schnell erledigt. In einem Schauprozess in der großen Halle wurde das Urteil über Charlie rasch gesprochen. Die Hohepriester hatten keinerlei Entschuldigung gelten lassen. Selbst Zinus' Versuche, sie milde zu stimmen, wurden sofort abgeschmettert, was die betroffenen Dunklen mit auffälliger Genugtuung zur Kenntnis nahmen.

Charlie wurde für den Rest ihres Lebens zur Arbeit in den Gruben verurteilt. Grund dafür war ihr Angriff auf einen Dunklen, aber vielmehr wollte man damit zeigen, dass hart durchgegriffen wurde.

Nach Dix war Charlie schon die zweite Person der Hellen, die in kurzer Zeit auffällig geworden war. Während er allerdings heimlich weggeschafft worden war, um von der Garde abzulenken, wurde das Urteil diesmal vor allen Hellen verkündet.

Die Botschaft war klar: Wer den nötigen Gehorsam vermissen ließ oder aufmüpfig war, landete umgehend in den Gruben.

Auch George und Ehawee waren bei der Urteilsverkündung anwesend, doch es gab keine Gelegenheit, mit ihrer Freundin zu reden, die tapfer versuchte, sich ihre Gefühle nicht anmerken zu lassen. Sie konnten ihr nur ein paar stumme, aufmunternde Blicke zuwerfen, als sie von mehreren Wächtern an ihnen vorbeigeführt wurde.

Bis zu ihrem Abmarsch in die Gruben noch am heutigen Tag wurde sie in eine Gefängniszelle im gleichen Trakt gesteckt, in dem Sying zuvor gesessen hatte. Dort ärgerte

Charlie sich weiter über sich selbst, dass sie sich in so eine Situation gebracht hatte und dadurch ihre wichtige Mission gefährdete.

Eine wohlbekannte Stimme unterbrach ihre Gedankengänge: »Willst du weiter Trübsal blasen oder hilfst du mir jetzt hier runter?«

»Fred!« Der kleine Kerl hatte sich zwischen den Metallstäben vor dem Fenster durchgequetscht. Er stand auf der Fensterbank und winkte. Charlie ging zu ihm und setzte ihn auf den Tisch. Sie selbst nahm auf dem einzigen Stuhl in dem Raum Platz.

»Ich bin so froh, dich zu sehen. Bitte sag den anderen, dass es mir leidtut, dass ich so blöd war, unsere Mission zu gefährden. Ihr sollt euch auf jeden Fall weiter darum kümmern und euch keine Gedanken um mich machen.«

»Red keinen Blödsinn.«

Charlie sah Fred erstaunt an, diese Worte passten sogar nicht zu ihm.

Der hob entschuldigend die Hände. »Das sind nicht meine Worte, sondern Georges. Er wusste offensichtlich, was du sagen würdest.«

Das berührte Charlie sehr. Sie konnte einen kleinen Schluchzer nicht unterdrücken. Wie gut er mich kennt.

»Leider kann niemand anderes kommen. Hara hat eine große Versammlung einberufen. Es geht, glaube ich, um die Spiele von Zanano.«

»Großartig! Die ganze Zeit haben wir genau darauf gewartet. Jetzt ist es endlich soweit. Aber ich sitze hier fest und bald bin ich noch weiter entfernt«, sagte Charlie düster.

»Wir werden beides machen, weiter an der Mission arbeiten und dich irgendwie aus den Gruben herausholen, damit du bei den Spielen mitmachen kannst. Bisher haben wir ein paar grundlegende Fakten über diesen Ort herausgefunden. Zumindest hoffen wir, dass sie stimmen. Denn ich habe sie von Ehawee gehört, die es wiederum von Fatma hat, die es von einer Dunklen hat, deren Vater einem Angestellten damit gedroht hat.«

»Also absolut verlässlich«, schmunzelte Charlie. »Aber je mehr ich weiß, desto besser kann ich mich vorbereiten.«

»Es muss die Hölle sein«, sagte Fred unheilvoll. »Die Gruben sind riesige, ziemlich tiefe Löcher im Boden, die man nur über schmale, serpentinenartige Wege erreichen kann. In dem ganzen Bereich brennt ein unterirdisches Feuer, das die Gruben so stark aufheizt, dass sogar Metall schmilzt und dort Temperaturen herrschen, die kein lebendes Wesen aushalten kann.«

»Aber wie ...?«

»Abwarten. Über diese Region fegt einmal am Tag eine Eiswolke hinweg. Die Kälte dieser Eiswolke fängt sich in den Gruben und senkt die Temperatur für einige Stunden so weit, dass man sich dort aufhalten kann. Durch die starken Temperaturunterschiede platzt der Boden an einigen Stellen auf, durch die riesige Fontänen aufsteigen. Es wird alles Mögliche nach draußen geschleudert, meistens aber Leuchtsteine. Die Arbeiter müssen sie aufsammeln und den ganzen Weg nach oben tragen.«

»Also großartige Aussichten«, stellte Charlie trocken fest. »Wenn ich dich richtig verstanden habe, habe ich gute Chancen zu erfrieren, gegrillt oder von herauskatapultierten Steinen erschlagen zu werden. Sonst noch was?«

»Wenn du schon fragst ...«

Charlie stöhnte. Warum frage ich auch?

»Es können giftige Dämpfe entstehen, die einen krank machen und sich entzünden können. Zahlreiche Wane

92

verhindern zusätzlich zu den Wächtern, dass die Gefangenen fliehen können.«

»Ich verstehe allmählich, warum die Dunklen immer neue Arbeiter für ihre Gruben brauchen.« Charlies Stimme klang mehr als niedergeschlagen.

»Du wirst das schon schaffen. Du musst nur durchhalten, bis wir dich herausholen«, versuchte Fred ihr Mut zuzusprechen.

Charlie drückte ihren kleinen Freund und setzte ihn zurück auf die Fensterbank.

Als er außer Sichtweite war, warf sie sich zum tausendsten Mal vor: Warum habe ich nur diesen Beutel fallen lassen?

Die Ankündigung

Sowohl die Dunklen als auch die Hellen der Residenz hatten sich in der Halle versammelt und lauschten der Ansprache der Hohepriesterin Hara. Während die Dunklen bei ihren jeweiligen Gilden saßen, standen George und Ehawee mit den anderen Hellen am Rand.

Eigentlich hatte Hara mit dieser Ankündigung noch warten wollen, doch die Eskapaden der Hellen waren genauso zu einem unerwünschten Gesprächsthema geworden wie die Tatsache, dass es ein defekter Dunkler in die Wächtergilde geschafft hatte. Es musste dringend eine Ablenkung her.

»Wie ihr wisst, finden die Spiele von Zanano nur alle drei Jahre statt. Mit großer Freude kann ich euch verkünden, dass die nächsten Spiele kurz bevorstehen.«

Lauter Jubel brandete auf. Die Freunde sahen sich bei diesem Gefühlsausbruch um sie herum irritiert um.

Offenbar ist bei diesem Thema ein gewisser Enthusiasmus erlaubt, dachte Fatma.

»Den Beginn der Spiele haben wir auf heute in einem Monat gelegt«, fuhr die Hohepriesterin fort.

Diesmal erhob sich aufgeregtes Gemurmel. Hara hob beschwichtigend die Arme.

»Ich weiß, dass das sehr kurzfristig ist. Aber da einige von euch schon seit Jahren trainieren, um einmal den Pokal in den Händen zu halten, sollte das kein Problem sein.«

Seit Jahren? Wie sollen wir nur gegen die Dunklen gewinnen, die sich schon so lange auf den Wettkampf vorbereiten? Mit diesem Gedanken war George nicht allein.

94

»Für alle Neuen«, Hara sah kurz zu ihnen hinüber, »werde ich kurz die Regeln zusammenfassen. Jede Gruppe besteht aus fünf Teilnehmern und muss sich bis Ende dieser Woche anmelden. Einen Tag vor Beginn der Spiele darf sich jede Gruppe drei Gegenstände aussuchen, von denen sie glaubt, dass sie hilfreich sein können. Ich rate euch, wählt sie weise aus, denn etwas anderes dürft ihr nicht mitnehmen. Davon abgesehen, erhält jede Mannschaft während der Spiele die Macht über ein Element, das jeder Spieler genau einmal einsetzen kann. Mindestens drei aus jeder Gruppe müssen das Ziel, die Residenz, erreichen. Die Aufgaben, die es dieses Jahr zu lösen gilt, wird euch nun Hohepriester Rhem erklären.«

Hara setzte sich und Rhem trat vor.

»Genaugenommen sind es drei Aufgaben, die ihr bewältigen müsst. Eure erste Aufgabe wird darin bestehen, uns die Hauptfeder des Guru-Vogels zu bringen. Dieser Vogel brütet für kurze Zeit auf den Inseln von Slagharia, doch danach fliegen sie alle gemeinsam davon. Wenn ihr bis dahin keine Feder bekommen habt, scheidet ihr aus dem Wettbewerb aus.«

»Das sind die Federn, mit denen die Hohepriester schreiben«, hörte Fatma jemanden hinter sich sagen. »Sie saugen sehr viel Tinte auf, und man kann sehr lange mit ihnen schreiben.«

»Bei der zweiten Aufgabe«, fuhr Rhem fort, »haben wir uns für ein Novum entschieden. Das macht diese Spiele spannender, aber auch um einiges gefährlicher. Denn ihr müsst in die Verbotene Zone.«

Bei dieser Ankündigung setzte ein aufgeregtes Gemurmel ein, das nur langsam wieder verstummte. Bisher war es allen strengstens untersagt, dieses Gebiet zu betreten. Nicht dass sie das gewollt hätten, bei all den Horrorgeschichten, die darüber kursierten.

»Wie nur wenige wissen, leben dort noch Zananer. Wobei ich diese Kreaturen eigentlich nicht so nennen möchte. Ihre Existenz ist eine einzige Beleidigung für uns, denn sie versuchen sich den Gesetzen der Dunklen zu entziehen.«

Madu verzog das Gesicht. Seine Kopfschmerzen wurden schlimmer, als es nun im Saal noch lauter wurde. Er wollte in sein Zimmer und einen Tee trinken.

Rhem musste seine ganze Autorität einsetzen, damit Stille einkehrte und er weitersprechen konnte. »Jede Gruppe muss einen von denen fangen, die in der Verbotenen Zone leben.« Diesmal waren die Stimmen der Schüler noch ohrenbetäubender, während die Freunde entsetzt über diese Aufgabe waren.

Wir können die Verlorenen nicht warnen, dachte Ehawee schockiert. Schlimmer noch, wir werden zu denen gehören, die sie jagen!

Chap meldete sich: »Müssen wir den Gefangenen dann bis zum Ende des Wettkampfes mitnehmen?«

»Nein, ihr werdet eure Gefangenen genau wie zuvor die Federn an einem bestimmten Punkt, den wir euch noch nennen werden, an einige Dunkle übergeben. Die werden sie dann in die Residenz bringen«, antwortete Rhem. »Zuletzt ist für jede Gruppe in der Höhle der Verdammten eine Z – Skulptur versteckt, die ihr finden und mitbringen müsst.«

Die Worte eines Dunklen in seiner Nähe ließen George frösteln: »Ein Bekannter meiner Familie ist als Mutprobe dort hineingegangen und nie wiedergekommen.«

»Die Aufgaben sind gefährlich und anspruchsvoll, besonders die in der Verbotenen Zone. Nur die besten

96

Dunklen werden daraus ohne Verluste zurückkehren. Deshalb überlegt weise, ob ihr das Risiko eingehen wollt«, schloss der Hohepriester seine Ankündigung.

Wir haben keine Wahl, dachte George. Und das, wo die Vorzeichen denkbar schlecht stehen. Dix ist verschwunden, Madu macht einen unfreiwilligen Entzug durch und Charlie und Sying wurden zu einem Leben in den Gruben verurteilt. Unsere ohnehin schon kleine Zahl an Verbündeten schrumpft stetig. Und wenn ich Rhems Worte richtig interpretiere, lassen sie nur Dunkle bei den Spielen zu. Das müssen wir auf jeden Fall ändern. Aber wie? George riss sich aus seinen düsteren Gedanken. Slagharia kenne ich ein wenig von der Zeit der Ernte. Außerdem hat vermutlich niemand von den möglichen Teilnehmern die Verbotene Zone betreten oder sich ihr genähert. Niemand, abgesehen von uns. Vielleicht haben wir doch eine Chance!

Die Gruben

Der Tross in die Gruben war früher aufgebrochen als geplant, so dass Charlie sich von niemandem mehr verabschieden konnte. Mit drei weiteren Hellen aus der Residenz und zwei weiteren, die unterwegs zu ihnen gestoßen waren, waren sie insgesamt zu sechst. Begleitet wurden sie von zwei Wächtern. Da sie aber aneinandergekettet waren, war an Flucht nicht zu denken.

»Beeil dich!«

Charlie bekam einen unsanften Schubs in den Rücken und verzog verärgert das Gesicht. Dabei war sie nur kurz stehen geblieben, um sich ihre neue Heimat, die Gruben, anzusehen. Sie waren bis auf wenige Pausen zwei Tage lang durchmarschiert und die vergangenen Stunden über eine harte, nicht bewachsene Ebene gegangen. Wegen der Dunkelheit konnten sie nicht viel erkennen. Ein paar Mal hatte Charlie gedacht, auf dem Boden Knochen zu sehen. Da sie dies aber gar nicht so genau wissen wollte, sah sie nur noch stur vor sich auf den Boden.

Als die Gruppe fast ihr Ziel erreicht hatte, wurde ihre Umgebung von zahlreichen Leuchtsteinen erhellt. Selbst aus den Gruben drangen Lichtschimmer. Je näher sie diesen riesigen Löchern in der kargen Landschaft kamen, desto wärmer wurde es.

Die einfachen Unterkünfte waren die einzigen Erhebungen weit und breit und erinnerten Charlie an kleine Bunker. Dass der Vergleich gar nicht so verkehrt war, sah sie aus der Nähe: Das Material der Gebäude ähnelte graugrünem Beton und in den Wänden gab es nur wenige

98

schmale Schlitze, die mehr wie Schießscharten als wie Fenster aussahen.

Eine Unterkunft stach aus den anderen heraus. Sie war am weitesten von den Gruben entfernt und hochwertiger gebaut. In einem Gehege konnte Charlie einige Wane erkennen und ein riesiger runder Gong stand davor. Bei ihrer Ankunft traten zwei Dunkle aus der Tür dieses Gebäudes.

Natürlich das Wachpersonal muss auch irgendwo wohnen, fiel es Charlie ein.

Im Gegensatz zur Residenz waren die Wächter hier legerer gekleidet, was sicherlich den Umgebungstemperaturen geschuldet war. Trotzdem durfte man sie nicht unterschätzen, wie die nächsten Worte eines Wächters betonten: »Willkommen am Tor zur Hölle! Hier werdet ihr für den Rest eures Lebens arbeiten. Die Regeln, die euch die anderen Gefangenen erklären werden, sind strengstens einzuhalten. Solltet ihr dagegen verstoßen, werdet ihr bestraft. Im schlimmsten Fall werdet ihr ohne Schutz hier draußen gelassen, kurz bevor die Eiswolke kommt.«

Charlie schauderte. Um sich herum hörte sie leise Schluchzer. Ich muss so schnell wie möglich hier weg, dachte sie.

Als hätte der Wächter ihre Gedanken gehört, sprach er weiter. »Sollte jemand von euch an Flucht denken, vergesst es direkt wieder. Die Ebene, die ihr auf dem Weg hierher durchquert habt, ist nur zu bestimmten Zeiten begehbar. Außerhalb dieses Zeitkorridors werdet ihr – genau wie in den Gruben – entweder gekocht oder erfrieren.«

Nach dieser freundlichen Willkommensrede führten andere Gefangene die Neuankömmlinge in ihre Unterkünfte. Charlie wurde von einer älteren Frau in den Bunker mit der Nummer elf gebracht, wo sie sich erschöpft auf ihre Pritsche sinken ließ. Noch während die Frau ihr die Regeln aufzählte, schlief sie trotz der schwülen und stickigen Luft ein.

Ein lauter Gong weckte sie am nächsten Morgen. Verschlafen musterte sie das Innere ihrer Unterkunft, die sie am Abend zuvor nur oberflächlich wahrgenommen hatte. An beiden Seiten der Hütte waren drei Etagenbetten hintereinander platziert, die nur einen schmalen Gang in der Mitte freiließen. An der gegenüberliegenden Wand war eine Tür, die zur Toilette hinter dem Haus führte. Daneben stand eine Schüssel mit Wasser auf einem Tisch. Das war eines der wenigen Dinge, die sie von den gestrigen Erklärungen behalten hatte.

Der Gong löste eine hektische Betriebsamkeit aus. Bis auf Charlie sprangen alle sofort aus den Betten, zogen sich an und verschlossen die Fenster, was bei ihr umgehend ein beklemmendes Gefühl auslöste.

Ich muss hier raus, dachte sie und ging zur Tür.

»Was machst du da?«, fuhr die Frau sie an, die ihr erst gestern Abend alles zu erklären versucht hatte, und stellte sich ihr in den Weg.

»Es ist so warm, ich brauche frische Luft.« Charlie wollte sich an ihr vorbeidrängeln.

»Hast du mir denn gar nicht zugehört? Das geht auf keinen Fall. Der Gong signalisiert, dass die Eiswolke bald hier sein wird. Wenn du nicht erfrieren willst, musst du hier bleiben, genauer gesagt da unten.«

Die Frau zeigte auf ein Brett im Boden, das Charlie bisher nicht aufgefallen war und das jetzt von einigen anderen hochgehoben wurde. Nacheinander sprangen sie in das

100

Loch. Schicksalsergeben tat Charlie es ihnen gleich, bevor sich die alte Frau zu ihnen gesellte und die Öffnung mit dem Holzbrett wieder verschloss.

Ich hätte nicht gedacht, dass die Situation noch schlimmer werden könnte, dachte Charlie.

Mit zwölf Personen hockten sie auf engstem Raum, der kaum einen Meter hoch war. Nur ein kleiner Leuchtstein spendete ein wenig Licht.

»Wie lange dauert es, bis die Eiswolke kommt?«, wollte Charlie von der Frau neben ihr wissen.

»Das ist unterschiedlich. Der Alarm wird gegeben, sobald an einer bestimmten Stelle ein Temperaturabfall gemessen wird. Manchmal ist die Eiswolke innerhalb weniger Minuten hier, manchmal dauert es länger. Einmal musste ich neunzehn Stunden hier unten ausharren.«

»Neunzehn Stunden!«, rief Charlie entsetzt. Sie hatte sich nie für einen klaustrophobischen Menschen gehalten, aber hier wurde es ihr schon nach kürzester Zeit zu eng.

»Wo sind die Wächter in der Zeit?« Charlie konnte sich nicht vorstellen, dass sie sich in der gleichen Situation befanden.

»Die warten auch unterzananisch ab, allerdings viel komfortabler als unsereins. Unter ihrem Gebäude gibt es gleich mehrere Räume mit Essen und Getränken und was die Dunklen noch so brauchen. Außerdem sind liegen ihre Räume viel tiefer als unsere, so dass sie die Hitze und die Kälte kaum spüren.«

Als wäre das ein geheimes Stichwort gewesen, stellte Charlie fest, dass es nicht mehr so heiß war. In den folgenden zwei Minuten wurde es immer kälter. Sie fing sogar an zu frieren, was ihr gerade noch völlig unmöglich erschienen war. Die anderen hatten ihre Decken mitgenommen, in die sie sich jetzt einwickelten. Charlie blieb nichts anderes übrig, als immer wieder über ihre Arme und Beine zu rubbeln. Ihre Atemluft bildete kleine Wölkchen und sie wusste nicht mehr, ob das Geräusch, das sie hörte, von ihren aufeinanderschlagenden Zähnen oder von denen der anderen stammte.

Und dann war es schlagartig vorbei. So schnell, dass Charlie es fast gar nicht mitbekommen hätte. Erst als jemand das Brett zurückzog und aus der Grube kletterte, wachte sie aus ihrem lethargischen Zustand auf. Mit steifen Gliedern stand sie auf.

»Und was kommt jetzt?«, fragte sie unsicher.

»Jetzt müssen wir arbeiten!«

Strafumwandlung

Sying erwachte mit einem brummenden Schädel. Seine Gedanken bildeten sich nur zäh, doch nach und nach gelang ihm eine Bestandsaufnahme. Er lag in einem Bett und seine linke Seite stand in Flammen. Vielleicht nicht in Wirklichkeit, vermutlich hatte er dort nur einige Prellungen, aber so fühlte es sich an.

Das Feuer! Chaps Bruder! Abrupt richtete Sying sich auf. Eine Bewegung, die er sofort bereute, als in seinem Kopf ein Feuerwerk explodierte.

»Nicht so hastig. Du musst dich ausruhen.« Ehawee drückte ihn sanft zurück aufs Bett.

»Wie kommst du denn hierher?«

»Ich freue mich auch dich zu sehen. Da Charlie ausgefallen ist, muss ich einen Teil ihrer Pflichten übernehmen. Auch Krankenzimmer müssen geputzt werden, und deins braucht besonders viel Aufmerksamkeit.« Ehawee zwinkerte Sying zu.

»Was ist mit Charlie und dem Jungen?« Da Sying die ganze Zeit geschlafen hatte, hatte er von Charlies Verhandlung und dem Urteil nichts mitbekommen.

Ehawee machte ein düsteres Gesicht. »Sie wurde zur Arbeit in den Gruben verurteilt und ist schon dort.« Sying entfuhr ein Schreckenslaut, bevor Ehawee mit deutlich glücklicherer Miene fortfuhr. »Aber dem Jungen geht es gut. Dank dir! Deine Aktion war wirklich unglaublich mutig.«

»Ach, ich wollte nur meine Reise in die Gruben ein wenig aufschieben«, scherzte Sying. »Wenigstens bin ich dort jetzt

103

nicht allein. Zusammen können wir vielleicht eher von dort entkommen.«

»Wenn du Glück hast, bleibt dir das erspart. Chaps Familie ist offenbar sehr einflussreich und versucht, die Hohepriester zu überzeugen, deine Strafe abzumildern.«

Noch am gleichen Tag stand Sying tatsächlich wieder vor den Hohepriestern, die ihre Entscheidung vor allen Schülern verkündeten.

»Du hast durch deine mutige Tat einen dunklen Jungen gerettet, ohne Rücksicht auf dein eigenes Leben. Trotz deiner Jahre bei den Hellen zeigst du damit alle Qualitäten eines echten Dunklen. Daher bleibt dir die Arbeit in den Gruben erspart. Stattdessen wirst du unserem Hausmeister Zinus zur Hand gehen. Er wird dir alles beibringen, was du für diese Arbeit wissen musst, damit du ihn irgendwann ersetzen kannst. Die Dunklen haben gesprochen.«

»Die Dunklen haben gesprochen.«

Er hatte noch gar nicht realisiert, was passiert war. So schnell hatte sich alles für ihn geändert. Innerhalb von zehn Minuten hatte Sying seine Sachen aus dem Wächterzimmer in Zinus' Anbau geräumt. Er durfte keine Gildenkluft mehr tragen, daher hatte er nur sehr wenig einzupacken.

Zinus' Räume bildeten einen starken Kontrast zu dem nüchtern eingerichteten Wächterhaus. Direkt hinter seinem offiziellen Büro schloss sich ein großer Schuppen an, an dessen Seite ihr Zufluchtsraum angebaut war. Trotz ihrer häufigen Treffen dort hatten sie den eigentlichen Schuppen noch nie betreten. Mindestens zwei Drittel davon wurden von Werkzeugen und einem Sammelsurium von Dingen eingenommen, die Sying nicht identifizieren konnte. Im

104

hinteren Bereich hatte Zinus zwei private Räume abgetrennt, sein Schlafzimmer und ein winziges Zimmer mit Regalen, auf denen zahlreiche Bambusmodelle standen. In diesem Raum stellte Zinus ein Bett für Sying auf.

Sying nahm eines der Modelle in die Hand. »Das kenne ich. Es steht bei uns auf dem Übungsplatz in groß.«

»Bevor ich die Gerätschaften baue, erstelle ich immer ein Modell. Wenn es im Kleinen funktioniert, klappt es auch im Großen.«

Sying nahm einen Drachenflieger in die Hand. Liebevoll war Stoff über die Flügel gespannt worden. Witzigerweise war sogar eine Figur darunter festgemacht.

»Dann hast du so einen auch schon gebaut?«

»Nein, aber er würde funktionieren.«

Zinus nahm Sying den Flieger aus der Hand und warf ihn in die Luft. Sanft segelte das Modell durch den Raum und landete auf Syings Bett.

»Als mein Assistent wirst du lernen, was man aus Bambus alles bauen kann. Besonders die Wächtergilde braucht ständig Nachschub.«

»Cool!« Sying freute sich sichtlich über diese neue Aufgabe.

Schlupfloch gesucht!

Sie hatten sich in ihrem geheimen Zimmer bei Zinus versammelt. Mittlerweile sah es dort nicht mehr so karg aus. Den Boxsack hatten sie zwar hängen lassen, aber dafür zusätzliche Sitzgelegenheiten, einen Tisch und ein paar Kissen hineingestellt. Die Sachen hatten sie aus Zinus' Fundus. Ehawee hatte sogar Pflanzen mitgebracht und mit Farben, die sie entdeckt hatte, bunte Bilder an die Wand gemalt. Jetzt wirkte der Raum viel gemütlicher. In den vergangenen Wochen hatten sie sich öfter hier getroffen, manchmal nur, um sich eine kurze Auszeit zu gönnen, ohne die ständige Angst sich zu verraten. Meistens hatten sie aber Informationen ausgetauscht, die ihnen wichtig erschienen, und ihr weiteres Vorgehen besprochen. Heute trafen sich die Freunde, um ihre Teilnahme an den Spielen zu planen.

Sying saß mit einem Haufen kleiner Bambusstäbe, ohne die er nicht mehr anzutreffen war, am Tisch und bastelte Modelle. Während George hin- und herlief, saßen die anderen. Madu lümmelte im Halbliegen auf einem Sofa. Er war das erste Mal seit langer Zeit bei einem Treffen dabei. Als er vor zwei Tagen aufgewacht war, hatte er sich endlich wieder normal gefühlt. Er hatte weder das unbändige Verlangen einen Tee zu trinken noch die apokalyptischen Kopfschmerzen, Schweißausbrüche oder die Übelkeit der vorherigen Tage verspürt.

Den Freunden, die Madu so gut wie möglich beobachtet hatten, war die Veränderung sofort aufgefallen. Man konnte wieder ein vernünftiges Wort mit ihm sprechen und er zeigte neues Interesse an seiner Umgebung und an ihrem Vorhaben.

Mit Schrecken hatte Madu von seinem Verhalten, das durch den Tee ausgelöst wurde, erfahren. Er selbst hatte seine Veränderung gar nicht wahrgenommen und nicht bemerkt, wie er seinen Freunden vor den Kopf gestoßen hatte.

Glücklicherweise haben sie mich aus diesem Teufelskreis befreien können, dachte er dankbar. Jetzt muss ich wieder etwas zu unserer Mission beitragen. Er richtete seine Aufmerksamkeit auf George.

»Fünf Dunkle!«, sagte George und strich sich seine Haare aus dem Gesicht. »Und Helle dürfen laut Hara gar nicht teilnehmen. Wie sollen wir jetzt unser Team zusammenbekommen?«

»Wenn ihr nur auch mitmachen könntet«, meinte Madu.

»Ich wüsste nicht, wie das gehen soll.« Fatma studierte eine Abschrift der Spielregeln, die sie sich von einem Lehrer hatte geben lassen. »Hier wird, wenn auch mit einem eher ungewöhnlichen Wort, nur von Dunklen gesprochen, die die Spiele bestreiten dürfen.« Die Freunde kannten das alte Wort überhaupt nur von Schildern, die dort angebracht waren, wo Helle ohne Erlaubnis keinen Zutritt hatten.

Zinus hatte Fatmas letzte Worte gehört, als er soeben durch die Tür trat. »Nohaes! Das ist ein alter zananischer Begriff für die Dunklen. Aber das sind nur Abschriften und Auszüge. Wenn es eine Möglichkeit gibt, dass ihr mitmachen könnt, steht es im großen Buch von Zanano.«

Überrascht sahen die Freunde auf. Davon hatten sie noch nie gehört. Nur bei Madu regte sich eine schwache Erinnerung. Aber alles aus der Zeit, als er von dem Tee abhängig war, war nur verschwommen vorhanden.

»Auf das große Buch von Zanano, das vor langer Zeit geschrieben wurde, berufen sich die Dunklen mit ihren Gesetzen, Handlungen und ihrer Lebensweise.«

»Und wo ist es?«, fragte Fred aufgeregt.

Zinus strich sich mit der Hand über sein Kinn. »Das Buch wird immer unter den ersten Hohepriestern weitergereicht. Hara versteckt es irgendwo, da viele Dinge zugunsten der Dunklen ausgelegt werden, obwohl sie sich auch auf die Hellen beziehen. Außerdem will Rhem es in die Hände bekommen. Es ist ein offenes Geheimnis, dass er sie gerne ablösen würde, weil sie ihm nicht radikal genug ist. Er hofft, in dem Buch eine Handhabe gegen sie zu finden, um das zu erreichen.«

»Ich verstehe trotzdem nicht, wie es uns helfen soll.« Ehawee blickte fragend drein.

»Wenn dort steht, dass nicht nur Dunkle mitmachen dürfen, kann niemand etwas dagegen unternehmen. Die Dunklen sind an das Buch gebunden, wenn sie sich nicht ihres Fundamentes berauben wollen.«

»Jetzt habe ich es!«, rief Madu plötzlich aus.

Die anderen lachten bei Madus plötzlichem Anwesenheitsbeweis. Bisher hatte er das gesamte Gespräch nur am Rande verfolgt und geschwiegen. Stattdessen hatte er über das nachgegrübelt, was irgendwo in seinem Gedächtnis schlummerte.

»Das ist schön«, sagte George trocken. »Was genau hast du?«

»Ich habe das Buch schon einmal gesehen. Als ich damals in Haras Privaträume gerufen wurde, hat sie gerade darin gelesen. Und irgendetwas an dem Boden war komisch.« Aufgeregt sah Madu in die Runde, froh einen entscheidenden Hinweis gegeben zu haben.

108

»Was denn?«, fragte Fatma.

»Ich weiß nicht genau.« Madu zuckte bedauernd mit den Schultern.

»Also, wie kommen wir in Haras Räume?« Auffordernd blickte George in die Runde.

Ein folgenreicher Unfall

Dix!«

Erfreut erkannte Charlie ihren verschwundenen jungen Freund. Sie war erleichtert, ihn lebendig vor sich zu sehen, schließlich hatte sie das Schlimmste befürchtet. Gleichzeitig musterte sie ihn besorgt, da er sich schon einiges länger in dieser Hölle befand. Aber abgesehen davon, dass er noch dünner geworden war, schien es ihm gut zu gehen.

»Wie bist du hierhergekommen? Niemand von uns hat etwas von einem Verfahren mitbekommen.«

»Weil es keines gab«, sagte er verächtlich. »Es war Rhem, der mich im Park geschnappt hat. Ich habe ihn trotz seiner Kapuze erkannt. Er ist plötzlich von der Seite aufgetaucht. Ich glaube, er hat von dem Plan der Garde erst verspätet erfahren. Auf jeden Fall war er fuchsteufelswild, vermutlich mehr darüber, dass sich seine Leute so dilettantisch angestellt haben, als über die eigentliche Aktion. Er hat sofort zwei von der Garde beauftragt, mich zu den Gruben zu bringen und kein weiteres Wort darüber zu verlieren.«

Das erklärte, warum sie nichts über Dix in Erfahrung bringen konnten.

Der Weg, der zu ihrem Arbeitsplatz führte, schlängelte sich schmal und steil nach unten. Charlie musste ihre gesamte Konzentration darauf verwenden, nicht auf die Kante zu treten oder zu stolpern, als sie mitten in dem langen Tross von Arbeitern auf den Boden zusteuerte.

»Erst vor fünf Tagen hat jemand danebengetreten. Bei dem Versuch, sich zu retten, hat er noch einen anderen mit

110

in den Abgrund gerissen«, flüsterte Dix hinter ihr, als hätte er ihre Gedanken erraten.

Das hätte ich lieber nicht gewusst, dachte Charlie. Ich fand den Weg so schon schlimm genug. Und dabei ist mein Korb noch leer.

Charlie trug wie jeder von ihnen einen geflochtenen, stabilen Korb, der leicht über ihren Kopf herausragte und bis zum unteren Rücken reichte. Da der Boden elastisch war, würde er gefüllt fast bis zu ihren Knien reichen. Als sie endlich das Ende des Weges erreichten, war Charlie trotz der kalten Luft, die die Eiswolke hinterlassen hatte, schweißgebadet. Doch eine Pause war nicht eingeplant.

»Pass auf, gleich geht es los«, sagte Dix.

Tatsächlich platzte kurz darauf in ihrer Nähe mit einem lauten Knall der Boden auf und Wasser vermengt mit Geröll, Schmutz und Sand schoss in einer hohen Fontäne hinaus. Das gleiche passierte an zwei weiteren Stellen.

»Wir müssen los, sonst bekommen wir die Körbe nicht voll«, sagte Dix und zog Charlie mit sich.

»Das ist ja lebensgefährlich«, rutschte Charlie es heraus. Daran, dass ihre Helme sie vor den umherfliegenden Steinen schützen würden, glaubte sie keine Sekunde.

»Was du nicht sagst«, kommentierte ein anderer Gefangener neben ihr ironisch.

Die nächsten drei Stunden arbeiteten sie im Akkord. Anfänglich zuckte Charlie bei jeder neuen Fontäne zusammen und hielt sicherheitshalber die Arme über ihren Kopf, doch schon bald nahm sie es nur noch am Rande wahr. Zu sehr war sie damit beschäftigt, die wertvollen Leuchtsteine zu finden und einzusammeln. Rasch bildeten sich Brandblasen an ihren Händen, so heiß waren sie. Nicht nur diese widrigen Temperaturen erschwerten die

111

Arbeit, der Konkurrenzkampf untereinander belastete sie zusätzlich. Jeder wollte möglichst schnell seinen Korb füllen, um diesen Ort vorerst wieder verlassen zu können, aber auch weil derjenige mit den meisten Steinen eine Extraportion Essen erhielt.

Bald gab es an Charlies Körper keine Stelle mehr ohne Blessuren. War die Umgebungsluft zu Beginn ihrer Arbeit angenehm kühl gewesen, stieg die Temperatur mit der Zeit an, bis sie kaum noch zu ertragen war. Als ein Gong ertönte, war überall ein erleichtertes Seufzen zu hören.

»Wir müssen uns auf den Rückweg machen. In Kürze wird es hier zu heiß.« Dix schulterte seinen Tragekorb.

»Was bedeutet ›in Kürze‹?«, fragte Charlie, während sie mit dem Aufstieg begannen.

»Das ist unterschiedlich. Der Gong ertönt, wenn eine bestimmte Temperatur erreicht ist. Bis es so heiß ist, dass dort niemand überleben kann, kann es bis zu einer halben Stunde dauern. Der kürzeste Zeitraum, von dem ich gehört habe, betrug nur zwei Minuten. Damals haben es einige Arbeiter nicht mehr rechtzeitig herausgeschafft. Seitdem beeilen sich alle.«

Sie schwiegen, weil sie ihre ganze Energie für den Aufstieg benötigten. Charlie konnte später nicht sagen, wie sie es überhaupt nach oben geschafft hatte. Dabei war ihr Korb nicht einmal voll gewesen. Sie hatte geradeso das geforderte Minimum gesammelt. Der einzige Vorteil, den ihre Erschöpfung mit sich brachte, war, dass sie das Essen herunterschluckte, ohne großartig über den Geschmack oder die Konsistenz nachzudenken.

Die nächsten Tage verliefen nach immer dem gleichen Muster. Charlie und Dix bildeten ein freiwilliges Arbeitsteam. Es tat gut, jemanden um sich zu haben, dem man

112

vertraute. Da die Wachen oben auf ihre Rückkehr warteten, konnten sie sogar ungefährdet einige Worte wechseln.

»Meine Freunde arbeiten schon an einem Plan, um uns zu befreien. Wir müssen nur noch ein wenig durchhalten«, teilte Charlie Dix mit, während sie die Steine in ihren Korb fallen ließ.

»Genau das gleiche hat Masor auch gesagt.«

Verwirrt blickte sie ihn an. »War er hier?«

Von Besuchszeiten hatte sie bisher nichts gehört. Das würde ihnen ganz neue Möglichkeiten eröffnen. Doch ihre Hoffnung wurde direkt zerstört, als Dix den Kopf schüttelte.

»Hier kommt man nur als Gefangener oder als Wächter hin. Aber Flaps schafft es ab und zu, zu mir zu gelangen. Dann hat er Päckchen mit einem Brief dabei, natürlich in Geheimschrift, falls die Wächter ihn abfangen sollten.«

Gut zu hören, dass wir noch ein wenig Kontakt zur Außenwelt haben, dachte Charlie erleichtert und konzentrierte sich weiter auf ihre Aufgabe.

Mittlerweile hatte sie eine gewisse Routine entwickelt, die Arbeiten gingen ihr leichter von der Hand als am ersten Tag. Dennoch hoffte sie, dass ihre Freunde sie und Dix bald aus dieser schlimmen Lage retteten.

Sie hatten ihre Körbe fast gefüllt, als Dix plötzlich einen lauten Schrei ausstieß. Ein Stein, der aus einer Erdspalte geschleudert worden war, hatte seinen rechten Oberarm mit voller Wucht getroffen.

»Ist es schlimm?«, fragte Charlie besorgt, doch das schmerzverzerrte Gesicht ihres jungen Freundes war Antwort genug.

»Ich glaube, der Knochen ist gebrochen«, stöhnte er gequält und tastete vorsichtig über seinen Arm. »Ich bin

113

erledigt, die Dunklen werden nicht abwarten, bis mein Arm verheilt ist.«

»Was meinst du damit?«

»Wer nicht arbeiten kann, ist wertlos und wird entsorgt. So nennen es die Dunklen, wenn sie meinen, dass niemand ihnen zuhört.« Dix' Stimme hatte einen bitteren Unterton bekommen.

»Entsorgt?« Charlie blieb entsetzt der Mund offenstehen.

»Sie werden einfach nach draußen geschickt, kurz bevor die Eiswolke sich ankündigt.«

Und die Eiswolke kann niemand überleben, dachte Charlie schaudernd.

»Die Kranken haben drei Tage Zeit, um gesund zu werden, bevor ...« Dix versagte die Stimme.

... sie entsorgt werden, vollendete Charlie den Satz in Gedanken. Welch ein schreckliches Wort!

»Dann müssen wir dafür sorgen, dass niemand merkt, dass du verletzt bist.« Charlie war fest entschlossen, dem jungen Hellen zu helfen.

Nachdem sie die Steine abgegeben und endlich ihren Bunker erreicht hatten, bandagierte Charlie Dix' Arm so gut wie möglich. »Wenn du ihn nicht bewegst, wir er bestimmt gerade zusammenwachsen.«

»Aber wie soll ich damit arbeiten?«

»Keine Sorge, das bekommen wir schon hin.« Ihre Stimme klang mutiger, als sie sich in Wirklichkeit fühlte.

114

Das Buch von Zanano

Fred hat mir gesagt, dass ich dich hier treffen soll?«, fragte George Ehawee und sah sich um. Sie standen in den Gärten, doch dieser Abschnitt sah verkümmert aus. Die Farben waren nicht so leuchtend und die Pflanzen ließen ihre Köpfe hängen.

»Nicht so schön, wie sonst, nicht wahr?«, sagte Ehawee, der Georges Blick nicht entgangen war.

»Was ist hier passiert?«

Statt einer Antwort ging Ehawee zu einer Pflanze, schnitt ein Blatt ab und drehte es um. Die Unterseite war mit roten Tierchen übersät, die ihn an Heuschrecken erinnerten.

»Darf ich vorstellen, die Bracas. Auf Nirma nennen wir sie Springer. Fiese kleine Biester, die das hier in der Natur verursachen.« Ehawee machte eine ausschweifende Bewegung mit ihrem rechten Arm. »Sollten sie durch einen dummen Zufall in einen Wohnraum gelangen, haben sie die unschöne Angewohnheit, überall Nester zu bauen und sich rasch zu vermehren. Ich wette, Hara würde sie sofort loswerden wollen und sogar Personal in ihren heiligen Raum lassen. Für den Reinigungstrupp bedeutet das eine lange und mühselige Arbeit.«

George verstand, worauf Ehawee hinauswollte. »Du willst sie in Haras Räumen aussetzen.«

»So ungefähr. Nur müsste das jemand machen, der näher an sie herankommt, ohne direkt Verdacht zu erregen.«

»Da kommt nur Madu infrage. Zinus kann uns beide nach der Freisetzung der Bracas als Aufräumkommando einteilen. Ich werde gleich mit ihm sprechen.«

115

Madu setzte seine arroganteste Miene auf, als er die Wächter vor Haras Zimmer anherrschte: »Ich muss der Hohepriesterin dieses Buch zurückbringen. Lasst mich durch.«

Madu hatte sich die Schriften nur für diese Mission von Hara ausgeliehen. Er versuchte, sich seine Unsicherheit nicht anmerken zu lassen.

Hoffentlich klappt der Plan. Ich habe so viel wieder gut zu machen. Wie ich mich den anderen gegenüber benommen habe! Madu trieb es immer noch die Schamesröte ins Gesicht, wenn er an sein Verhalten der vergangenen Tage dachte. Eines steht hundertprozentig fest: Drogen rühre ich freiwillig niemals an.

Der Wächter setzte eine wichtige Miene auf. »Ohne Anwesenheit von Hara darf niemand ihr Zimmer betreten.«

»Gut, dann darfst du ihr erklären, warum du dem Primus misstraust und die Hohepriesterin ihre sehnlich zurückerwarteten Schriften nicht vorfindet.« Schulterzuckend drehte er sich um.

»Halt, warte.« Die Wächter waren blass geworden und sahen Madu nervös an.

»Wenn du nur kurz das Buch zurücklegst, schadet das gewiss nicht.«

»Ich beeile mich auch.« Mit diesen Worten schlüpfte Madu an ihnen vorbei und schloss die Tür hinter sich.

Er ging zielstrebig auf Haras Stehpult zu und legte das Buch dort ab. Rasch holte er den Beutel mit den Bracas unter seiner Robe hervor, öffnete ihn und drehte ihn um. Das Ergebnis war unglaublich. Unzählige von diesen kleinen Springern verteilten sich in Sekundenschnelle im ganzen Raum. Madu schrie los. Dies war in dem Moment noch nicht einmal gespielt, da er trotz Ehawees Vorwarnung von dem Ausmaß überrascht wurde. Augenblicklich stürmten die Wächter hinein und erbleichten.

»Ich wollte die Schriften nur auf das Pult legen, da habe ich diese schreckliche Invasion bemerkt.«

»Bracas«, stieß ein Wächter hervor, »wir müssen sofort den Raum versiegeln.«

George und Ehawee hatten von Zinus genaueste Anweisungen zum Umgang mit den Bracas erhalten und betraten nun Haras Raum. Die Springer hatten sich in kürzester Zeit erstaunlich ausgebreitet. Überall klebten roten Blasen, die Nester der Bracas. Ganze Horden dieser Tiere saßen zusammen, so dass der Untergrund zum größten Teil nicht mehr zu sehen war.

Auch wenn die Nirmanerin die Folgen dieser Invasion kannte, war sie doch beeindruckt. »In schätzungsweise zehn Minuten platzen die ersten Blasen und hunderte neue Bracas bevölkern das Zimmer. Dann machen sie neue Blasen, die dann wieder ...«

»Ich habe es verstanden.« George hob abwehrend die Hände. »Also gut, ich sammle die Blasen ein und du suchst weiter.«

George beobachtete eine Blase, die bedenklich anschwoll. Vorsichtig schnitt er sie ab und ließ sie in einen Eimer mit einem speziellen Mittel fallen. Nummer eins! Fehlen nur noch schätzungsweise weitere Tausend.

»Wo kann sie es versteckt haben?« Ehawee sah sich in Haras Raum um und klopfte den Holzboden ab. »Ich kann nirgendwo einen Unterschied hören. Da ist nichts, das auf einen Hohlraum hindeutet.«

Unterdessen durchsuchte Fred, der sich in Ehawees Tasche hineingeschmuggelt hatte, die Regale nach Hinweisen. Dabei stieß er versehentlich gegen ein Buch, das auf den Boden fiel.

Ehawee bückte sich, um es aufzuheben, verharrte dann aber mitten in der Bewegung. Sie sah auf das Muster im Boden und hatte eine Idee. »Vielleicht ist das Buch gar nicht versteckt, sondern direkt vor unserer Nase.«

»Wie meinst du das?«, wollte George wissen.

»Die rechteckigen Holzblöcke im Boden haben ungefähr die Größe von dem Buch, das Madu beschrieben hat.«

»Das könnte stimmen.« Mit spitzen Fingern versuchten sie, die Holzblöcke aus dem Verbund zu lösen. Beim fünften hatte George Glück. »Hier bewegt sich was.«

Einige Sekunden später hielt er das Buch in den Händen und legte es auf das Stehpult. »Hoffen wir, dass du etwas findest.«

Wenn nur Fatma hier wäre. Sie kennt sich mit Büchern viel besser aus als ich, dachte Ehawee. Sie blätterte das Buch mehrfach durch, legte einen Finger auf die Seite, während sie sie überflog. Ihr schwirrte der Kopf, doch sie konnte keinen Hinweis finden, dass auch Helle an den Spielen teilnehmen dürfen. Als sie das Buch gerade frustriert zuklappen wollte, blieb ihr Blick an einem Wort hängen: Portal. Neugierig las sie die Stelle. »George, hör dir das an: Das Portal ist eine wichtige Verbindung zu Nirma. Es ist zylinderförmig und man muss einen richtigen Zahlencode eingeben, um es zu starten. Hier ist eine Abbildung zu sehen.«

Keiner von ihnen hatte dieses Gerät schon einmal gesehen.

Da George allein vergeblich gegen die Blasen kämpfte, von denen immer mehr platzten, blieb ihr nichts anderes übrig, als ihre Suche abzubrechen, das große Buch zurückzulegen und ihm zu helfen. Die Flüssigkeit der geplatzten Blasen verursachte einen ziemlichen Ausschlag, der unangenehm juckte. Selbst Fred blieb davon nicht verschont.

Vollkommen erledigt verließen sie, den Raum, nachdem sie nach Stunden endlich das letzte Nest eingesammelt hatten.

Später saßen sie zusammen in ihrem Zimmer bei Zinus. Madu war nicht dabei, da er bei seiner Gilde sein musste. Ehawee malte ihnen den Zugang zum Portal, so wie sie ihn in Erinnerung hatte, auf. Doch auch die anderen konnten nichts damit anfangen. Sie pinnte den Zettel an eine Wand.

»Dann war alles umsonst! Ich konnte nichts in diesem Buch finden, was uns mit den Spielen weiterhilft.«

Frustriert setzte sie ihre Freunde über ihre vergeblichen Versuche, etwas Hilfreiches im Buch von Zanano zu finden, in Kenntnis. Fatma, Sying und Zinus, der an der Wand lehnte, hörten interessiert zu.

»Es wird genau wie in den Abschriften immer nur in der alten Sprache von Nohäs, also Dunklen, gesprochen, die teilnehmen dürfen, auch wenn dieses Wort im Buch von Zanano etwas anders geschrieben wird.«

Zinus horchte auf. »Was meinst du mit anders?«

»Mit ›ä‹ anstatt mit ›ae‹.«

Ehawees Antwort sorgte bei Zinus für ein zufriedenes Grinsen. »Ich wusste, dass das Buch euch helfen würde. Das Wort Nohäs ist ein Wort der alten Sprache und unterliegt einem weit verbreiteten Irrtum. Mit ›ae‹ bedeutet es die Dunklen, doch mit ›ä‹ geschrieben heißt es nur Wesen. Und wenn im Buch von Zanano steht, dass jedes Wesen an den Spielen teilnehmen darf, kann nicht einmal die Hohepriesterin das verhindern.«

119

Die Zeit läuft ab

Sie sammelte die Steine im Akkord und schaffte es meistens, für Dix, der mit nur einem arbeitsfähigen Arm nur wenig beisteuern konnte, und sich das geforderte Minimum zu erreichen. Aber nachdem Charlie das zweite Mal wegen zu wenig gesammelter Steine kein Abendessen bekommen hatte, machte sie noch einige Minuten nach dem Gong weiter. Der Vorteil lag auf der Hand: Niemand schnappte ihr auch nur einen Stein vor der Nase weg. Der Nachteil allerdings genauso: Sie atmete die aufkommenden giftigen Dämpfe ein.

Daher war es kein Wunder, dass Charlie sich von Tag zu Tag schlechter fühlte. Sie arbeitete immer langsamer, so sehr sie sich auch bemühte.

Ich kann das nicht länger in diesem Tempo durchhalten, gestand sie sich ein. Was sollen wir nur machen?

In dem Moment legte ihr jemand einige Steine in den Korb. Überrascht bemerkte Charlie ein kleineres Mädchen, das sie zwar schon häufiger gesehen hatte, aber nicht wirklich kennengelernt hatte. Zwei weitere Helle taten es ihr gleich.

»Wir wissen, was du machst, und finden es toll, dass du dich für andere einsetzt. Wenn es uns einmal schlecht geht, hoffen wir, dass uns auch jemand hilft.«

»Danke«, stammelte Charlie, der es vor lauter Rührung und Dankbarkeit die Sprache verschlagen hatte.

Auch in den nächsten Tagen wurden sie und Dix tatkräftig unterstützt. Das erleichterte ihnen die Arbeit erheblich. Doch die eingeatmeten Dämpfe hatten mittler-

120

weile Charlies Lunge angegriffen, wodurch sie starken Husten und Fieber bekam. Nachts kam so heftiger Schüttelfrost hinzu, dass sie nicht schlafen konnte. Dix brachte ihr einige Medikamente, die er über Flaps erhalten hatte und die etwas halfen. Auf diese Weise schleppte sie sich weiterhin zur Arbeit. Doch ihr Gesundheitszustand hatte sich so weit verschlechtert, dass sie auf einmal zusammenbrach.

Es half nichts, sie musste sich bei den Dunklen krankmelden. Als Dix sie danach zu ihrem Bett zurückbrachte und Charlie sich darauflegte, murmelte sie: »Drei Tage.«

Dann trafen sich ihre Blicke. Sie wussten beide, dass Charlie diese Zeit nicht reichen würde.

Das Geräusch an der Tür kannte Charlie mittlerweile. Der Aufseher hatte einen weiteren Strich an die Tür gemacht. Ihr dritter und damit letzter Tag, um gesund zu werden, hatte begonnen. Mit einer gewaltigen Kraftanstrengung stand Charlie auf und versuchte, durch ihr Zimmer zu gehen. Sie kam zwei Schritte weit, bevor ihre Beine nachgaben und sie kraftlos zu Boden sank.

Keine Chance, dachte sie hoffnungslos und verängstigt. In einigen Stunden werde ich nach draußen gebracht.

Überlistet

Die Bekanntgabe der Wettbewerbsteilnehmer erfolgte, so wie alles Wichtige, in der großen Halle. Die Spannung im Raum war fast greifbar, als Hara an die Schale trat, in die die Kandidaten ihre Zettel hineingeworfen hatten und die nun auf dem Podest stand. Mit würde- und geheimnisvoller Miene sah die Hohepriesterin hinein.

»Ich erkenne vier Zettel. Es werden wohl vier Mannschaften sein, die um den Pokal kämpfen wollen.«

Jubel brandete bei dieser Ankündigung auf und neugieriges Gemurmel erklang. Die Teilnehmer von drei Mannschaften hatten ihre Teilnahme schon vorher stolz herumerzählt. Doch von einer vierten Gruppe hatte bisher niemand etwas gehört.

Die Hohepriesterin zog einen Zettel heraus und las die fünf Namen vor, die darauf standen.

»Wer wird euer Teamkapitän sein?«, fragte sie laut.

»Das bin ich«, erwiderte Chap und trat unter großem Beifall nach vorne. Begleitet wurde er von seinen Teamkameraden, allesamt Wächteranwärter, die sich ebenfalls feiern ließen.

Die gleiche Prozedur wiederholte sich bei den nächsten beiden Zetteln, mit denen Nocal und die Heilerin Jöra zum Kapitän ernannt und mit ihren Mannschaften nach vorne gerufen wurden. Damit waren jetzt zwei Wächterteams und ein Heilerteam nominiert.

Bestimmt gehört Nocals Team auch der Garde an, so böse und verschlagen, wie sie alle aussehen, dachte Fatma.

122

Jetzt wurde es spannend. Man hätte eine Stecknadel in dem Saal fallen hören können, so leise war es. Hara nahm das letzte Papier aus der Schale.

»Ich rufe auf: Fatma, Madu ...« Sie runzelte die Stirn. Normalerweise nahmen keine Anwärter der Priestergilde teil. Da die Spiele gefährlich und Priesteranwärter selten waren, wollte man kein Risiko eingehen. »... und ... das soll wohl ein Witz sein?«

Bingo, dachte George. Gerade hat sie die Namen von mir und Charlie gelesen.

Rhem trat zu ihr und las murmelnd die weiteren Namen. »Das ist unmöglich, nicht erlaubt und eine Beleidigung aller Dunklen.« Zornig bestätigte er Haras Worte.

Unter den Schülern entstand eine große Unruhe. So etwas hatte es noch nicht gegeben!

Welcher Name stand bloß auf dem Zettel?

»Das stimmt nicht«, erklang Madus Stimme, »ihre Teilnahme ist erlaubt! Es steht in dem großen Buch von Zanano.«

Madu holte den dicken Wälzer unter seiner Robe hervor und eilte damit auf das Podest. George hatte diesen kurz vor Beginn der Ankündigung aus Haras Zimmer geholt und Madu übergeben. Diesmal war es einfacher gewesen, an das Buch zu gelangen, da auch die Wächter vor Haras Zimmer anwesend sein durften und es daher unbewacht war.

Die Hohepriester hätten nicht überraschter sein können, wenn plötzlich ein Bus an ihnen vorbeigefahren wäre.

»Was soll das heißen? Wie kommst du an dieses Buch?«, herrschte Hara den Primus an.

»Hier steht eindeutig, dass alle Nohäs, mit ›ä‹ geschrieben, also jedes lebende Wesen unabhängig von Alter, Geschlecht, Zustand und Hautfarbe, das Recht hat, an den Spielen von Zanano teilzunehmen«, antwortete Madu ungerührt, der die zweite Frage geflissentlich ignorierte.

Gut, dass Blicke nicht töten können, dachte er, als er Hara das Buch übergab.

Gemeinsam lasen die Hohepriester die entsprechenden Zeilen.

Rhem tobte. »Das kannst du nicht zulassen. Das ist eine Entweihung der Spiele.«

»Uns bleibt keine andere Wahl. Das Gesetz ist eindeutig.« Mit säuerlicher Miene fügte Hara hinzu: »Da nicht alle Nominierten anwesend sind, werden wir erst in einer Woche weiter fortfahren. Die Dunklen haben gesprochen!«

Ohne die rituelle Erwiderung abzuwarten, rauschte Hara hinaus.

Rettung in letzter Sekunde

Hara hatte einigen Wächtern den Befehl gegeben, Charlie aus den Gruben abzuholen. Offenbar hatte sie sie angewiesen, sich dabei Zeit zu lassen, denn der Aufbruch lief wie in Zeitlupe ab. Zumindest kam es George so vor, der die Erlaubnis bekommen hatte, den Trupp zu begleiten, und es nicht abwarten konnte, seine Freundin aus den Gruben herauszuholen.

Das konnte jedoch dauern. Denn anstatt die Wane als Reittiere zu nehmen – was George bei all seiner Abneigung gegen die Tiere sehr begrüßt hätte – brachen sie zu Fuß auf. Fatma hatte ihm unglaublich viele Medikamente mitgegeben, nur »zur Sicherheit« und für den »Fall der Fälle«, was ihn noch nervöser und besorgter machte. Sein Gefühl sagte ihm, dass er die brauchen würde und dass die Zeit drängte. Glücklicherweise hatten sie ein Ass im Ärmel, von dem niemand etwas wusste. Fred war auf Flaps zu den Gruben unterwegs und war im Gegensatz zu ihnen bestimmt schon fast da.

Als aber der Trupp zum dritten Mal innerhalb einer Stunde eine Pause einlegte, wurde es George zu viel. Er rannte unter dem dröhnenden Gelächter der Wächter los.

»Das wird dir auch nicht helfen. Deshalb kommt die Helle nicht eher frei.«

Das werden wir sehen, dachte George grimmig.

Fred befand sich tatsächlich schon am Randgebiet der Gruben und plante sein weiteres Vorgehen. Es war relativ warm, hoffentlich ein Zeichen, dass es bis zur nächsten

Eiswolke länger dauern würde. Aber Flaps und er konnten sich nicht einfach bei den Wachen in offizieller Mission der Residenz vorstellen und die Freilassung von Charlie fordern.

Ich brauche auf jeden Fall Unterstützung, überlegte der kleine Pilz, der wusste, dass er allein und mit seinen begrenzten körperlichen Fähigkeiten nicht viel ausrichten konnte. Schade, dass die Verbotene Zone so weit entfernt ist, sonst könnte ich die Tüssler bitten, uns zu helfen. Während Fred über eine Lösung grübelte, hörte er eine vertraute Stimme.

»Und jetzt baust du uns daraus ein Gestell ...« Wie ein Flüstern wurde sie von überall her zugetragen.

Fred erkannte sie sofort. Der KirMön war in der Gegend! Der kleine Pilz erinnerte sich, dass der KirMön erzählt hatte, dass er sich neben der Verbotenen Zone regelmäßig an den Gruben aufhielt, um das besondere Holz der Flüsterwälder zu holen.

Natürlich, die Flüsterwälder! Fred schlug sich vor die Stirn. George hatte davon berichtet. Sie waren der Grund, warum er den KirMön überhaupt verstehen konnte.

»Los, Flaps, wir müssen Quasi und Modo finden. Er kann uns mit Charlie helfen.« Fred hatte genau wie die anderen automatisch Charlies Spitznamen für das lustige Gespann übernommen.

Von Freds Idee war Flaps so begeistert, dass sein Fell direkt farbig wurde. Sie schlugen die Richtung ein, aus der sie die Stimme am deutlichsten vernahmen. Kurze Zeit später hatten sie die beiden gefunden.

»Ein Urungo und einer vom kleinen Volk. Das Zanano von heute bringt merkwürdige Allianzen hervor.« Der Kiri zeigte keine Anzeichen des Wiedererkennens, während der

126

Mönier auf seinem Rücken erstaunt mit dem Kopf schüttelte.

»Du musst uns helfen, zu Charlie in den Gruben zu gelangen.« Rasch setzte Fred den Mönier über die aktuelle Situation in Kenntnis.

»Mmmhhh, ich denke, dass ich darüber nachdenken muss.«

»Dafür ist keine Zeit«, rief Fred ungeduldig. Flaps rannte aufgeregt um den KirMön herum, schnappte sich das Hosenbein des Kiris und zerrte wie wild daran.

»Also wirklich, ich muss doch sehr bitten! Was ist denn das für ein Benehmen?«

Der Mönier schaute pikiert drein.

Da grunzte Quasi etwas, woraufhin der Mönier innehielt. »Du willst das wirklich tun? Nun gut, es ist mal etwas anderes. Aber wenn sich die Eiswolke ankündigt, sind wir weg.«

Er flüsterte Quasi etwas ins Ohr. »Ab jetzt übernimmt der Große«, sagte er dann laut.

Durch den dummen Kiri ging ein Ruck und er rannte los. Er lief so schnell, dass Flaps mit Fred bald zurückfiel. Sie rannten über die unwirtliche Ebene, mehrere Stunden. Als sie sich den Baracken näherten, sahen sie, wie die Wächter jemanden auf die Ebene hinaus zerrten und dort zurückließen. Die Gestalt richtete sich kurz auf, taumelte ein paar Schritte in ihre Richtung, brach kurz darauf zusammen und blieb reglos liegen.

Fred konnte nicht erkennen, um wen es sich handelte, aber dass den Wächtern ihre Anwesenheit auf der Ebene – sie mussten sie auch gesehen haben - egal war, war kein gutes Zeichen. Das lief zu sehr nach dem Motto »wir müssen uns nicht drum kümmern, die Eiswolke erledigt das für uns«.

Der Mönier erreichte die auf dem Boden liegende Gestalt, warf sie sich über die Schulter und lief Flaps und Fred entgegen, die ein ganzes Stück hinter ihm zurückgefallen waren.

Das kann nur Charlie sein, sonst würde er nicht umkehren, realisierten Fred und Flaps.

Daher stoppte der Urungo, dankbar für die Verschnaufspause. Sie warteten, bis der KirMön bei ihnen war, um mit ihrer Annahme sicher zu gehen. Doch der hielt nicht an, sondern lief an ihnen vorbei.

»Hey, was ist mit Charlie? Lebt sie noch?«, schrie Fred, der seine Freundin sofort erkannte, hinterher, ohne eine Reaktion zu erhalten. Bilde ich mir das ein oder wird es kälter? Besorgt sah Fred zurück.

Am Horizont hatte sich weißer Nebel gebildet, der bald die Baracken erreichen würde.

»Die Eiswolke kommt. Schneller, Flaps!«

Auch der KirMön schien die drohende Gefahr bemerkt zu haben, denn er beschleunigte sein Tempo. Während er das offenbar unbegrenzt machen konnte, begann Flaps zu schnaufen. Seine Farbe wechselte ins Graue, ein Zeichen dafür, dass die ersten Körperfunktionen auf Sparkurs schalteten. Er wurde sofort deutlich langsamer.

Hinzu kam die Kälte, die rasch zunahm. Fred zitterte und hatte Mühe, sich festzuhalten. Von den Baracken war nichts mehr zu sehen, die Eiswolke hüllte sie komplett ein.

Hoffentlich bleibt die Wolke noch etwas da. Es ist jetzt schon unglaublich kalt. Ich spüre meine Finger kaum. Wir müssen durchhalten, um Charlie zu retten!

Heute löste die bedrohliche Wolke sich früher von den Baracken als sonst und fegte rasant über die Ebene. Sie hatten es fast geschafft. Doch die Kälte nahm mit jedem

Zentimeter, den die Wolke näherkam, zu. Freds Kräfte schwanden, er konnte sich nicht mehr festhalten. Er fiel von Flaps herunter …

… genau in Georges Arme, der ihn auffing, Flaps am Kragen packte, und losstürmte.

Als George am Rand zu den Gruben ankam, erreichte der KirMön mit Charlie gerade das sichere Gebiet. So gern er sich um seine Freundin gekümmert hätte, erkannte er doch, in welcher Not Flaps und Fred steckten. In ihrem fast schon kriechenden Tempo würden sie der Eiswolke, die sich ihnen bedrohlich näherte, niemals entkommen. Daher stürmte er auf die Ebene, schnappte sich die beiden und lief zurück. Das Adrenalin und die Sorge um Charlie gaben ihm einen Extraschub. Jetzt war es von Vorteil, dass sein Körper vom vorherigen Lauf erhitzt war und durch die Kälte nicht sofort bewegungsunfähig wurde.

Obwohl er sich nicht umdrehte, spürte er die Wolke auf sich zurasen. George mobilisierte seine letzten Kräfte, während sich auf seinen Haaren und Augenbrauen schon Eiskristalle bildeten.

Mit einem Hechtsprung erreichte er die sichere Zone. Keine Sekunde zu früh, denn die Eiswolke rauschte über die Stelle, an der er gerade noch gestanden hatte. An der Grenze löste sie sich plötzlich vollständig auf, als hätte es sie nie gegeben.

Doch Georges Gedanken galten nur Charlie. »Wie geht es ihr?«

Der Mönier sah besorgt aus. »Sehr schlecht, sie hat hohes Fieber und sie halluziniert.«

Wie aufs Stichwort murmelte Charlie in dem Moment: »Nein, ich will nicht nach draußen, ich kann arbeiten … ich finde viele Steine… bitte nicht … kalt, so kalt.« Ihre Zähne klapperten aufeinander.

George brach es das Herz, Charlie so leiden zu sehen, als ihm die Medikamente wieder einfielen. »Ich habe etwas gegen Fieber dabei.«

Vorsichtig flößte er ihr die Medizin ein und ein weiteres Mittel, das laut Fatma gegen fast alles helfen sollte.

Der Mönier, der komplett das Sagen übernommen hatte, kratzte sich am Kopf. »Das wird nicht helfen. Sie hat zu viele giftige Dämpfe eingeatmet. In der Nähe wächst ein Kraut, das dagegen wirkt. Wir werden es schnell für euch pflücken.«

George nickte nur. Als jetzt die Anspannung nachließ, brach die Erschöpfung über ihn ein und er setzte sich zitternd auf den Boden.

»Wie geht es ihr?«, fragte Fred leise.

Er sah den kleinen Kerl an, den er vollkommen vergessen hatte. Wenigstens schien er genau wie Flaps, dessen Fell schon wieder grünlich schimmerte, die Strapazen einigermaßen verwunden zu haben.

George zuckte mit den Schultern. »Wir können nur abwarten.«

Nach kurzer Zeit kehrte der KirMön zurück und reichte George einige gezupfte Blätter.

»Nicht mehr als eins pro Tag. Manchmal hilft es, manchmal leider auch nicht. Aber wir haben noch etwas mitgebracht. Da Charlie den Weg zur Residenz wohl kaum laufen können wird, hat der Kiri, natürlich auf meine Anweisung hin«, der schlaue Mönier reckte sich stolz, »etwas gebaut.«

Erst jetzt bemerkte George die Trage, die hinter dem KirMön lag. Sie war aus Ästen und Seilen einfach zusam-

130

mengebaut, aber sie würde ihren Zweck erfüllen. Er war gerührt.

»Danke für eure Hilfe. Ohne euch hätte Charlie keine Chance gehabt.« Fred hatte die Ereignisse in der Zwischenzeit für George zusammengefasst.

Da brachte der Flüsterwald mehrere Stimmen zu ihnen. »Die Wächter sind auch schon da«, sagte George ironisch. Er wunderte sich noch immer über ihr langsames Tempo.

»Dann ist das unser Stichwort, uns zu verabschieden, denn auf gewisse Treffen legen wir keinen Wert. Ich wünsche euch viel Glück!«

Leise verschwand der KirMön im Wald. Und auch Flaps und Fred machten sich zügig auf den Rückweg zur Residenz.

George schlief mit Charlie im Arm ein und wurde erst wach, als die Wächter bei ihm eintrafen. Die Pause hatte ihm zu neuen Kräften verholfen. Charlies Zustand war unverändert. Er tröstete sich mit dem Gedanken, dass es ihr auch nicht schlechter ging.

Die Wächter machten einen überraschten und leicht enttäuschten Eindruck zugleich, als sie die Helle bei George vorfanden. Wahrscheinlich hatten sie darauf gehofft, dass sich ihre Teilnahme an den Spielen erledigt hatte.

So krank wie Charlie ist, kann das durchaus noch passieren. Nur Sekunden später schalt sich der große Jugendliche für seine negativen Gedanken. Sie wird es schaffen, sie ist zäh. Das zumindest sagte er sich immer wieder vor und glaubte es fast, wenn nur nicht der Knoten in seinem Bauch gewesen wäre.

Da sich die Dunklen rundheraus weigerten, eine Helle zu ziehen, veränderte George die Trage ein wenig, damit er Charlie allein hinter sich herschleifen konnte.

Sying hätte das bestimmt besser hinbekommen, dachte George, als er sein Werk betrachtete. Aber es wird schon gehen.

Der kleine Chinese baute mittlerweile die unglaublichsten Konstruktionen aus Bambus, wobei er am liebsten Zinus' Modelle kopierte, sich aber auch eigene überlegte.

Der Rückweg zur Residenz dauerte lange. In den Pausen flößte George Charlie heimlich Medizin ein, aus Angst, dass sie ihm weggenommen werden könnte. Als die Residenz sich endlich vor ihnen erhob, hätte er vor Glück weinen können.

Hara machte keinen glücklichen Eindruck, als sie Charlie erblickte. Doch sie ordnete zumindest an, dass Charlie als Teilnehmerin der Spiele vernünftig medizinisch versorgt wurde. Das hätte Rhem niemals getan.

Trotz der guten Versorgung und den heilenden Blättern des KirMön kämpfte Charlie die nächsten beiden Tage ums Überleben. Am dritten Tag sank das Fieber endlich und sie war zum ersten Mal richtig wach. Die Freunde waren überglücklich, dass es ihr besser ging.

Das passierte gerade noch rechtzeitig. Denn am nächsten Tag sollte die Berufung der Teilnehmer fortgesetzt werden und in zwei Tagen die Spiele beginnen.

Und Hara war nicht bereit, auch nur eine Sekunde von ihrem Zeitplan abzuweichen.

132

Eine verrückte Auswahl

Eine Woche nach Beginn der Nominierungen standen Hara und Rhem erneut auf dem Podest im großen Saal. Noch immer herrschte Unklarheit über die Gründe der Unterbrechung, es war die erste bei den Nominierungen überhaupt. Hinter vorgehaltener Hand wurden sogar Wetten abgeschlossen, warum es so weit kommen konnte. Die Spannung war förmlich spürbar, als die Hohepriesterin ihre Ansprache begann.

»Wir haben uns heute zum zweiten Mal versammelt, um die letzte Mannschaft für die Spiele aufzurufen. Fatma, Madu und Sying, kommt nach vorne.«

Ein Raunen ging bei Syings Namen durch die Reihen, während Rhem nur sehr wütend aussah.

»Ich weiß nicht, ob du tatsächlich glaubst, als Defekter eine Chance zu haben oder ob es einen anderen Grund für deine Teilnahme gibt. Aber du wirst keine Sonderbehandlung erhalten«, sagte die erste Hohepriesterin zu dem Chinesen und wandte sich an die Schüler: »Ihr seid verwirrt, dass ein Defekter mitmachen darf, aber das Buch von Zanano erlaubt dies genauso wie die Teilnahme der beiden nächsten Kandidaten. Daher werden wir uns daran halten. Ich rufe Pine und Cassara auf.«

Die Dunklen waren außer Rand und Band, als die Hellen zu Spieler ernannt wurden. George und Charlie haben ihre Decknamen nie lieber gehört als in diesem Moment.

Laute Rufe wie »Das gibt es doch nicht!«, »Unverschämtheit« und »Was bildet ihr euch ein?!« begleiteten die beiden genauso wie böse Pfiffe auf ihrem Weg nach vorne.

133

Die Unmutsbekundungen scheinen auf allen Welten gleich zu sein, dachte George.

Hara musterte ihn und Charlie, der es immer noch schlecht ging. Sie konnte sich kaum aufrecht halten und sah die Hohepriesterin aus erschöpften Augen an.

»Es ist unerhört und ihr entweiht durch eure Teilnahme die Spiele. Spätestens nach Beendigung der Spiele werdet ihr auch die Konsequenzen dafür tragen.« Drohend sah sie beide an, um mit versöhnlicherer Stimme fortzufahren. »Wenn ihr aber freiwillig davon zurücktretet, werden wir dies sicherlich honorieren.«

Doch George und Charlie schüttelten ihren Kopf.

»Wie ihr wollt.« Enttäuschung schwang in Haras Stimme mit. Sie hatte offenbar gehofft, das Problem auf elegante Weise lösen zu können. »Wer ist euer Teamkapitän?«

Betreten sahen sich die Freunde an. Das hatten sie ganz vergessen.

»Können wir uns das noch überlegen?«, fragte Fatma vorsichtig.

Hara wandte sich an das dunkle Publikum. »Das ist eine Premiere in mehrfacher Hinsicht. Es ist das erste Mal, dass eine Mannschaft aus drei Gilden besteht, und ebenso, dass ein Defekter, ein Mitglied der Priestergilde sowie zwei Helle dabei sind. Und jetzt müssen wir feststellen, dass sie es nicht mal geschafft haben, einen Kapitän zu wählen.« Sie warf der Gruppe einen vernichtenden Blick zu. »Aber so ist es nun, die Mannschaften stehen fest. In einigen Minuten wird die Auswahl eurer Hilfsmittel durch den jeweiligen Teamkapitän stattfinden. Bis dahin müsst ihr eure Wahl getroffen haben. Die Dunklen haben gesprochen!«

»Die Dunklen haben gesprochen!«, schallte es aus dem Saal zurück. Und dann brach die Hölle los.

134

Die fünf versuchten die aufgeheizte Stimmung um sie herum auszublenden und setzten sich in eine Ecke, um ihren Kapitän zu bestimmen. Hasserfüllte Blicke durchbohrten sie, einige Dunkle riefen immer wieder »Verräter« zu ihnen herüber.

»Es geht doch nichts über eine freundliche Atmosphäre«, versuchte George einen Scherz, wurde aber gleich darauf ernst. »Wer soll für uns die Dinge auswählen?«

»Ich würde Hara gerne noch etwas ärgern, daher schlage ich Sying, Charlie oder dich vor«, sagte Madu.

»Ich kann kaum stehen oder einen klaren Gedanken fassen«, meinte Charlie.

»Und ich lasse dich auf keinen Fall allein«, sagte George, der seine Freundin besorgt ansah.

»Dann ist Sying also unser Teamkapitän«, stellte Fatma fest.

Sie hatten ihre Wahl soeben getroffen, als die Anführer auch schon aufgerufen wurden.

Außer Sying traten Chap, Nocal und Jöra nach vorne. Bei Syings Anblick zuckte es leicht in Haras Gesicht, doch sie sagte nichts weiter dazu.

»Als Erstes dürfen die Anführer das Element für ihre Mannschaft auswählen. Bedenkt, ihr könnt es hervorrufen, aber keiner Gruppe wegnehmen, die auf andere Weise daran gelangt. Das bedeutet, wenn ihr das Wasser beherrscht, könnt ihr nicht die Getränke eurer Konkurrenten versiegen lassen.«

Alle nickten zum Zeichen, dass sie das verstanden hatten.

»Lasst mich noch eine Anmerkung machen. Genauso wie jeder Teilnehmer eines Teams die ausgesuchten Gegenstände bekommt, kann normalerweise jedes Teammitglied einmal das ausgesuchte Element benutzen. Die gemischte

Gruppe erhält die Elementengabe nur dreimal, einmal für jeden Dunklen in der Mannschaft.«

»Aber ...«, setzten die Freunde zum Protest an, doch Haras erhobene Hand ließ sie verstummen.

»Das Auswählen der Elemente kam erst zu einem späteren Zeitpunkt zu den Spielen hinzu und wurde nachträglich in das Buch von Zanano geschrieben. In dem Zusammenhang wird nur von Nohaes, also Dunklen, gesprochen. Da ihr so viel Wert auf die exakte Auslegung dieses Wortes legt, seid ihr sicher mit dieser Maßnahme einverstanden.« Schadenfroh hielt Hara ihnen das große Buch hin. »Ihr dürft gerne nachlesen.«

Tja, das nannte man dann wohl dumm gelaufen. Der Punkt ging eindeutig an die Hohepriesterin. Sie würde sicher alle Möglichkeiten ausschöpfen, um sie beim Wettkampf zu behindern. Dies allerdings im Rahmen der gültigen Gesetze. Schlimmeres mussten sie wohl von Rhem befürchten, dessen Gesichtsausdruck weiterhin nichts Gutes vermuten ließ.

Nacheinander wählten Chap das Feuer, Nocal Wasser und Jöra Erde, so dass für Sying nur Luft übrigblieb. Je nach Wahl des Elements erhielt jeder Teamkapitän fünf Kugeln in roter, blauer und grüner Farbe. Nur der kleine Chinese nahm zähneknirschend drei gelbe entgegen.

»Wir haben das schlechteste Element! Mit Luft kann man nicht allzu viel anfangen«, sagte Sying düster, nachdem er zu seinem Team zurückgekehrt war.

»Bei der nächsten Auswahl ist die Reihenfolge anders, daher kannst du uns noch gute Sachen besorgen«, tröstete Fatma ihn.

Tatsächlich durfte er in der nächsten Runde als dritter wählen. Vor den Teamkapitänen lagen die möglichen Ob-

136

jekte: Messer, Speer, Bolas, Pfeil und Bogen, Angel, aber auch ein eiserner Schirm und ein Stock. Bolas waren eine Wurfwaffe aus drei zusammengeknoteten Seilen, an deren Enden eine mit Leder überzogene Kugel befestigt war.

Aber diese hatten ebenso wie die Messer schon seine beiden Vorgänger ausgewählt.

Sying überlegte. Was soll ich nur nehmen? Wahrscheinlich sind die Waffen zum Jagen oder zur Verteidigung gegen wilde Tiere gedacht. Vielleicht Pfeil und Bogen?

In dem Moment hörte er eine leise Stimme. »Nimm den Schirm.«

Irritiert sah er sich um. Wer hatte da geflüstert? Er konnte niemanden entdecken. Meine Nerven spielen mir einen Streich, beruhigte er sich selbst und konzentrierte sich wieder. Gerade als er etwas sagen wollte, hörte er es wieder.

»... den Schirm, Schirm, Schirm ...«

Der kleine Chinese drehte seinen Kopf, suchte aber vergebens.

»Du musst dich jetzt entscheiden.« Die Hohepriesterin klang ungeduldig.

»Schirm, Schirm ...« Die wispernde Stimme schien mittlerweile von überall her zu kommen.

Sying hätte sich am liebsten die Ohren zugehalten.

»Ich nehme den Schirm«, stieß er hervor und stellte erleichtert fest, dass die Stimme verstummt war.

Dafür fingen die Schüler hinter ihm an zu lachen. Alle bis auf sein eigenes Team, das ihn entgeistert anstarrte. Grinsend und dankbar wählte Chap den Speer.

Sying hatte keine Zeit, lange über seine Wahl oder die Stimme nachzudenken. Die nächsten Gegenstände wurden bereits hereingebracht. Diesmal mussten sie sich zwischen

137

einem Kochtopf, einer Pfanne, einer Angel, Fallen und runden Glasgefäßen, die Blumenvasen ähnelten, entscheiden. Nachdem die Heilerin den Topf gewählt hatte, war er erneut an der Reihe.

Da hörte er es wieder. »Glas, Glas, Glas«, raunte ihm eine körperlose Stimme zu.

Oh nein, dachte der kleine Chinese. Diesmal wird mir nicht der gleiche Fehler passieren. Entschlossen trat er vor und öffnete den Mund.

»Das Glas«, hörte man seine Wahl im ganzen Raum.

Während erneut großes Gelächter ertönte, sah Sying sich entsetzt um. Er hatte gar nichts gesagt! Jemand anderes hatte für ihn gesprochen, einen Wimpernschlag, bevor er etwas sagen konnte. Die Worte waren genau aus seiner Richtung gekommen, doch war niemand hinter ihm. Hilflos drehte er sich zu seinen Freunden um, die die Welt nicht mehr verstanden.

»Was ist nur in ihn gefahren? Wir müssen etwas unternehmen«, sagte George.

Madu trat vor. »Hohepriesterin Hara, wäre es vielleicht möglich, dass Fatma oder ich den Platz unseres Kapitäns einnehmen?«

»Es tut mir leid, ihr habt eure Wahl getroffen«, kam die unerbittliche Antwort.

Als Madu erfolglos zurückging, entging ihm nicht der höhnische Gesichtsausdruck auf Nocals Gesicht.

»Scheint so, als wäre der Primus in Ungnade gefallen«, sagte er schadenfroh.

Nachdem Chap und er sich für die Pfanne und die Fallen entschieden hatten, wurden die letzten Gegenstände gebracht: Mehl, Yim-Knollen, Blätterbrote, Bohnen, Seegras und lange Bambusstäbe standen noch zur Auswahl.

Diesmal durfte Sying als Erster wählen. Er trat entschlossen vor. Aus dieser Runde würde er mit etwas Vernünftigem herauskommen.

Ich werde das Mehl nehmen, dachte er. Aber ich werde nichts sagen, sondern nur darauf zeigen. Mit fest zusammengepressten Lippen hob er seinen rechten Arm. Da erhielt er einen Stoß in den Rücken. Er stolperte in Richtung der Bambusstangen, die in einer Vase standen. Reflexartig umklammerte er den Bambus, bevor er zusammen mit den Stangen umkippte und krachend auf den Boden fiel.

»Sying hat den Bambus für seine Gruppe gewählt«, verkündete Haras Stimme, während die Zuschauer nicht mehr an sich halten konnten vor Lachen.

Resigniert schloss der kleine Chinese die Augen. Das darf doch alles nicht wahr sein! Wir sind verloren.

Es beginnt ...

Vielleicht sollten wir den ganzen Krempel besser hierlassen«, murrte Madu.

Die Bambusstangen waren sperrig und der metallene Schirm sehr schwer. Zu allem Überfluss mussten sie auch noch die Glaskugeln in zahlreiche Tücher einrollen, damit sie nicht zerbrachen. Die waren ihnen gnädigerweise zugestanden worden. Wahrscheinlich nicht aus Nächstenliebe, sondern nur um ihr Gepäck noch monströser werden zu lassen.

»Wir sehen aus, als würde wir auf Weltreise gehen, während die anderen nur eine Übernachtung vorhaben«, pflichtete Sying ihm bei und schaute neidvoll zu den kleinen Rucksäcken ihrer Mitstreiter. Er hatte seinen Freunden zwar erzählt, wie es zu seinen seltsamen Entscheidungen gekommen war, trotzdem fühlte er sich schuldig. »Es tut mir schrecklich leid. Vielleicht sollten wir besser auf Madu hören.«

»Nein«, sagte Charlie bestimmt. »Wir wissen zwar nicht, woher diese Stimme kam, aber ich glaube fest daran, dass diese Sachen einen Sinn ergeben, den wir nur noch nicht kennen.«

»Zur Not können wir den Krempel noch unterwegs loswerden«, sagte George. Fatma sah das genauso.

Allerdings hatte Charlie nicht die geringste Ahnung, wie sie überhaupt irgendetwas tragen sollte. Sie schaffte es so gerade, sich auf den Beinen zu halten. Aber wenn sie wirklich recht hatte und es einen Grund für alles gab, standen ihre Chancen vielleicht besser, als sie dachten.

140

Unter den höhnischen Kommentaren der Dunklen brachen die fünf auf. Schnell fielen sie mit ihrem schweren und unhandlichen Gepäck weit hinter den anderen zurück. Außerdem kamen sie wegen der erschöpften Charlie nur langsam voran, obwohl ihre Freunde ihr einen großen Teil des Gepäcks abgenommen hatten. Sie spürte weiterhin die Folgen der Erkrankung.

Wenigstens in einem Punkt erwies es sich als Vorteil, dass sie so weit zurücklagen. Masor schickte ihnen über Flaps immer wieder ein wenig Proviant. Da Syings Wahl anstatt auf ein Nahrungsmittel auf die Bambusstangen gefallen war, war ihnen diese Unterstützung sehr willkommen. Allerdings aßen sie sicherheitshalber alles sofort auf, da keine Hilfe von außen erlaubt war. Sie konnten nicht riskieren, dass diese Sachen bei unangekündigten Kontrollen gefunden wurden. Dies hätte ihren Ausschluss von den Spielen bedeutet und ihre Mission, Nirma zu retten, wäre gescheitert.

Wie klug diese Entscheidung war, zeigte sich, als sie nach paar Tagen Slagharia erreichten. Die Seen- und Insellandschaft war genauso, wie George sie in Erinnerung hatte. An den Booten hatten die Dunklen einen Kontrollpunkt eingerichtet, an dem ihr Gepäck durchsucht wurde. Einer der Wächter gab es ihnen grinsend zurück.

»Bei dem ganzen Plunder hättet ihr überhaupt keinen Platz für Schmuggelware, selbst wenn ihr es gewollt hättet.«

»Ha ha!« Madu riss seinen Rucksack an sich. »Erzähl uns doch lieber, auf welchen Inseln wir die Vögel finden.«

»Kein Problem. Die Gurus brüten gewöhnlich auf jeder der hinteren Inseln.«

Überrascht sahen die Freunde ihn an. Sie hatten vermutet, dass eine Schwierigkeit bei der Aufgabe darin bestand, die Vögel überhaupt zu finden. Aber wo lag dann das Problem?

Oder ist die erste Aufgabe wirklich so leicht?, grübelte Charlie.

Ihnen wurden zwei Boote zugeteilt, in denen sie mit ihrem Gepäck gerade hineinpassten. Sie ruderten zu den Inseln hinüber. George steuerte automatisch in Richtung der Ernteinsel, da er diese schon kannte. Auf ihrem Weg hörten sie immer wieder Guru-Guru-Laute.

»Zumindest wissen wir jetzt, wie die Vögel zu ihrem Namen gekommen sind«, sagte Sying.

»Witzig, wie sie das R rollen. Ich wusste gar nicht, dass Vögel so etwas können«, staunte Madu.

»Bewegt sich dort etwas im Wasser?« Fatma deutete auf eine Stelle in Ufernähe.

»Das gibt es doch nicht«, staunte George. »Das müssen die Federfische sein, im ausgewachsenen Zustand!«

»Hattest du nicht bei deiner Erzählung die Worte ›niedlich‹ und ›putzig‹ verwendet?«, erinnerte Charlie ihn ironisch.

»Das waren sie auch, zumindest als Babys!«

Nun, diese Entwicklungsstufe hatten sie definitiv hinter sich gelassen. Vor ihnen befand sich ein Gewusel aus sich schlängelnden Leibern. Einzelne Exemplare waren bis zu fünf Meter lang und so dick wie drei Würgeschlangen. Obwohl sie an Schlangen erinnerten, war ihre Haut nicht glatt, sondern weiterhin mit Federn bedeckt, die eng an ihrem Körper lagen.

Während sie sich vorsichtig ihren Weg zum Ufer bahnten, trugen zwei Federfische einen kleinen Machtkampf aus. Fasziniert beobachteten die Freunde, wie die Fische sich aus dem Wasser schraubten. Sie spreizten ihre

142

Federn, öffneten fauchend ihr Maul und zeigten ihr piranha-ähnliches Gebiss.

»Wirklich putzig!«, wiederholte Charlie ihre Worte von eben.

Da die anderen Federfische instinktiv Abstand zu den Streithähnen hielten, konnten die Freunde leicht die letzten Meter durch die entstandene Lücke zurücklegen. Erleichtert betraten sie festen Boden.

Gefährliche Wahrheit

Ehawee und Fred konnten endlich loslegen. Erst zwei lange Tage nach dem Beginn der Spiele wurde das Personal ausgetauscht, sodass sie endlich offiziell die Residenz verlassen konnten. Sie hatten sich für diesen Plan entschieden, um keine unnötige Unruhe wegen einer entflohenen Hellen aufkommen zu lassen. Doch die zwei Tage hatten an ihren Nerven gezehrt. Zu wissen, dass ihre Freunde gefährlichen Aufgaben gegenüberstanden und sie ihnen nicht helfen konnten, war kaum auszuhalten.

Aber jetzt konnten sie einen Beitrag zu ihrer Mission leisten. Anstatt wie die anderen Hellen nach Zan oder in weitere Dörfer zurückzukehren, wanderten Ehawee und Fred der Verbotenen Zone entgegen, um ihren Freunden heimlich zu helfen. Je näher sie kamen, desto öfter mussten sie patrouillierenden Dunklen ausweichen, denn ihre Anwesenheit hätten sie nur schwer erklären können. Das ungewöhnlich hohe Aufkommen an Dunklen hatte mit der zweiten Aufgabe zu tun, bei der die gefangenen Verlorenen bei einem Kontrollpunkt abgegeben werden mussten. Dieser lag an der Grenze zur Zone, da niemand gesteigerten Wert darauf legte, das verfluchte Gebiet zu betreten.

Niemand, bis auf Ehawee und Fred. Glücklicherweise hatte der Informationsaustausch über Flaps und Fred mit den Hellen außerhalb der Residenz gut funktioniert. So hatten sie Masor über alles informieren und sich verschiedene Szenarien ausdenken können. Außerdem besaß Ehawee dank Lifar jetzt einen Plan, auf dem die

144

Eingänge zu Tunneln verzeichnet waren, die an den dunklen Patrouillen vorbei in die Verbotene Zone führten. Sicherheitshalber hatte Ehawee sich diese Stellen einprägt und den Zettel danach vernichtet. Durch einen dieser Tunnel kroch sie gerade gemeinsam mit Fred.

Die hätten die Läufer ruhig etwas breiter anlegen können, dachte sie murrend. Oder ich habe instinktiv den engsten gewählt. Ich weiß gar nicht, wie jemand wie Lifar hier durchpassen soll.

Der Tunnel war wirklich eng und zu allem Überfluss ragte von oben Wurzelwerk hinein, in dem sich Ehawees Haare immer wieder verhedderten. Aber irgendwann war auch der längste Tunnel zu Ende. Erleichtert verließen sie den unterzananischen Ort und streckten sich ausgiebig.

»Damit haben wir das Unangenehmste wohl hinter uns gebracht«, sagte Ehawee zu Fred.

Sie drehte sich um und stand Rhem gegenüber. Verflixt, was macht der denn hier?

Der zweite Hohepriester hatte sich heimlich in die Verbotene Zone geschlichen, um dafür zu sorgen, dass die Spiele zu seinen Gunsten entschieden wurden.

Wenn Nocals Team gewann, würde das seine Macht und die seiner Familie festigen, und es würde nicht mehr lange dauern, bis er Hara als ersten Hohepriester ablösen würde. Ihre Position war wackelig genug. Viele stimmten mit ihm überein, dass sie Masor und anderen Hellen zu oft Fehlverhalten durchgehen ließ. Dass sie jetzt auch noch Helle zu den Spielen zugelassen hatte, brachte das Fass fast zum Überlaufen. Egal, was im großen Buch von Zanano stand. Er hätte dies bestimmt nicht erlaubt. Aber er erkannte seine Chance und hatte daher alle wissen lassen, dass er anderer Meinung war. Und wenn Nocal den Pokal in Händen hielt, würde er weiteres Kapital aus diesem Sieg für sich schlagen. Leider stellte sein unglückseliger Neffe nicht gerade einen Vorzeigedunklen dar. In dem Punkt machte er sich schon lange keine Illusionen mehr.

Aber wie heißt es so schön? Familie kann man sich nicht aussuchen, dachte der Hohepriester missmutig. Dann muss ich eben dafür sorgen, dass mein Plan funktioniert.

Nachdem er alles für das Gelingen der zweiten Aufgabe in die Wege geleitet hatte, musste er sich beeilen, um rechtzeitig die Inseln zu erreichen und für Nocals Team eine Feder zu besorgen. Schließlich war dies die erste Aufgabe der Spiele von Zanano. Aber selbst wenn Nocal nicht als erster die Feder bekam, würde er in der Verbotenen Zone so viel Zeit gutmachen, dass dies egal war.

Der Hohepriester war so schnell unterwegs, dass er fast in das Mädchen hineingelaufen wäre, das plötzlich wie aus dem Nichts vor ihm stand.

Überrascht sah er die Hellgrüne an. »Nutzt da jemand die Spiele, um in die Verbotene Zone zu fliehen?«

Er trat drohend einen Schritt näher, packte Ehawee, die gar nicht wusste, wie ihr geschah, am Kragen und schüttelte sie hin und her. »Aua!« Abrupt ließ er das Mädchen los und schleuderte sie von sich.

Fred war an Ehawee hochgeklettert und hatte Rhem mit aller Kraft in den Finger gebissen. Irritiert schaute der Hohepriester auf die pochende Stelle und betrachtete erbost das auf dem Boden liegende Mädchen. Da entdeckte er Fred, der mit ihr gestürzt war.

»Wie ist das möglich?«

Wäre die Situation nicht so ernst gewesen, hätte Ehawee laut über das Gesicht von Rhem gelacht. Stattdessen zerrte

146

sie ihren Stern hervor und hielt ihm Rhem entgegen. Er hatte ihr schon einmal gegen ihn geholfen. Doch nichts geschah!

»Vielleicht funktioniert der Stern in der Verbotenen Zone nicht«, raunte Fred ihr zu.

Das war eine Möglichkeit. Aber was sollten sie dann tun?

Wenn das überhaupt möglich war, machte Rhem beim Anblick des Sterns noch größere Augen als bei Fred. »Ich kenne dich doch. Und damit meine ich nicht aus der Residenz.«

Ehawee konnte förmlich sehen, wie sich bei Rhem einzelne Puzzleteile an ihren Platz schoben und die Erinnerung zurückkehrte.

»Du …«, stieß er hervor und zeigte mit seinem Finger auf die Nirmanerin. »Du bist das Mädchen aus Zan!«

Dass der Hohepriester ausgerechnet jetzt sein Gedächtnis wiederfand, war – vorsichtig ausgedrückt – ungünstig und verbesserte Ehawees und Freds Situation absolut nicht.

»Woher hast du den Stern? Und wo kommt einer vom kleinen Volk her?«

Wenn wir schon sterben, dann wenigstens aufrecht, dachte Fred, stemmte seine Hände in die Hüften und funkelte Rhem wütend an. »Wenn du es genau wissen willst, wir kommen von Nirma.«

»Fred!« Ehawee schüttelte heftig ihren Kopf, dass ihre grünen Zöpfe nur so flogen.

Doch der kleine Pilz beachtete ihren erschreckten Ausruf nicht und redete sich weiter in Rage. »Dort, wo es noch viel mehr von meiner Art gibt, weil Schwachköpfe wie du uns nicht ausgerottet haben. Dort, wo alles schön ist und friedlich …«, dass dies in diesem Moment nicht mehr der Fall war, ließ Fred lieber unerwähnt, »… wo wir nicht nach

147

Hautfarben beurteilen, sondern nach dem, was jemanden in seinem Inneren ausmacht.« In einem Anflug von Trotz fügte er hinzu: »Und wir werden dafür sorgen, dass es auf Zanano wieder genauso wird.«

Rhems Gesicht wurde bei Freds Predigt abwechselnd hell und dunkel vor Wut. Seine Adern traten deutlich an seinen Schläfen hervor. »Das ist es also, was ihr hier vorhabt. Verrat, Umsturz! Nirma will Zanano kontrollieren und unsere Gesetze außer Kraft setzen. Wie weise von unseren Vorfahren, das Portal zu eurer verderbten Welt unbrauchbar zu machen. Also, wie seid ihr hierher gelangt?«

Ehawee und Fred sahen ihn schweigend an und pressten ihre Lippen fest aufeinander. Von ihnen würde er nichts mehr erfahren!

»Ihr wollt nicht sprechen? Auch gut, denn eure Revolte wird an diesem Ort direkt mit euch sterben. Solltet ihr darauf hoffen, dass eure Komplizen für einen Umsturz auf Zanano sorgen werden, täuscht ihr euch. Denn ich erinnere mich jetzt an jeden einzelnen von ihnen, genau wie an die Bewohner des Dorfes Zan. Wenn ich mit euren nirmanischen Freunden fertig bin, werde ich Zan dem Erdboden gleich machen. Masor ist mir ohnehin schon lange ein Dorn im Auge.«

Rhem hob seinen Stab, während Ehawee ihre Arme schützend vor ihr Gesicht hielt. Der Hohepriester öffnete den Mund, um seinen Stab zu aktivieren. Ehawee schloss die Augen und Fred schmiegte sich eng an sie.

Es war vorbei!

148

Die Gurus

Das sollen die Gurus sein?«, fragte Charlie sichtlich enttäuscht.

»Was hast du denn erwartet?« Erstaunt sah Sying sie an.

»Die sehen ja aus wie Enten. Nur mit dieser einen auffälligen Feder auf dem Kopf. Wenn ich an die Schreibfedern der Hohepriester denke, habe ich gedacht, dass die Gurus spektakulärer aussehen.«

So gesehen hatte Charlie natürlich recht, auch wenn der Entenvergleich etwas übertrieben war. Die Freunde musterten die Federn, von der jeder Vogel eine einzige besaß. Diese setzte im Stirnbereich an, um dann einen großen Bogen nach hinten zu schlagen. Dabei leuchtete und funkelte sie in den schillerndsten Farben. Bei jeder Bewegung der Gurus wippte sie lustig hin und her.

»Das Aussehen ist doch völlig unwichtig«, meinte Madu. »Hauptsache, wir bekommen eine der Federn. Das sollte bei diesem Angebot hier doch kein Problem sein.«

Um seine Worte zu unterstreichen, wies er mit seinen Händen auf die zahlreichen Vögel vor ihnen, die fast den gesamten Boden der Insel bedeckten. Ohne die Anwesenheit der Kinder zur Kenntnis zu nehmen oder sich von ihnen stören zu lassen, brüteten sie vor sich hin.

»Dann sollten wir uns endlich eine Feder holen und schnellstmöglich zur nächsten Aufgabe gehen.«

Sying ließ seinen Worten direkt Taten folgen. Er spazierte zu einem Vogel und griff nach dessen Feder. Eine Millisekunde später hatte er ... nichts in der Hand! Der

149

Guru hatte nur minimal seinen Kopf bewegt, sodass er ins Leere gegriffen hatte. Auch seine weiteren Versuche blieben erfolglos. Immer hektischer fasste er mit mittlerweile beiden Händen nach der Feder, die ihm weiterhin entwischte. Verblüfft starrte er den Vogel an, der sich nicht aus der Ruhe bringen ließ und so tat, als würde ihn alles nichts angehen.

Hinter ihm ertönte leises Lachen, dann sagte George: »Ich glaube, wir helfen dir ein wenig, sonst sind wir morgen noch da.«

Wenig später lachten sie nicht mehr, denn weder George noch den anderen gelang es, auch nur eine Feder zu fassen. Dabei bewegten sich die Tiere nur so viel, wie sie mussten. Näherte man sich ihnen langsam, wichen sie langsam aus, versuchte man es schnell, huschten sie ebenfalls schnell außer Reichweite. Selbst eine Jacke, die Charlie wie ein Netz geworfen hatte, fiel neben dem elegant zur Seite tänzelnden Vogel auf den Boden. Was sie auch versuchten, das Ergebnis blieb das gleiche: Die Gurus waren ihnen immer einen Schritt voraus!

»So wird das nichts«, stellte Charlie nach einer Weile schweißgebadet fest. Frustriert setzte sie sich auf den Boden.

»Ich verstehe das nicht, die haben doch hinten keine Augen«, grübelte Madu. »Es ist fast, als hätten sie einen siebten Sinn.«

»Das vielleicht nicht«, sagte Fatma nachdenklich, »aber vielleicht etwas Ähnliches. Etwas wie ein Sonar.«

»Es gibt auf der Erde einige Tiere, die so etwas haben«, stimmte Charlie ihr zu. »Zum Beispiel Fledermäuse. Sie senden Schallwellen aus, die dann von umgebenden Objekten zurückgeworfen werden. So können sie selbst im

150

Dunkeln genau feststellen, wo sich was befindet und wie groß es ist.«

»Und was hilft dagegen?« Fragend sah Sying in die Runde.

»Lärm!«, rief George aufgeregt. »Ich bin mir ziemlich sicher, dass Lärm den Sonar stören kann, zumindest kurzfristig.«

»Aber wir haben die Vögel eben sogar angeschrien, ohne damit irgendeinen Erfolg zu erzielen«, gab Madu zu bedenken.

George winkte ab. »Ich meine richtigen Lärm – wie bei einer Explosion oder, oder …« Er dachte fieberhaft nach.

»… oder wie der Krach von den Knallfrüchten. Das ist es. Wir müssen sie nur finden.«

»Du meinst die Dinger, mit denen du das Kelpie gefüttert hast?«

»Genau!« Suchend sah George sich um. »Eigentlich müssten hier überall welche sein.«

Wenig später hatten sie die Früchte gefunden und banden, so viele wie sie konnten aneinander.

»Ich kann die Früchte werfen und danach schnell zu euch laufen«, bot Madu an. »Ihr könnt in einigem Abstand in Deckung gehen. Wir müssen ja nicht alle Ohrenschmerzen bekommen.«

Das war ein durchaus sinnvoller Vorschlag. Madu stellte sich zwischen die Vögel und warf die Früchte so hoch, wie er konnte. Unglücklicherweise strauchelte er bei seiner Flucht und fiel der Länge nach hin. Als die Früchte auf dem Boden explodierten, war er nur wenige Meter entfernt.

Der Lärm der Explosion war unbeschreiblich. Selbst dort, wo die Freunde sich aufhielten und ihre Ohren schützten, war der Schmerz kaum auszuhalten. Madu hatte das Gefühl, dass das Innere seiner Ohren zerriss und sein ganzer Körper von dem Knall geschüttelt wurde. Völlig benommen blieb er liegen.

Die anderen brauchten nur ein paar Augenblicke, um sich von der Früchteexplosion zu erholen. Da sie wussten, dass die Zeit drängte, rappelten sie sich auf. Als sie Madu auf dem Boden liegen sahen, liefen Fatma und Sying zu ihm, während George und Charlie sich um die Federn kümmerten.

Die Vögel machten einen unruhigeren Eindruck als noch kurz zuvor und stießen aufgeregte Guru – Guru Laute aus. Doch war ihr Sonar tatsächlich ausgefallen?

Fast zeitgleich griffen George und Charlie nach jeweils einer Feder und konnten ihr Glück kaum fassen, als sich ihre Hände wirklich darum schlossen. Mit einem Ruck zogen sie sie heraus, was aufgeregte Guru-Guru-Laute auslöste.

»Sollen wir weitere holen?«, fragte George, doch Charlie schüttelte den Kopf.

»Zwei reichen. Damit haben wir noch eine zur Sicherheit. Lass uns lieber schauen, wie es Madu geht.«

Fatma und Sying hatten ihn in der Zwischenzeit an einen Baumstamm gelehnt. Nachdem sie ihm etwas Wasser ins Gesicht geschüttet hatte, war er wieder zu sich gekommen. In dem Moment erreichten George und Charlie sie. »Oh Madu, geht es dir gut?«

Doch dieser zeigte nur auf seine Ohren und schüttelte den Kopf. »Ich kann euch nicht hören.«

»Madu hat wahrscheinlich ein Knalltrauma und ist taub«, mutmaßte Fatma.

»Taub? Für immer?«, fragte Charlie erschrocken.

»Nein, nur für eine gewisse Zeit. Bei mir zu Hause kamen einige mit so einer Verletzung aus dem Krieg zurück. Es hat unterschiedlich lange gedauert, bis sie wieder hören konnten.«

Die Freunde waren sehr froh, das zu hören. Doch wie schnell würde das Gehör ihres Freundes zurückkehren und was bedeutete diese Einschränkung für den weiteren Wettkampf?

»Hat es sich denn gelohnt? Habt ihr die Federn?«, wollte Madu wissen.

Stolz präsentierten George und Charlie ihre Beute. Begeistert sprang Madu auf, schnappte sie sich und tanzte damit herum. Zum Schluss drehte er sich zu seinen Freunden und hielt die beiden Federn triumphierend nach oben. Verwirrt erkannte er ihre entsetzte Gesichtsausdrücke. Sie schienen ihm etwas mitteilen zu wollen und gestikulierten wie wild.

»Was ist? Warum schaut ihr so komisch? Ich kann euch doch nicht verstehen.«

In dem Moment spürte er, wie ihm die Federn aus der Hand gerissen wurden. Erschrocken drehte er sich um und sah sich Nocal und seiner Gruppe gegenüber.

»Ich glaube, sie wollten dich warnen!« Grinsend sah Nocal die anderen an, die zu Madu geeilt waren. »Es war eine gute Eingebung von mir, bei euch vorbeizuschauen. Die Heilergruppe hat die Vögel mit irgendwelchen Substanzen betäubt, und Chap hat tatsächlich in den vergangenen Wochen einige Laute der Gurus gelernt, um an die Feder zu gelangen. Leider hatten wir mit den dummen Tieren keinen Erfolg. Aber auf diese Weise sind wir gleich doppelt erfolgreich. Unsere Gruppe bekommt eine Feder und ihr scheidet aus.«

»Du mieser kleiner …« Der sonst so ruhige Sying wollte sich auf seinen ehemaligen Wächterkollegen stürzen.

Doch dessen Gruppe hatte vorgesorgt. Sie ließen ihre Bolas kreisen, deren an Seilen befestigte Lederkugeln bedrohlich durch die Luft surrten. Währenddessen gingen sie langsam rückwärts zum Wasser und kletterten in ihr Boot.

»Gib uns wenigstens eine Feder zurück!«, brüllte Charlie den Dieben hinterher. »Wir haben sie uns verdient.«

»Wenn so eine Hellgrüne wie du mich darum bittet«, Nocals Stimme troff vor Verachtung, »will ich mal nicht so sein. Hier fang.«

Sie sahen das Unheil kommen und konnten es doch nicht verhindern. Hilflos verfolgten sie den Flug der Feder, die Nocal absichtlich so geworfen hatte, dass sie ins Wasser fallen musste. Mitten in die schlängelnden Leiber der Federfische, zwischen denen sie versank.

»Ups, mein Fehler!«, ertönte es vom Boot. »Da müsst ihr wohl ein wenig tauchen.«

Nach diesen Worten entfernte sich die Gruppe rasch von ihnen.

»Wir müssen uns eine neue Feder holen«, schlug Madu vor. »Da ich schon taub bin, kann ich die Früchte auch ein zweites Mal werfen.«

Sie fühlten sich erschöpft, traurig und wütend zugleich. Doch um Nirma zu retten, rissen sie sich zusammen. Sie wollten gerade losziehen und neue Früchte sammeln, als plötzlich laute Guru-Guru-Geräusche auf der gesamten Insel erklangen. Die Vögel erhoben sich wie auf ein geheimes Kommando und verschwanden so schnell, als hätte es sie nie gegeben. Ihre Hoffnung, ein verletztes oder zurückgebliebenes Tier zu finden, zerschlug sich rasch.

»Jetzt bleibt uns wirklich nur die Feder im Wasser«, sagte George düster, »oder wir sind raus aus dem Spiel.«

154

Eine risikoreiche Tauchaktion

Die Freunde hatten sich am Ufer niedergelassen und suchten nach einer Möglichkeit, an die Feder zu gelangen. Dank ihrer Strahlkraft konnten sie sie gut lokalisieren. Doch jhre vorherigen Versuche, mit einer provisorischen Angel die Feder herauszuholen, waren kläglich gescheitert. Die zahlreichen windenden Leiber ließen die Angel nicht bis zum Boden durch, selbst ein stabilerer Stock zerbrach auf dem Weg nach unten.

»Wir bräuchten eine Art Haikäfig. So etwas, von dem Taucher Haie gefahrlos beobachten können.« Fatma dachte laut nach.

»Selbst wenn wir den hätten, fehlt uns immer noch ein Atemgerät. So lange kann selbst Madu nicht die Luft anhalten.« Sying spielte auf Madus Erfahrungen im nirmanischen Meer im Jahr zuvor an. Bei einem Wettbewerb hatten sie festgestellt, dass er am längsten von ihnen unter Wasser bleiben konnte.

»Wir basteln uns ein U-Boot oder suchen nach einem Rieseneimer, in dem wir dann bis zur Feder kommen«, spaßte Madu und zeigte seine blitzenden weißen Zähne. Dass er nichts hören konnte, hielt ihn nicht davon ab, Vorschläge zu machen, vor allem da Fatma ihn über die gesprochenen Themen mit stichpunktartig geschriebenen Informationen auf dem Laufenden hielt.

»Das ist es!«, rief George aus und sprang auf. »Kommt mit.«

»Ähm, George, ich glaube, das war ein Scherz. Oder hast du hier einen U-Boot - Bausatz versteckt?«, fragte Charlie.

»Das nicht, aber etwas viel Besseres.«

»Das könnte tatsächlich funktionieren!«, sagte Charlie und betrachtete den gigantischen Kochtopf neben der Hütte. George hatte sie zu dem Behältnis geführt, über das er damals schon so gestaunt hatte. »Er ist wirklich gigantisch. Wenn man ihn umdreht, könnte man ihn fast für eine Taucherglocke halten.«

Mit vereinten Kräften schleppten sie den Topf an die Stelle des Ufers, vor dem die Feder lag. Da in der Hütte glücklicherweise einige haltbare Lebensmittel vorhanden waren, aßen sie zunächst hastig. Damit konnten sie ihren größten Hunger stillen. Die Hellen hatten ihre Versorgung eingestellt, als sie sich Slagharia genähert hatten. Die Gefahr entdeckt zu werden, war zu groß geworden. Seitdem hatten sie nur essen können, was sie unterwegs gefunden hatten. Das waren nur einige Beeren und ein paar der fade schmeckenden Blätterbrote.

Gestärkt kletterte George in das Kochgerät, das heißt, er versuchte es. Es war zwar der größte Topf, den die Freunde je gesehen hatten, trotzdem passte er nicht hinein. Ein Arm oder ein Bein schauten immer heraus, was bei seiner Größe auch kein Wunder war.

»Das hat keinen Zweck, ich werde es machen. Ich bin der kleinste und auch der gelenkigste«, sagte Sying bestimmt.

Obwohl es George nicht behagte, wusste er, dass Sying recht hatte. Der kleine Chinese war am besten für die Aufgabe geeignet. Er pappte ihm etwas Schlamm auf die Arme, der ihn laut Mork gegen die Federfische schützen sollte. Danach kletterte Sying unter den umgedrehten Topf und verkeilte sich darin. An die Henkel hatten die Freunde lange Lianen als Seilersatz gebunden und ließen ihn langsam ins Wasser. Der Plan war, das Behältnis als eine

156

Art Taucherglocke zu benutzen. Da das Wasser in Ufernähe nicht tiefer als schätzungsweise drei Meter war, sollte die Luftblase innerhalb des riesigen Pottes für eine gewisse Zeit ausreichen.

Trotzdem blieben Risiken. War das Metall wirklich überall dicht oder drang irgendwann Wasser hinein? Waren die Wände stabil genug, um den Angriffen der Federfische standzuhalten?

Sying verbot sich, an diese Möglichkeiten zu denken. Er spürte, wie das Kochgerät beim Herablassen ins Wasser wackelte, obwohl seine Freunde ihn von außen über die Seile zu stabilisieren versuchten. Er hatte alle Mühe, die Bewegungen auszugleichen.

Gut, dass ich so klein bin und mich hier drin bewegen kann, sonst wäre ich längst umgekippt.

An der zunehmenden Kälte und dem verstärkten Donnern der Tiere an der Wand merkte er, dass er tiefer sank. Er stieß einen erleichterten Seufzer aus, als er endlich auf dem Grund aufsetzte. Theoretisch sollte die Feder jetzt auf drei Uhr liegen. Leider waren sie bei ihrem Plan davon ausgegangen, dass Sying so wie er in den Topf geklettert war, auch unten ankommen würde. Er hatte sich aber so oft bewegt, dass er keine Ahnung mehr hatte, wie seine Ausgangsposition war. Die Feder konnte überall liegen.

Es bleibt mir nichts anderes übrig, als sie zu ertasten. Hoffentlich hält die Schlammschicht auf meiner Haut die Federfische lange genug davon ab, mich zu verspeisen.

Vorsichtig streckte er seine Hand unter dem Rand nach draußen. Fast wäre er bei den Berührungen der Federfische zurückgezuckt. Obwohl alles in ihm danach schrie, sich zu beeilen, zwang Sying sich, den schlammigen Boden mit seiner Hand systematisch abzutasten. Nachdem er

157

ungefähr ein Drittel zurückgelegt hatte, spürte er die ersten scharfen Bisse.

Aua! Reine Selbstbeherrschung ließ ihn den Arm draußen lassen. Irgendwo muss die Feder sein! Wild tastete er umher, doch er spürte, wie die schützende Schlammschicht immer mehr abgewaschen wurde und die Bisse zunahmen. Lange würde er das nicht mehr aushalten!

In der Zwischenzeit starrten die Freunde auf die Wasseroberfläche, als könnten sie durch reine Willenskraft Sying dazu bringen, die Feder zu finden. Obwohl erst wenige Momente vergangen waren, kam es ihnen vor, als wäre er schon ewig dort unten.

»Bewegen sich die Tiere hektischer als vorher?«, fragte Fatma nervös.

»Das bedeutet bestimmt, dass Sying nach der Feder sucht«, versuchte Charlie sie und sich zu beruhigen. »Oh nein!«

Das Wasser zeigte eine rötliche Färbung.

»Wir müssen die Federfische ablenken, sonst hat Sying keine Chance.«

George entfernte sich von dem Topf und schnitt sich mit einem scharfen Stein in die Hand. Dann ließ er sein Blut ins Wasser tropfen. Die Reaktion erfolgte augenblicklich: Die meisten Tiere schossen auf das frische Blut zu.

Hoffentlich reicht das, um Sying zu helfen.

Komm schon, feuerte Sying sich selbst an. Nur noch ein bisschen durchhalten.

Mittlerweile konnte er spüren, wie kleine Fleischstückchen aus seinem Arm herausgebissen wurden. Aber aus irgendeinem Grund ließen die Angriffe plötzlich etwas

158

nach. Er nutzte den freien Raum und setzte seine Suche mit neuer Intensität fort. Und tatsächlich! Endlich spürte er etwas unter seinen Fingern. So schnell er konnte, griff er zu und brachte seine Hand im Innern des Topfes in Sicherheit. Erleichtert lehnte er sich zurück und betrachtete glücklich die Feder.

Wir werden nicht ausscheiden, sondern weiter um den Pokal kämpfen können!

Vorsichtig begutachtete er seinen Arm. Doch als er das viele Blut an ihm herunterlaufen sah, beschloss er, auf eine nähere Untersuchung vorläufig zu verzichten.

Komisch, dass es gar nicht so sehr schmerzt, dachte Sying. Das liegt wahrscheinlich am Adrenalin. Ich sollte besser hieraus kommen, bevor es nachlässt.

Er wackelte so stark, wie er konnte, an dem Behältnis. Die Bewegungen sollten sich auf die Seile übertragen. Das verabredete Zeichen zum Hochziehen. Nur Sekunden später bewegte sich der Pott nach oben. Rasch verkeilte er sich wieder darin, um nicht auf dem Boden zurückzubleiben. Knifflig wurde es nochmal, als seine Freunde den Topf aus dem Wasser zogen. Schließlich saß er auf dem Boden neben ihnen und hielt stolz die Feder hoch.

Sie waren auf dem Weg zu ihren Booten. Fatma hatte Syings Arm verbunden, den es übel erwischt hatte. Dies und die Tatsache, dass die anderen Teams ohnehin schon einen gewaltigen Vorsprung hatten, dämpfte ihre Freude über ihre erfolgreiche Aktion.

»Als Nächstes steht die Aufgabe in der Verbotene Zone an. Dort haben wir die Vorteile auf unserer Seite«, versuchte Charlie sich und ihre Freunde aufzumuntern.

159

»Das nützt uns nichts, wenn Nocal wieder falsch spielt.« Sying traute seinem ehemaligen Wächterkollegen mittlerweile alles zu. Wenn es um diese falsche Schlange ging, hatte er Mühe, seine ihm eigene Gelassenheit aufrecht zu erhalten.

»Wir müssen unbedingt wachsam sein«, pflichtete George ihm bei.

Wie notwendig dies werden würde, sahen sie nur wenig später. Betreten blickten sie auf die Reste ihrer Boote, die Nocal unbemerkt zerstört hatte. Eine Reparatur war unmöglich.

Wie sollten sie jetzt von der Insel kommen?

»Und jetzt?«, fragte Sying.

»Jetzt können wir nur warten.« Sie standen an der Stelle, an der George das Kelpie gefunden hatte. Er hatte einen gedanklichen Ruf nach Nessie ausgesandt und hoffte inständig, dass es ihn gehört hatte und kommen würde. Immerhin war es einige Zeit her, dass sie sich gesehen hatten. Andererseits hatte er das riesige Seepferdchen während der Ernte eine längere Zeit gepflegt und eine ganz besondere Beziehung zu dem ungewöhnlichen Wesen aufgebaut. Er hoffte zumindest, dass er sich Letzteres nicht nur eingebildet hatte. Ob Nessie in der Zwischenzeit wieder auf den Schneckengeschmack gekommen war, wusste er auch nicht.

»Da steuert etwas die Insel an«, rief Madu, dessen scharfe Augen als Erster das Kelpie entdeckt hatten.

»Aber was ist mit den Federfischen?«, fragte Fatma. »Werden sie das Kelpie nicht angreifen?«

»Mist, daran habe ich gar nicht gedacht. Vor Monaten waren sie viel kleiner und keine Gefahr«, fluchte George.

160

Habe ich Nessie in Gefahr gebracht? Gedanklich versuchte er, seinen tierischen Freund zu warnen, doch das große Seepferdchen reagierte nicht darauf.

Musste es auch nicht, denn die Fische hielten respektvoll Abstand. Den Grund dafür begriffen die Freunde wenig später, als ein Federfisch eine unsichtbare Grenze überschritt und seltsam zuckte.

»Es hat ein elektrisches Feld um sich. So wie die Zitteraale auf der Erde«, erkannte Fatma, die das faszinierende Wesen genau beobachtete.

»Du hast mich gerufen. Ich freue mich, dich wiederzusehen«, hörte George Nessies Stimme in seinem Kopf.

Er erkannte seinen ehemaligen Patienten sofort, denn an der Wange war eine Narbe zurückgeblieben. »Meine Freunde und ich müssen dringend von dieser Insel herunter, aber unsere Boote sind kaputt. Kannst du uns helfen?«

Es sah fast so aus, als würde Nessie leicht lächeln. »Natürlich. Ich bin froh, meine Schuld begleichen zu können. Steigt auf!«

Überraschung spiegelte sich auf Georges Gesicht wider. Ich hatte zwar eher daran gedacht, dass Nessie weiß, wo noch ein Boot ist, oder etwas kennt, das wir als solches verwenden können. Aber das ist natürlich die beste und schnellste Möglichkeit.

Einen Augenblick später saßen die Freunde mit ihren Rucksäcken hintereinander auf dem Tier und glitten durch das Wasser. Trotz des zusätzlichen Gewichtes waren sie schneller als mit den Booten unterwegs. Es war ein unglaubliches Gefühl und einige Freudenlaute konnten sie nicht unterdrücken. Nur ungern stiegen sie von dem Kelpie und sagten ihm auf Wiedersehen. Am Kontrollpunkt ange-

161

kommen, überreichten sie den dunklen Wächtern mit einer gewissen Genugtuung ihre Feder. Diese hatten anscheinend gar nicht mehr damit gerechnet, die Gruppe zu sehen. Vermutlich hatte Nocal entsprechende Kommentare fallen gelassen.

Ohne Probleme erreichten sie ihr nächstes Ziel, die Verbotene Zone. Kurz zuvor hatten sie auf einigen Spiegelpflanzen am Wegesrand gesehen, dass Rhem sich mit einem Jäger unterhielt. Leider wussten sie nicht, worum es ging. Aber es konnte nichts Gutes für sie bedeuten.

Und eine Frage war immer noch unbeantwortet: Wie sollten sie die nächste Aufgabe lösen?

162

Ein unerwarteter Retter

Lautes Schreien ließ Ehawee die Augen aufreißen. Rhem lag bäuchlings vor ihr, sein Stab rollte vor ihre Füße. Ein wildes Tier hatte ihn angefallen und biss immer wieder zu.

Das wilde Tier sah aus wie … Nein! Das konnte nicht sein! Sie war gestorben, ohne es zu merken, oder befand sich im Übergang zum Tod. Das musste die Erklärung sein! Wie sonst konnte sie Taku, ihren geliebten Woko, der vor ihren Augen in die Schlucht auf Nirma gestürzt war, sehen?

Aber warum ist dann Rhem auf der anderen Seite, im Himmel oder wo auch immer, fragte Ehawee sich. Ich hätte nicht erwartet, dass wir im gleichen Bereich landen. Er verdient auf jeden Fall die Hölle, wo er bis in alle Ewigkeit schmoren soll! Sie lachte. Mache ich mir wirklich so unsinnige Gedanken?

»Ehawee, beweg dich. Wie müssen Rhem fesseln, bevor er Taku entkommt.« Fred zog an ihrer Hand. Das und seine Worte brachten sie wieder zurück.

Rhem zu fesseln war sowohl im Dies- als auch im Jenseits eine gute Option.

Taku hielt seine Zähne direkt an die Kehle des Hohepriesters, der sich auf den Rücken gedreht hatte. Wenig später war er, verschnürt wie ein Paket und geknebelt, an einen Baum festgebunden.

Als die unmittelbare Gefahr vorbei war, stürzte Taku sich auf Ehawee. Er leckte sie ab, wackelte freudig mit dem Schwanz und sprang um sie herum, wie er es früher immer getan hatte. Überwältigt vergrub Ehawee ihr Gesicht in seinem Fell. »Oh, Taku, du bist es wirklich!« Sie genoss das unerwartete Glück und Freudentränen rannen über ihre Wangen.

»Aber wie ist das möglich?« Ihren vermeintlichen Tod hatte sie als mögliche Ursache ausgeschlossen. Dazu war alles zu real.

»Eigentlich gibt es für Takus Auftauchen nur eine sinnvolle Erklärung«, sagte Fred. »Bei der Schlucht auf Nirma muss es sich in Wirklichkeit um ein unbekanntes Portal nach Zanano handeln.«

Konnte das die Lösung des Rätsels sein?

»Masor hat doch bei unserer Ankunft von toten Vögeln gesprochen, die plötzlich hier aufgetaucht sind«, fiel Ehawee plötzlich ein. »Ich wette, dass es sich dabei um die Krähen handelt, die wir beim Kampf getroffen haben und die dann in die Schlucht gestürzt sind.«

Fred nickte. »So wird es gewesen sein.«

Aber letztlich war Ehawee der Grund vollkommen egal. Sie hatte Taku wieder, und das war alles, was zählte.

Die zweite Aufgabe

Was sollen wir jetzt machen? Wir können doch unmöglich einen Verlorenen fangen und ihn den Dunklen übergeben.« Charlies Frage war durchaus berechtigt.

Auf ihrem Weg in die Zone hatten sie unentwegt über dieses Dilemma gegrübelt. Schließlich hing die Rettung Nirmas von der Bewältigung der zweiten Aufgabe ab. Doch bisher war ihnen keine Lösung dazu eingefallen.

»Wir sollten die Verlorenen fragen, ob sich einer freiwillig als Gefangener zur Verfügung stellt«, sagte George.

»Aber was machen wir, wenn sie Nein sagen?« Fatma war eher skeptisch.

»Dann haben wir ein großes Problem!«

»Was genau habt ihr an meinen Worten ›ihr sollt nicht mehr zurückkommen!‹ nicht verstanden?« Der Anführer Torke stemmte die Fäuste in seine Hüften und sah die Freunde wütend an. »Ihr könnt von Glück sagen, dass unsere Wächter einige von euch wiedererkannt haben, sonst würdet ihr nicht hier stehen.«

»Es tut uns sehr leid, aber wir sind Teilnehmer bei den Spielen von Zanano, um an den zweiten Teil der Zeitmaschine zu gelangen, der im Siegerpokal versteckt ist.« Fatma setzte ihr freundlichstes Gesicht auf. Da sie bei ihrem letzten Besuch in der Stadt der Verlorenen den besten Draht zu Torke gehabt hatte, sollte sie ihn darum bitten.

»Ich kann das Wort Zeitmaschine langsam nicht mehr hören. Je eher ihr sagt, was ihr von uns wollt, desto früher sind wir euch wieder los.« Auffordernd sah Torke die Freunde an.

»Nun ja ... « Fatma zögerte kurz und suchte nach den richtigen Worten, die es nicht gab. »Eine Aufgabe der Spiele ist es, einen Verlorenen zu fangen und ihn den Dunklen zu übergeben.«

So jetzt war es raus, und wie erwartet nahm der Anführer dies nicht gut auf.

»Ach, so ist das! Wenn es weiter nichts ist, dann sucht euch doch jemanden aus. Gibt es Wünsche bezüglich der Haar- oder Augenfarbe?« Torkes Stimme bebte vor Wut und instinktiv wichen die Freunde einen Schritt zurück. »Vermutlich haben wir noch Glück, dass ihr die Dunklen nicht direkt zu uns mitgebracht habt, damit diese aus den Vollen schöpfen können. Wer hat noch nicht, wer will noch mal.«

»Torke, bitte, so ist es nicht ...«, mischte Charlie sich ein. »Sobald wir können, werden wir die Verlorenen wieder befreien, auch die der anderen Gruppen.«

»Und wie wollt ihr das anstellen? Wie wollt ihr garantieren, dass ihnen vorher nichts passiert? Die Dunklen sind unberechenbar.«

Da sie darauf keine Antworten wussten, schwiegen die Freunde. Madu hörte zwar nicht, was gesprochen wurde, aber er sah den Mienen der anderen an, dass das Gespräch keine gute Wendung nahm.

Torke deutete ihr Verhalten richtig. »Ihr habt keine Ahnung. So leid es mir wegen Nirma und eurer Mission tut, meine Leute stehen mir näher. Ich werde ihr Leben nicht für so ein zweifelhaftes Unterfangen riskieren.« Unnachgiebig sah der Anführer der Verlorenen sie an. »Ich sage es jetzt noch einmal: Geht und kommt nicht zurück.«

166

Die Wächter um sie herum, mit den Speeren bewaffnet, rückten näher.

Hier kamen sie nicht weiter. Es blieb den Freunden nichts anderes übrig, als sich auf den Rückweg zu machen. Enttäuscht und mit gesenkten Köpfen verließen sie die Kuppel und den See. In stiller Übereinkunft gingen sie so lange, bis sie den Ort ihres Scheiterns nicht mehr sehen konnten. Erst dann ließen sie sich auf einer Lichtung im Wald nieder, um ihr weiteres Vorgehen zu beraten. Doch niemandem fiel eine Lösung ein. Während sie überlegten, ertönte in ihrer Nähe ein Schrei. Neugierig versuchten sie, die Ursache dafür zu erkennen.

»Achtung, ein Jäger!« Die Warnung stieß Sying erschrocken aus, der vorsichtig zwischen den Bäumen hindurchgespäht hatte. Seine erste Begegnung mit den Jägern hatte sich unauslöschlich in seine Erinnerung gebrannt.

George stöhnte. »Das hat uns gerade noch gefehlt.«

Zwar waren sie in offizieller Mission als Teilnehmer der Spiele unterwegs, dennoch legten sie keinerlei Wert auf einen näheren Kontakt mit einem Jäger. Außerdem bestand die Gefahr, dass er sie als die Begleiter von Lifar wiedererkannte, spätestens dann hätten sie ein Erklärungsproblem. Daher verhielten sie sich still und beobachteten die Szene aus sicherer Entfernung.

»Er hat einen Verlorenen gefangen«, stellte Fatma fest.

»Und er scheint auf jemanden zu warten.«

Charlies Vermutung wurde nur wenig später bestätigt, als Nocal zwischen den Bäumen hervortrat. Die Freunde konnten zwar nicht hören, was die beiden besprachen, doch war es nicht schwer, die Bedeutung zu erraten. Der Junge übernahm den Gefangenen und ging mit ihm davon.

167

»Wir wussten, dass Nocal nicht zu trauen ist, aber dass er in so großem Stil fuscht, ist schon bemerkenswert.« George war empört.

Sying war über dessen Verhalten weniger verwundert, dafür hatte er zu viele üble Aktionen mit Nocal erlebt. »Allein hätten er und seine jämmerliche Gruppe es nie geschafft, einen Verlorenen zu fangen.«

»Wisst ihr was? Das muss der Grund für die Szene auf den Spiegelpflanzen gewesen sein. Deswegen hat sich Rhem mit dem Jäger getroffen«, mutmaßte Charlie. »Er hat ihn damit beauftragt, einen Verlorenen für Nocal zu fangen.«

»Damit liegt seine Gruppe aber auf jeden Fall vor uns und die Zeit, die wir durch die Verbotene Zone aufgeholt haben, ist wieder bedeutungslos.« Madu trat wütend gegen einen Baum, nachdem er gelesen hatte, worüber sich seine Freunde aufregten.

»Hättet ihr nicht etwas näher am See Pause machen können?«, ertönte plötzlich eine Stimme direkt hinter ihnen, so dass sie erschrocken zusammenzuckten. »Obwohl ich eine gute Spurensucherin bin, habe ich bei dem, was im Moment hier los ist, doch eine Zeit gebraucht, um euch zu finden.«

Erleichtert erkannten Fatma, Sying und George Mema, die ihnen bis hierher gefolgt war.

Rasch stellten sie die Verlorene Charlie und Madu vor. Die beiden freuten sich, diejenige kennenzulernen, die ihre Freunde auf der Suche nach dem doppelten Zeichen von Zanano zu der Brücke, die ins Nichts führt, und zum halberfrorenen Dorf geführt hatte. Sie fanden sie direkt sympathisch.

»Was machst du denn hier?«, fragte George erstaunt.

»Ich bin eure Gefangene.« Mema streckte ihnen die Hände zum Fesseln entgegen.

Charlie wunderte sich. »Ich verstehe das nicht. Torke schien in seiner Meinung sehr unnachgiebig zu sein.«

»Ach, der alte Brummbär weiß auch nichts davon. Und je später er davon erfährt, umso besser ist es«, grinste sie schelmisch.

»Wirst du denn keinen Ärger bekommen?«, fragte Fatma besorgt.

»Keine Sorge. Torke ist zwar unser Anführer, aber wir sind alle freie Zananer und unsere Entscheidungen gehen nur uns etwas an, solange wir unsere Stadt und die anderen Verlorenen nicht in Gefahr bringen.«

Die Freunde konnten ihr Glück kaum fassen. Es gab eine realistische Chance, die zweite Aufgabe zu erfüllen und die Spiele zu gewinnen.

Trotzdem fühlte George sich verpflichtet, ein weiteres Mal nachzufragen. »Du weißt schon, dass wir nicht genau wissen, was die Dunklen nach der Übergabe mit dir machen? Wir werden alles versuchen, um dich und die anderen Gefangenen zu befreien, aber ...«

»Ich weiß Bescheid und ich habe mir die Sache gut überlegt. Ich werde das Gefühl nicht los, dass ein Sieg von euch sich auch positiv auf Zanano auswirken könnte. Außerdem bin ich euch etwas schuldig. Meine Cousine konnte nach langer Gefangenschaft aus einem Herrenhaus entkommen und zu uns zurückkehren. Wenn mich nicht alles täuscht, hat sie diese Flucht euch zu verdanken.«

Das waren gute Neuigkeiten! Oft hatten sie an die Verlorene denken müssen. Zu wissen, dass Georges Hilfeversuch bei ihr auf der Feier in der dunklen Stadt Anoz von Erfolg gekrönt war, machte sie stolz und glücklich.

169

»Wenn das so ist, wollen wir dich mal ordentlich verschnüren.« George suchte in seinem Rucksack nach etwas Brauchbarem.

Ein Haufen Zeug, aber nicht eine sinnvolle Sache dabei, dachte er. Vielleicht sollten wir die Sachen einfach hier stehen lassen. Bisher haben sie uns keinerlei Vorteile gebracht. Den letzten Gedanken behielt er dann aber doch für sich.

Da es in den Taschen der anderen nicht besser aussah, rissen sie ein Stück von dem Stoff ab, mit dem sie die Glaskugeln eingepackt hatten.

Auf dem Weg zur Übergabe kamen sie an einer Wächterin aus Nocals Gruppe vorbei, die bis zur Hüfte in einem kleinen Tümpel, der eher einer größeren Pfütze glich, steckte und vergebens versuchte, sich daraus zu befreien.

»Das ist typisch Nocal. Für ihn zählt nur der Sieg. Wer von seinen Leuten dabei auf der Strecke bleibt, ist ihm völlig egal. Hoffentlich kann sie sich bald retten«, sagte Charlie.

»Wohl kaum«, meinte Mema. »Wie nennen das einen widersinnigen Fleck.«

Als die Verlorene in die fragenden Gesichter um sich herum blickte, erklärte sie seufzend: »Je mehr sie versucht, sich zu befreien, desto stärker wird sie festgehalten werden. Nach einiger Zeit wird die Flüssigkeit ihre Haut verhärten und sie wird zu Stein erstarren.«

»Das ist ja furchtbar. Wie kommt sie da raus?«, fragte Fatma.

»Ganz langsam und mit entgegengesetzten Bewegungen. Anstatt zu versuchen, die äußere Kante zu erreichen, muss man, so widersinnig es klingen mag, ganz ruhig werden.«

170

»Wir müssen ihr helfen.« Fatma machte einen Schritt in Richtung des Teiches, wurde aber von der Verlorenen zurückgehalten.

»Auf keinen Fall! Eine weniger, die uns Probleme bereiten kann«, sagte Mema entschlossen.

»Vielleicht wird aus ihr noch was, wenn sie selbst anfängt zu denken und nicht nur das nachplappert, was man ihr eintrichtert. Du bist gerade sehr hartherzig.« George war zwar kein Freund der Dunklen, aber das Mädchen ihrem grausamen Schicksal zu überlassen, fand er nicht richtig.

»Vielleicht wird sie aber auch die nächste Jägerin und findet unsere Stadt.« Mema war nicht bereit, nachzugeben.

»Aber wenn man in niemanden Hoffnung setzt, kann sich nichts verbessern. Und einige Dunkle sind gar nicht so schlimm.« Sying dachte dabei an Chap, mit dem er sich lange Zeit gut verstanden hatte.

»Ich setze meine Hoffnung in euch, schließlich bin ich hier, oder?«

Beschämt sahen die Freunde sich an.

»Das stimmt, entschuldige, du riskierst sehr viel für uns«, sagte Charlie. »Wir haben kein Recht dazu, dir Vorhaltungen zu machen.«

Wie konnten sie die Dunkle retten, ohne Mema vor den Kopf zu stoßen?

Ein leiser Pfiff ließ George aufsehen. Hinter einem Baum lugte Ehawee hervor. Unauffällig bewegte er sich etwas in ihre Richtung.

»Wie schön, dich zu sehen.«

»Ich konnte alles hören. Geht ruhig weiter, ich kümmere mich um die Dunkle«, flüsterte sie ihm zu.

Froh über diese Entwicklung ging er zu seiner Gruppe zurück. Unbemerkt von Mema, die nach der vorherigen

Diskussion immer noch verstimmt war und sich mit dem Rücken an einen Baum hingesetzt hatte, konnte er den anderen die Neuigkeiten mitteilen. Daher machten sie sich zügig auf den Weg.

Wenn Mema über ihren plötzlichen Sinneswandel erstaunt war, so sagte sie zumindest nichts.

Am vereinbarten Kontrollpunkt übergaben sie die Verlorene den Dunkeln. In einem Käfig waren bereits zwei weitere Gefangene untergebracht. Einen erkannten sie als den von Nocals Team. Da der andere Brandblasen aufwies, vermuteten sie, dass Chaps Team die Aufgabe gelöst hatte, indem sie ihre Feuerelementenkugel eingesetzt hatten. Dementsprechend musste sich Jöras Team noch hinter ihnen in der Verbotenen Zone befinden.

Schweren Herzens ließen sie Mema zurück und machten sich auf den weiteren Weg.

Rettungsversuch

Ehawee und Fred hielten sich schon länger in der Gegend auf und hatten das Drama mit Nocals Teamkollegin hautnah miterlebt. Er hatte keine fünf Minuten darauf verwendet, sie aus dem Tümpel zu befreien, bevor er beschlossen hatte, ohne sie weiterzumachen.

Die Nirmanerin hatte bereits vorgehabt, dem Mädchen zu helfen, als sie unverhofft auf ihre Freunde gestoßen war und deren Meinungsverschiedenheit mit der Verlorenen mitbekommen hatte.

Sie glaubte, sich zu erinnern, dass die Wächterin Baga hieß. Verzweifelt versuchte das Mädchen weiter, sich aus ihrer misslichen Lage zu befreien. Ihre Haut war schweißbedeckt und ihre Gesichtszüge zeigten deutliche Spuren der Erschöpfung.

Sie ließ Taku und Fred im Schutz der Bäume zurück. Als Ehawee an Baga herantrat, sah diese alarmiert auf.

»Was machst du hier? Du hast hier nichts zu suchen«, herrschte die Wächterin sie an.

»Dann kann ich ja wieder gehen.« Ehawee drehte sich um und entfernte sich langsam.

»Halt, warte!« Die Dunkle überlegte es sich anders. »Ich befehle dir, mir zu helfen.«

»Das nenne ich einen ganz schlechten Versuch. Weißt du, was das Traurige ist? Eigentlich bin ich genau deswegen hier. Um dir zu helfen. Aber nach deinen charmanten Worten habe ich dazu keine Lust mehr.« Die Nirmanerin verschwand mit wehenden Zöpfen hinter den Bäumen.

173

»Willst du ihr jetzt doch nicht helfen?«, fragte Fred erstaunt.

»Schon, aber diese Arroganz der Dunklen macht mich wütend. Ich brauche einen Augenblick.« Sie atmete ein paar Mal tief durch, als ...

»Bitte komm zurück«, und danach etwas zögernd: »Es tut mir leid.«

Ehawee zog erstaunt eine Augenbraue hoch.

»Geht doch«, sagte Fred. »Wir bringen den Dunklen noch ein gewisses Benehmen bei. Einigen oder wenigstens einer.«

»Du hast nicht mehr viel Zeit, aus dieser Falle zu gelangen. Wenn du herauswillst, musst du genau das Gegenteil von dem machen, was du bisher versucht hast. Du darfst dich nicht bewegen und musst dich möglichst entspannen.«

»Ich verstehe nicht, was das bringen soll. Vielleicht willst du mich auch reinlegen.« Misstrauisch sah die Dunkle ihre vermeintliche Retterin an.

Fred verdrehte bei diesen Worten in Ehawees Tasche die Augen.

»Will ich nicht«, sagte Ehawee und schüttelte zur Bekräftigung ihren Kopf, dass ihre grünen Zöpfe nur so flogen. »Folge meinem Rat oder lass es bleiben. Deine Entscheidung.«

»Es wird langsam besser. Ich bin nicht mehr so fest umschlossen wie zuvor.« Baga hatte sich dazu entschlossen, Ehawee zu vertrauen.

»Nicht nachlassen! Dann hast du es bald geschafft.«

Das sollte Baga motivieren, entsprach aber leider nicht der Wahrheit. Für die erhöhte Bewegungsfreiheit hatte die

174

Wächterin eine halbe Stunde arbeiten müssen, nur unterbrochen von kleinen Trinkpausen, wenn Ehawee ihr Wasser reichte.

»Warum hilfst du mir?« Die Verwunderung in Bagas Stimme war unüberhörbar.

»Sollte man das nicht tun? Sich gegenseitig unterstützen? Das macht das Leben doch viel einfacher und schöner.« Die Nirmanerin versuchte, die Gelegenheit zu nutzen, weiter zu der Dunklen durchzudringen.

»Aber du bist eine Helle. Ihr habt doch schon immer versucht, uns Dunkle zu vernichten.«

Ehawee seufzte. »Du solltest nicht alles glauben, was dir in der Schule erzählt wird. Schließlich haben vor vielen Jahren Helle und Dunkle auf Zanano friedlich miteinander gelebt, bis sie anfingen, Hautfarben eine Bedeutung zu geben, die sie nicht verdienen.«

»Aber wir geben euch Struktur, Arbeit, Essen. Ohne uns seid ihr hilflos wie Kinder«, protestierte Baga, während sie sich weiter anstrengte, aus ihrer misslichen Situation zu entkommen.

Ehawee hätte das Mädchen vor ihr am liebsten geschüttelt. Doch das wäre in Sachen Vertrauensaufbau keine erfolgsversprechende Idee. Also Geduld, mahnte sie sich selbst.

»Glaubst du das wirklich? Das Einzige, was die Hellen dazu bringt, das alles zu tun, ist euer System, eure Gewaltherrschaft.«

Doch so schnell gab die Dunkle sich nicht geschlagen. »Ihr könnt weder lesen noch rechnen. Ohne uns seid ihr hilflos.«

» Man kann einem Volk nicht das Lernen verbieten und ihm dann nachher vorwerfen, dass es etwas nicht kann. Die

175

Hellen sind genauso klug wie die Dunklen. Und es würde Zanano weitaus besser gehen, wenn ihr das endlich kapieren und zusammenarbeiten würdet.«

Baga schwieg. Aber Ehawee konnte sehen, dass ihre Worte in der Wächterin arbeiteten und sie darüber nachdachte.

Manchmal beginnt Veränderung im Kleinen und in einzelnen Personen. Hoffentlich ist das hier der Fall, dachte die Nirmanerin.

»Ich glaube, ich bin frei«, unterbrach Baga ihre Gedanken.

Tatsächlich sah der Tümpel um die Dunkle jetzt flüssiger aus. Rasch ergriff Ehawee ihre Hände und zog, so kräftig sie konnte. Mit einem lauten Plumps landeten beide auf dem Boden und jubelten über die gelungene Befreiung. Ehawee drückt die Dunkle vor Freude und Erleichterung fest an sich, die ihre Umarmung genauso glücklich erwiderte. Etwas verlegen lösten sich die beiden Mädchen voneinander und beäugten sich unsicher.

»Was hast du jetzt vor?«, fragte die Nirmanerin.

»Ich werde versuchen, meine Gruppe einzuholen und um den Pokal kämpfen. Vielleicht kann ich ihnen noch helfen.«

»Du willst zu Nocal zurück?« Ungläubig sah sie das Mädchen an. »Er hätte dich hier sterben lassen.«

»So einfach ist das nicht. Meine Familie erwartet, dass ich meiner Aufgabe nachkomme«, entgegnete die Dunkle pflichtbewusst.

Tja, manche Veränderungen geschahen wohl eher im Mikrobereich.

»Aber ich werde niemandem erzählen, dass du dich hier unerlaubt aufgehalten hast. Und danke, dass du mir das Leben gerettet hast,« setzte Baga zögernd hinzu.

176

»Gern geschehen«, murmelte Ehawee, doch die Wächterin hatte sich schon umgedreht und war zwischen den Bäumen verschwunden.

Der Wald der Tränen

Die Freunde hatten während ihrer zweiten Aufgabe in der Verbotenen Zone viel an verlorener Zeit aufgeholt. Sie waren fast so weit wie Nocals Team und hatten die Heilergruppe sogar hinter sich gelassen. Chaps Gruppe lag in Führung. Damit sie nicht wieder zurückfielen, nahmen sie nach Memas Übergabe direkt die dritte Aufgabe in Angriff.

»Wir haben zwei Möglichkeiten, um zur Höhle der Verdammten zu gelangen«, erklärte Fatma nach einem Blick auf ihre Karte. »Zum einen gibt es einen Weg über einen Berg oder einen kürzeren durch den Wald der Tränen.«

»Was bedeutet das nur?«, fragte Madu, der den Namen gelesen hatte, da er leider weiterhin nichts hören konnte.

Ob ich überhaupt nochmal etwas hören werde? Ich kann bisher keinerlei Verbesserung feststellen. Sorgenfalten durchzogen das Gesicht des sonst so fröhlichen Afrikaners.

Die Freunde wussten auf seine Frage keine Antwort. Von einem Wald der Tränen hatte bisher niemand etwas gehört.

»Da wir Chap unbedingt einholen müssen, sollten wir uns diesen Wald zumindest ansehen«, meinte Charlie.

Deswegen wanderten sie mit nur wenigen Pausen bis zum Waldrand. Das schwere Gepäck, das sie seit ihrem Aufbruch trugen, forderte mittlerweile seinen Tribut. Rücken, Arme und Beine litten unter dem Gewicht und schmerzten.

»Wunderschön«, hauchte Charlie.

Der Blick in den Wald offenbarte eine Explosion aus Farben neben leise klingenden Geräuschen. Wie verzaubert

178

blieben sie stehen. Doch dann sahen sich die fünf die Bäume genauer an, in deren Blättern sich das Sonnenlicht spiegelte.

»Die sind ja aus Glas«, stellte Sying erstaunt fest.

Er trat an einen jungen Baum heran und rüttelte leicht an dem Stamm. Augenblicklich fielen zahlreiche Blätter herunter. Obwohl Sying schnell reagierte und rechtzeitig zurücksprang, steckten einige wie kleine Dolche in seinem Rucksack.

George zog vorsichtig eines heraus und strich darüber. »Die Kanten sind messerscharf und vorne sehr spitz.«

»Wir sollten uns doch für den Umweg entscheiden«, sagte Charlie. »Der Weg durch den Wald ist viel zu gefährlich. Es nützt niemandem etwas, wenn wir nicht mehr da rauskommen, weil wir von den Blättern erstochen worden sind. Und die dritte Aufgabe müssen die anderen Gruppen auch erst einmal bestehen.«

Nur zu gerne hätten sie die Abkürzung genutzt, doch die Vernunft siegte. Sie machten kehrt, kamen jedoch nur wenige Meter weit.

Mehrere Wane versperrten ihnen den Weg und sahen sie nicht besonders freundlich an.

»Wo kommen die denn so schnell hierher?«, fragte Madu verwundert.

»Das war bestimmt wieder Nocal«, mutmaßte Sying. »Die Wane gehorchen ihm und wir sind genauso weit wie seine Gruppe.«

»Das hat er sich fein ausgedacht. Er nimmt den Umweg und jagt uns in den Wald der Tränen«, stimmte George ihm zu.

Wie richtig er mit seinen letzten Worten lag, zeigte sich nur Sekunden später, als die Wane näher kamen. Den

179

Freunden blieb nichts anderes übrig, als zurückzuweichen. Mit tückischem Blick, fletschendem Gebiss und hervorschnellenden Zungen drängten die Tiere die Freunde zurück, bis diese wieder vor dem Wald der Tränen standen.

»Sie legen ihre Ohren an«, rief Sying. »Das bedeutet, dass sie gleich angreifen.«

»Was können wir nur tun?«, überlegte Fatma laut. Ihr Blick fiel auf Madus Gepäck, auf dem der metallene Schirm gespannt war.

»Wir gehen durch den Wald der Tränen und schützen uns vor den Blättern mit den Schirmen«, rief sie den anderen zu.

»Das rettet uns aber nicht vor den Wanen«, gab Charlie zu bedenken.

Da ein Schutz vor einer Gefahr schon mal besser war als gar keiner, zerrten sie im Eiltempo die Schirme hervor und spannten sie auf.

Das passierte nicht eine Sekunde zu früh, denn nun griffen die Tiere an. Ihnen blieb nur die Flucht durch den Wald. So schnell wie möglich liefen sie zwischen den Bäumen durch. Die einzelnen Blätter, die dabei herunterfielen, prallten tatsächlich an ihren Schirmen ab. Als die Wane hinter ihnen her stürmten und aufholten, erhöhten die Freunde ihr Tempo. Dennoch verringerte sich der Abstand stetig. Die Tiere ließen sich auch nicht davon beirren, wenn sie ab und zu von einem herabfallenden Blatt getroffen wurden.

Es sind einfach zu wenige, um die Wane aufzuhalten, dachte Charlie keuchend. Wir brauchen einen starken Windstoß, der alles von den Bäumen fegt. Auf einmal hatte sie einen Geistesblitz: Wind ist doch nichts anderes als bewegte Luft. Ich kann unser Element benutzen.

Da die anderen große Teile ihres Gepäcks trugen, hatte sie die drei wertvollen Kugeln eingesteckt. Sie griff in ihre Tasche, zog eine gelbe heraus, warf sie hinter sich auf den Boden und rief laut »Sturm«.

Augenblicklich erhob sich ein Wind, der durch den Wald heulte und an Intensität zunahm. Die Wirkung ließ nicht lange auf sich warten. Die Bäume schüttelten ihre Blätter regelrecht ab. Hart und in unablässiger Folge prasselten sie auf ihre Schirme. Hinter ihnen ertönte ein lautes Heulen. Als sich die Freunde umdrehten, sahen sie die Wane in heller Panik hin- und herlaufen. Zahlreiche Glasstücke steckten in ihren Körper und grünes Blut trat hervor. Die Verfolgung ihrer Beute hatten sie aufgegeben. Stattdessen traten sie den Rückzug an.

Erleichtert drosselten die fünf ihr Tempo und gingen den restlichen Weg. Da der Wind noch stark war, war das gar nicht so einfach. Charlie war von der Flucht vollkommen erledigt und musste von George gestützt werden. Zum Glück konnten sie den Wald der Tränen schon bald verlassen. Nur wenige Blätter waren unter ihre Schirme geweht worden und hatten ein paar Schrammen bei ihnen hinterlassen.

»Ich schimpfe nie wieder über unser Gepäck. Welch ein Glück, dass wir die Schirme ausgewählt haben«, schwor Madu und küsste seinen. »Wer hätte gedacht, dass sie uns das Leben retten?«

Glück oder irgendetwas anderes, dachte Charlie, die sich an die seltsame Auswahlsituation erinnerte.

Die Höhle der Verdammten

Seht mal, was hier liegt«, sagte Sying und hob eine Mütze auf, die vor der Höhle der Verdammten auf dem Boden lag. »Die gehört Chap.«

»Damit ist sicher, dass seine Gruppe schon hier war«, kombinierte Charlie. »Aber durch unsere Abkürzung müsste Nocals jetzt hinter uns liegen. Wie er sich ärgern wird, wenn er erfährt, dass er uns mit seinen Wanen eher geholfen hat anstatt uns zu schaden. Das Gesicht möchte ich zu gerne sehen.«

Die anderen lachten bei der Vorstellung, nur Madu verstand den Grund dafür nicht. Aber da niemand etwas für ihn aufschrieb, war das Gespräch nicht wichtig gewesen. Sie hatten beschlossen, Madu immer nur relevante Informationen aufzuschreiben, da alles andere zu viel Zeit kostete.

»Allerdings wird unser Vorsprung nach unserer längeren Pause nicht mehr allzu groß sein«, gab George zu bedenken.

Sie waren nach ihrer Flucht aus dem Wald der Tränen so erledigt gewesen, dass sie sich einfach hatten ausruhen müssen. Das hatte ihnen neue Energien beschert, doch sie spürten den Zeitdruck jetzt umso mehr. Daher betraten sie die Höhle, ohne zu zögern.

Sie waren erst einige Meter ins Innere vorgedrungen, als hinter ihnen lautes Getöse erklang. Steine und Erde stürzten von oben herab. Die Freunde flohen vor dem Staub an die gegenüberliegende Wand. Hustend warteten sie ab, bis sie endlich wieder etwas sehen konnten.

»Oh nein, der Eingang ist komplett verschüttet!«, sagte Fatma. »Hilfe, hört uns jemand?«

Die anderen stimmten mit ein.

»Natürlich hören wir euch. Ich glaube auf ganz Zanano gibt es niemanden, der euch nicht gehört hat.« Die Stimme drang nur dumpf zu ihnen, aber sie war eindeutig zu erkennen.

»Nocal!«, stieß Sying hervor. »Kannst du uns helfen?«

»Aber natürlich helfe ich euch, nachdem ihr unser Z geholt habt.«

»Ihr wart das mit dem Erdrutsch, ihr habt uns hier absichtlich eingesperrt!« Charlies Stimme überschlug sich fast vor Empörung.

»Du bist wirklich eine Schnellmerkerin. Jöras Gruppe hat leider keinen Verlorenen fangen können, weswegen sie ausgeschieden sind. Aber sie waren so freundlich, sich uns mit ihren restlichen zwei Kugeln anzuschließen und uns zu unterstützen. Denn sie sind auch der Ansicht, dass ihr nicht einmal hättet teilnehmen dürfen. Es ist mir sowieso ein Rätsel, warum ihr noch im Spiel seid und wie ihr an diese Feder gelangen konntet.«

»Mit etwas, das du nicht besitzt: Intelligenz, Mut und Einfallsvermögen«, schleuderte George ihm wütend entgegen. Er zeigte dabei sein arrogantestes Gesicht, was Nocal aber leider nicht sehen konnte.

»Was fällt dir ein? Du bist nicht in der Position, dich so anmaßend zu verhalten. Fühlt euch nicht so sicher, nur weil während der Spiele andere Regeln für euch gelten. Wenn alles wieder normal läuft, werdet ihr die Quittung für eure Frechheiten bekommen. Allerdings hat eure Anwesenheit etwas Gutes: Holt uns das Z, dann kommt ihr hier raus.«

Madu las die Worte, die Fatma hastig hingekritzelt hatte.

»So eine miese, kleine Ratte! Das war ja zu erwarten, dass die Dunklen mit üblen Tricks arbeiten«, tobte Madu. »Aber was machen wir nun?«

»Wir holen die Skulpturen und hoffen, dass es noch einen anderen Ausgang gibt«, sagte George, während Fatma bei Madus fragendem Gesicht erneut den Stift zückte.

Zum ersten Mal musterten sie ihre Umgebung. Sie standen in einem kleinen, niedrigen Raum, von dem ein schmaler Gang abging.

»Mit der Karte sollte es kein Problem sein, das grüne Z zu finden«, sagte Charlie und studierte das Papier. »Schließlich ist der Weg genau eingezeichnet.«

Fatma sah sich aufmerksam um. »Ich weiß nicht. Irgendwie kommt mir das zu einfach vor. Wir sollten sehr vorsichtig sein.«

Madu blickte auf das Blatt, das sie ihm hinhielt, und nickte zustimmend. »Ich glaube auch, dass wir mit Fallen rechnen müssen.«

»Also passt gut auf«, mahnte George und machte einen Schritt in den Gang. Eine Sekunde später lag er auf der Nase. »Ahhh, mein Fuß.« Mit schmerzverzerrtem Gesicht hielt George seinen linken Fuß fest. »Ich bin umgeknickt.« Zaghaft versuchte er aufzutreten und zog zischend Luft durch die Zähne. »Es geht nicht. Ich kann ihn nicht belasten.«

Nahmen die Hindernisse denn gar kein Ende? Wenn sie so weitermachten, bekamen sie die Auszeichnung für die Mannschaft mit den meisten Blessuren.

»Dann warte am besten hier vorne«, sagte Charlie. »Und ja, wir werden uns vorsehen.«

Sie folgten den Pfeilen auf der Karte. Während sie immer tiefer ins Innere der Höhle vordrangen, achteten sie genau

184

auf den Boden und die Wände. Sie konnten nichts Auffälliges feststellen. Das Loch, in das George getreten war, war bisher das Einzige gewesen.

Vielleicht ist die Aufgabe doch nicht so schwierig wie befürchtet. Kaum hatte Sying das gedacht, erschien vor ihnen ein Flimmern. Mit angehaltenem Atem sahen sie, wie sich zwei Gestalten herauskristallisierten. Die Kontur der Frauen war nicht scharf, sondern flackerte leicht.

»Wer seid ihr? Was wollt ihr von uns?«, fragte Charlie stirnrunzelnd, woraufhin die beiden ihre Hände ausstreckten und sie zu sich winkten.

»Wir sollten nicht zu ihnen gehen. Ich habe kein gutes Gefühl dabei«, sagte Madu und machte besorgt das Zeichen gegen das Böse.

Da die anderen der gleichen Ansicht waren, kehrten sie um und suchten einen besseren Weg. Schon nach den ersten Schritten drangen einlullende Stimmen, begleitet von sanften Klängen an ihr Ohr.

»Kommt zu uns. Das ist der falsche Weg. Hier geht es lang!« Die Stimmen schienen von allen Seiten auf sie zuzukommen.

Sying, Charlie und Fatma blieben wie angewurzelt stehen und bekamen einen starren Blick. Dann drehten sie sich um und gingen langsam auf die Frauen zu.

»So ist es gut, es ist nicht mehr weit.«

Madu war noch immer in seiner stummen Welt gefangen und verstand daher nicht, was hier vor sich ging. Was soll das? Eben waren wir uns noch einig, einen großen Umweg um diese Gestalten zu machen, und jetzt laufen die drei direkt auf sie zu.

»Hey, wir wollten doch zurückgehen? Was macht ihr denn?« Aber er erhielt keine Antwort von den dreien.

185

Verzweifelt versuchte er, seine Freunde aufzuhalten, leider ohne Erfolg. Er schüttelte sie und schrie sie an, allerdings verlangsamte er sie dadurch nicht. Hängte er sich an Sying, gingen Charlie und Fatma weiter und umgekehrt. Sie beachteten ihn überhaupt nicht.

Die flimmernden Frauen bogen in einen Gang ab. »Folgt uns!«

Soll ich George holen? Aber er kann kaum laufen und außerdem bin ich mir nicht sicher, ob ich wieder hierhin finde. Die drei verhalten sich, als würden sie unter einem Zauber stehen. Wenn das so ist, warum wirkt er bei mir nicht? Was soll ich nur tun? Madu überlegte fieberhaft, während er der Gruppe folgte.

Als sich eine der Frauen umdrehte und er ihre Mundbewegung sah, wusste er plötzlich den Grund. Es liegt an dem, was sie sagen! Da ich nichts hören kann, wirkt ihr Zauber bei mir nicht! Also, muss ich dafür sorgen, dass meine Freunde sie auch nicht hören können. Die Frage ist nur, wie.

Reflexartig klopfte er seine Taschen ab, auf der Suche nach etwas, das ihm helfen konnte. Als er den Knubbel in seinem Hosenbeutel fühlte, wusste er, was er zu tun ist. Während er in der Residenz die feine Kleidung der Priestergilde inklusive der Roben getragen hatte, trug er nun die gleichen Hosen wie bei seiner Ankunft in der Residenz. Damals hatte er sie einfach in seinen Schrank gelegt, zusammen mit Dix' Glumpschhaufen. Diesen hatte er beim Verlassen von Zan in seine Tasche gesteckt und dort vergessen. Hastig holte er diesen jetzt hervor und riss einzelne Stücke von der zähen Masse ab. Er umschlang Sying, der direkt vor ihm ging. Bevor der kleine Chinese reagieren konnte, stopfte er ihm die Glumbschstücke in die Ohren.

186

Hoffentlich funktioniert es und das Zeug verstopft die Ohren so, dass er nichts mehr hört. Madu schickte ein Stoßgebet zum Himmel.

Doch Sying reagierte nun gar nicht mehr. Er blieb teilnahmslos stehen und starrte vor sich hin. Madu hatte keine Zeit, sich länger um seinen Freund zu kümmern und eilte den beiden Mädchen hinterher. Er schaffte es, Charlie Glumpschstücke in die Ohren zu stopfen, die daraufhin ebenfalls stehen blieb. Doch Fatma erreichte er nicht mehr rechtzeitig.

Sie betrat gerade die Höhle, in die der Gang mündete. Die beiden flimmernden Gestalten standen rechts und links von ihr und lockten sie immer weiter. Mit starrem Blick folgte sie den Aufforderungen und steuerte direkt auf einen Abgrund zu, aus dem grüne Flammen schlugen. Madu sprintete auf Fatma zu und zog sie zurück. Daraufhin gebärdeten sich die Frauen wie Furien und stürzten sich auf ihn. Erschrocken machte Madu das Zeichen gegen das Böse. Glücklicherweise konnten die Gestalten keine feste Form annehmen, ihre Macht schien sich auf ihre Stimmen zu beschränken.

Schwieriger gestaltete sich da schon sein Kampf mit der wild um sich schlagenden Fatma. Angefeuert von den Stimmen, entwickelte sie ungeahnte Kräfte. Madu gelang es kaum, sie von der Schlucht fernzuhalten, geschweige denn ihre Ohren zu verschließen. In dem allgemeinen Gerangel schlug Fatma ihren Ellenbogen gegen Madus Kopf, der daraufhin Sterne sah und sich benommen auf den Boden setzte. Das nutzte sie, um sich erneut den Flammen zuzuwenden.

Sie ist zu weit weg! Ich werde sie nicht retten können, erkannte Madu schockiert, als er sich wieder aufrappelte.

Fatma stand vor dem Abgrund und kippte langsam nach vorne.

Ehawee, Fred und die Verlorenen

Ehawee spuckte Schlamm. Bevor sie die Kuppel der Verlorenen betreten oder auch nur ein Wort sagen konnte, war sie zu Boden geworfen worden und bäuchlings im Matsch gelandet.

Dabei war bisher alles reibungslos verlaufen. Gemeinsam mit Fred und Taku war sie, ohne auf Flecken zu treten oder Jägern zu begegnen, bis zum See gekommen. Dort hatte sie Taku schweren Herzens am Ufer zurückgelassen, da er sich heftig sträubte, das Wasser zu betreten. Wenigstens hatte sie dank der genauen Beschreibung ihrer Freunde direkt den richtigen Zugang gefunden.

Doch jetzt schien ihre Glückssträhne zu Ende zu sein, wie die Speerspitzen an ihrem Hals bewiesen. Vermutlich hätten die Wächter sie benutzt, wenn sie Fred nicht entdeckt hätten, der von ihrer Schulter geflogen war und sich gerade wieder aufrappelte.

Wütend wischte er den Schlamm von sich und blickte finster in die Runde: »Ist das eure Art, jemandem vom kleinen Volk zu behandeln?«

Daraufhin entschieden sich die Wächter dazu, sie zu Torke zu bringen, der sie ungnädig ansah.

»Du gehörst also auch zu dieser seltsamen Gruppe von Kindern, die immer wieder hier auftauchen, obwohl dies ein streng geheimer Ort ist. Ich bereue mittlerweile, Lifar überhaupt den Gefallen getan zu haben, euch zu empfangen. Seitdem ist hier mehr los als am Markttag.«

»Es tut mir sehr leid«, stammelte Ehawee verblüfft. Sie war von Torkes Schimpftirade überrumpelt worden, ob-

189

wohl sie zuvor ausgiebig von George, Fatma und Sying vor dem launenhaften Verhalten und barschen Wesen des Anführers gewarnt worden war. Aber etwas hören oder es live erleben, waren doch unterschiedliche Paar Schuhe. Nur war Ehawee nicht bereit, kampflos aufzugeben; zu wichtig war die Hilfe der Verlorenen.

»Wir brauchen eure Hilfe, denn nur mit euch können wir die Gefangenen aus den Gruben befreien.«

Die Freunde hofften, durch den Ausbruch die Dunklen in der Residenz genug ablenken zu können, um mit der dann hoffentlich vollständigen Zeitmaschine ihre Rückkehr nach Nirma zu ermöglichen. Außerdem waren sie es allen Hellen, insbesondere Masor und Sana, schuldig, die Grubenarbeiter zu befreien.

»Eure Forderungen steigern sich von Mal zu Mal. Demnächst verlangt ihr wahrscheinlich von mir, die Hohepriesterin Hara zu heiraten.«

Fred kicherte kurz, auch Ehawee musste trotz der ernsten Lage schmunzeln. Die Vorstellung der beiden war zu absurd.

»Nein, das ist wirklich unsere letzte Bitte, denke ich zumindest«, versuchte die Nirmanerin Torke zu beruhigen, der daraufhin dröhnend lachte.

»Nur einmal angenommen, wir würden uns darauf einlassen. Wie sollen wir es bis zu den Gruben schaffen, ohne dort durch die Hitze oder Kälte umzukommen? Außerdem sehen uns die Wächter schon Stunden vorher auf sie zuwandern, so dass sie nur ihre Wane auf uns zu hetzen brauchen.«

»Was das betrifft, haben wir eine Idee ...«

190

Gefährliche Lage

Sying kam in dem Gang zu sich und sah sich verwirrt um. Er spürte in beiden Ohren einen Druck und eine klebrige Masse.

Was ist passiert? Wo sind Madu und Fatma?

Ein Lichtschein an den Gangwänden erregte seine Aufmerksamkeit. Wenig später betrat er die Höhle und erfasste geistesgegenwärtig die Situation. Auch wenn er nicht verstand, warum, erkannte er, dass Madu krampfhaft versuchte, Fatma vom Abgrund und den züngelnden hellen Flammen fernzuhalten. Als sie es schaffte, sich von seinem Freund loszureißen, handelte Sying blitzschnell.

Im letzten Moment konnte er Fatma von der Schlucht zurückreißen, doch sie blieben gefährlich nahe an der Kante liegen. Da kamen ihm Madu und Charlie, die mittlerweile wieder Herr ihrer Sinne geworden war, zur Hilfe. Gemeinsam gelang es ihnen, Fatmas Ohren mit Glumbsch zu verkleben. Danach gestaltete sich alles einfacher. Auch wenn sie noch nicht bei sich war, wehrte sie sich nicht mehr und ließ sich willenlos aus der Gefahrenzone führen.

Bevor sie diesen Abschnitt verließen, erinnerte Charlie sich an den eigentlichen Grund ihrer Anwesenheit. Auf einem Stein in der Höhle standen die drei Zs. Rasch packte sie das gelbe für ihre Gruppe und das blaue zähneknirschend für Nocals Team ein.

Die Gesichter der Flimmergestalten blickten äußerst wütend, da ihre Beute entkam. Sie verfolgten sie weiter und öffneten ihre Münder zu grellen Schreien. Jetzt sahen sie

191

nicht mehr anmutig aus, vielmehr glichen sie wilden Furien, die Furcht und Schrecken verbreiten.

Während die Freunde durch die Gänge hasteten, meinten sie, dass es enger wurde.

Das kommt uns nicht nur so vor. Die Wände bewegen sich aufeinander zu!, dämmerte es Madu.

Noch stärker schoben und zogen sie die teilnahmslose Fatma durch die Gänge. Sie quetschten sich gerade in die erste Höhle, als sich der Tunnel hinter ihnen endgültig verschloss. Hier war es ziemlich dunkel. Lediglich durch ein kleines Loch in dem Geröllhaufen drang etwas Licht. George sah erstaunt auf, als seine Freunde so plötzlich neben ihm auftauchten. Zuerst befürchteten sie, dass die Frauen ihnen folgten. Doch die unheimlichen Gestalten blieben verschwunden. Daher pulte Sying mit Madus Hilfe die klebrige Masse aus seinen Ohren. George half Charlie dabei. Das war eine mühselige Angelegenheit.

Wie gut, dass das Zeug so fest sitzt, sonst hätte ich es mir vermutlich schon im Gang entfernt. Der Gedanke ließ Sying erschauern, da er dann mit ziemlicher Sicherheit wieder in den Bann dieser Gestalten geraten wäre.

Auch Fatma erwachte endlich aus ihrem Trancezustand. Als alle Ohren frei waren, berichteten sie von den Ereignissen.

»Ich kann kaum glauben, dass ich mich in den Abgrund stürzen wollte. Ich kann mich an gar nichts erinnern.«

»Es ist ja alles gut gegangen. Und wir haben sogar die Zs.« Triumphierend hielt Charlie ihre Beute hoch.

Wie aufs Stichwort erklang da die Stimme von Nocal. »Schön, dass ihr zurück seid.«

»Wir haben eure Skulptur. Jetzt lasst uns raus.«

»Schiebt zuerst das Z durch den Spalt zu uns herüber.«

192

Da sie keine andere Wahl hatten, reichten sie ihm das blaue Z durch die Lücke an.

»Und jetzt räumt gefälligst die Erde zur Seite«, forderte Charlie ihn auf.

»Wir haben leider festgestellt, dass die Erde viel zu fest sitzt und die Steine zu schwer sind. Eure Befreiung würde uns viel zu viel Zeit kosten«, erwiderte Nocal.

George glaubte nicht eine Sekunde, dass die Gruppe es auch nur versucht hatte, sie zu befreien. »Dann benutzt noch mal eine Kugel.«

»Leider kann Jöra unmöglich ihre letzte Kugel für eure Rettung verwenden. Sie könnte sich noch als sehr wertvoll erweisen. Ihr sitzt wohl leider hier fest. Ein Team weniger bei dem Kampf um den Pokal ist auch nicht zu verachten. Obwohl ich euren Anblick mit dem monströsen Gepäck vermissen werde. Ihr wart immer schon von Weitem erkennbar.« Nocal lachte gehässig.

Als Madu las, was der Dunkle gesagt hatte, wurde er wütend.

»Du elender, kleiner Wicht! Du kannst überhaupt nichts außer betrügen. Du fliegst bestimmt bald aus der Wächtergilde, wenn die deine Unfähigkeit erkennt.«

»Eigentlich wollte ich es dabei belassen, aber jetzt denke ich, dass noch etwas fehlt.« Nocals Stimme bebte vor Zorn.

Beunruhigt sahen sich die Freunde an. Was meinte er bloß?

»Oh nein!« Eine blaue Elementenkugel rollte durch die kleine Öffnung in ihre Höhle. Nur Sekunden später drang aus dem Boden Wasser hervor und flutete die Höhle. Es dauerte nicht lange, bis es den dreien bis zu den Knien reichte. Der Pegel stieg rasant. Fatma, die Angst vor Wasser hatte, versuchte ein Schluchzen zu unterdrücken.

»Wir werden ertrinken! Schon wieder!« Panik schwang in Madus Stimme mit. Nach dem Erlebnis im Monte Foram hatte er beschlossen, auf Wasserkontakt vorläufig zu verzichten.

»Ja«, stimmte George zu, »und das, obwohl wir das Element Luft beherrschen. Das nenne ich Ironie.«

Genau, wir haben Luft und brauchen nur etwas, um sie um uns einzusperren. Charlies Blick fiel auf ihr Gepäck.

»Die Glasgefäße! Wir können sie wie Taucherglocken benutzen. Sie sind groß genug, dass wir unsere Köpfe hineinstecken können.«

»Aber was machen wir dann?« Fatma verstand nicht, was ihre Freundin vorhatte.

»Das weiß ich noch nicht, aber so haben wir zumindest mehr Zeit.«

Kurz bevor das Wasser bis zur Decke reichte, hatte sich jeder von ihnen ein Glasgefäß über den Kopf gestülpt. Charlie hatte eine gelbe Kugel zerquetscht und das Element Luft zum Atmen aktiviert.

Das funktionierte erstaunlich gut. Die fünf hatten nicht den Eindruck, dass sich ihre Luft verbrauchte. Offenbar war mit ihrem Element ständige Frischluft gemeint. Dennoch mussten sie schnellstmöglich aus der Höhle heraus. Sie schwammen zu dem verschütteten Eingang und versuchten gemeinsam, die größeren Steine zu bewegen. Dabei half ihnen die Tatsache, dass das Wasser die zuvor feste Erde zwischen den Gesteinsbrocken in Schlamm verwandelte und nach und nach ausschwemmte. Es war anstrengend, aber schließlich konnten sie zwei große Felsbrocken ins Innere ziehen, Der gesamte Erdhaufen vor ihnen geriet dadurch ins Rutschen. Durch die entstandene Öffnung bahnte sich das Wasser seinen Weg nach draußen

194

und riss die Freunde mit sich. Madu war am wenigsten weit gespült worden und hob erleichtert die Glaskugel von seinem Kopf. Suchend sah er sich um. Da sah er die anderen sich aufrappeln. Während das Glas bei Fatma und George nur einige Sprünge aufwies, war es bei Sying und Charlie zerbrochen und hatte kleine Schrammen auf ihren Gesichtern hinterlassen.

Erschrocken lief Madu zu ihnen. »Geht es euch gut?«

»Ja, das sind nur Kratzer«, beruhigte der kleine Chinese seinen Freund.

Madu jubelte so unverhofft, dass Sying ihn verdutzt ansah.

»Ich kann wieder hören. Zwar nur sehr leise, aber immerhin«, erklärte er.

»Lasst mich mal sehen«, sagte Fatma, die sich zu den dreien gesellte. Mit geübten Handgriffen verband sie die Kratzer mit Stoffstücken, die sie aus ihrem Rucksack holte. »Sie sind zwar nass, werden aber trotzdem ihren Zweck erfüllen.«

Sie waren so beschäftigt, dass sie gar keine Gelegenheit hatten, genauer über die letzten Ereignisse nachzudenken. Doch jetzt kam der Gedanke an das Wasser in der Höhle mit voller Wucht zurück. Mit zitternden Knien setzten sie sich.

»Das war knapp. Nocal wollte uns wirklich ertrinken lassen«, sagte der kleine Chinese niedergeschlagen. »Wenn wir die Gläser nicht gehabt hätten …«

»Ja, es ist schon seltsam.« Fatma war nachdenklich. »Erst die Schirme und nun die Gefäße, die uns gerettet haben. Es ist fast so, als ob …«

»… jemand wusste, in welche Situationen wir geraten würden«, ergänzte Sying. »Aber wie kann das sein?«

»Wenigstens müssen wir jetzt die Dinger nicht mehr mitschleppen.« George warf seine angeknackste Glaskugel in großem Bogen fort und genoss den Klang des Zersplitterns.

»Was ist, wenn wir sie noch einmal brauchen?« Fatma hielt das für keine gute Idee.

»Das glaube ich nicht. Außerdem sind zwei Kugeln kaputt, also jetzt drei«, mischte Charlie sich ein. »Ich habe das Gefühl, dass wir jedes Teil genau einmal brauchen. Daher sollten wir die Schirme auch hier lassen.«

»Wenn das so ist, bin ich jetzt schon gespannt, was es mit dem Bambus auf sich hat«, sagte George.

Rhem

Rhem war einige Tage außer Gefecht. Diese verfluchte Hellgrüne, die ihn an den Baum gefesselt hatte, hätte ihn dort verhungern und verdursten lassen. Er war schon ziemlich schwach, als ein Jäger ihn zufällig gefunden und befreit hatte. Da er völlig erschöpft und stark verwundet war, hatte sein Retter ihn in eine kleinere dunkle Stadt zur Versorgung gebracht. Während seiner Genesung war er für eine gewisse Zeit ans Bett gefesselt und dachte darüber nach, wie er seine neuen Erkenntnisse für sich nutzen konnte.

Von Nirma haben wir seit Jahrhunderten nichts mehr gehört. Und jetzt ist eine ganze Gruppe von dort hier. Ich würde es selbst kaum glauben, wenn ich nicht mit eigenen Augen den Woko und einen vom kleinen Volk gesehen hätte. Es muss sich um eine groß angelegte Verschwörung handeln.

Langsam nahmen Rhems Rachepläne Gestalt an. Ich werde mich an dieser Hellen und dem Woko grausam rächen und dann Hara die Schuld dafür geben. Vielleicht kann ich es sogar so drehen, dass sie eine Mitverschwörerin ist. Ja genau, uns Madu, einen Nirmaner, als Primus zu präsentieren, wird ihren Untergang besiegeln. Damit wäre sie dann endgültig erledigt. Ein teuflisches Grinsen huschte über sein Gesicht. In diesem Fall ist es sogar egal, ob Nocal die Spiele gewinnt oder nicht. Ich habe diesen Schwächling eh nie gemocht. Aber ich werde noch nichts über meine Erkenntnisse verraten. Nicht, dass Hara dadurch gewarnt wird und ihr vielleicht Ausreden einfallen. Sobald ich wieder in der Residenz bin, werde ich meine Garde versammeln und mich rächen.

Die Grubianer

Torke schüttelte den Kopf. »Ich bin mir nicht sicher, wie ihr es geschafft habt, mich hierzu zu überreden.« Er betrachtete die bunte Gruppe aus einem Mädchen, einem Woko und einem vom kleinen Volk neben sich.

Ehawee und Fred grinsten sich kurz an, da sie beide die Antwort darauf kannten. Zum einen hatte Torke ein weiches Herz, obwohl er es vor anderen oft verbarg; zum anderen hatte ihn das grausame Leben der Grubenarbeiter, unter denen sich auch Verlorene befanden, schon immer mitgenommen. Den endgültigen Ausschlag hatte aber gegeben, dass Dix einer der Gefangenen war. Torke war einer der wenigen, die wussten, dass Masor sein Vater war. Ansonsten wurde das geheim gehalten, damit der Anführer der Hellen dadurch nicht angreifbar wurde. Obwohl die Verlorenen vorgaben, nichts mit dem Rest von Zanano zu tun haben zu wollen, konnte Torke es nicht ablehnen, Masors Sohn zu befreien. Vor allem nicht, nachdem Ehawee und Fred ihm eine Lösung für die Befreiung aufgezeigt hatten.

Auf eben dieser Lösung standen sie nun und näherten sich dem Grubengebiet. Fred war es gelungen, die Tüssler für ihr Vorhaben zu gewinnen. Er hatte die Tiere gebeten, auch auf die Befehle der rund zwanzig Verlorenen zu hören, die seinem Ruf gefolgt waren. Auf dem ersten Tier stand Torke neben Ehawee, Fred und Taku, während sich andere Verlorene auf die weitere Tüssler verteilten. Um nicht herunterzufallen, hielten sie sich an den Tüsslerhaaren fest, die starr und lang von ihren Körpern abstanden. Völlig überraschend hatten sie kurz vor ihrer Ankunft den KirMön getroffen, der ihnen zu dem Einsatz der riesigen Tiere gratuliert hatte, da die Wane einen Heidenrespekt vor ihnen hätten und sicherlich bei ihrem Anblick weglaufen würden. Sollte dies zutreffen, hätten sie damit eine Sorge weniger.

»Bereit?«, fragte der Verlorene Fred, der nickte und dann lautstark: »Attacke!« schrie.

Mit einem Ruck setzten sich die Tüssler in Bewegung und beschleunigten auf dem platten Gelände extrem schnell. Die Rebellentruppe hätte sich für ihren Befreiungsversuch keinen besseren Zeitpunkt aussuchen können. Die Eiswolke war soeben verschwunden, die Temperaturen waren erträglich. In der herrschenden Dunkelheit patrouillierten nur vereinzelte Wächter, die sie vergleichsweise spät entdecken würden. Was den Rest anging, konnten sie nur das Beste hoffen.

Ungewohnte Geräusche ließen die Gefangenen in den Baracken aufhorchen. Dix eilte ans Fenster und sah die Wachen hektisch hin- und herlaufen. Sie befreiten die Wane von der Kette. Sofort stürmten die Tiere auf etwas zu, was Dix nur als riesige Staubwolke wahrnahm.

Dank der Geschwindigkeit der Tüssler durchquerte das Befreiungsteam die Ebene, für die sie sonst Stunden gebraucht hätten, in fünfzehn Minuten. Kurz bevor sie die ersten Gebäude erreichten, kamen ihnen auch die alarmierten Wächter entgegen. Beim Anblick der geballten Tüsslerkraft, die auf sie zupreschte, machten die Wane auf dem Absatz kehrt und suchten ihr Heil in der Flucht. Den Wächtern blieb nichts anderes übrig, als sich in ihrem

200

Quartier zu verbarrikadieren, wollten sie nicht überrannt werden.

Der KirMön hat mit seinem Hinweis richtig gelegen, dachte Ehawee, als sie den davoneilenden Tieren hinterherblickte.

Es dauerte einige Minuten, bis sie die Gefangenen überzeugen konnten, dass sie tatsächlich zu ihrer Befreiung da waren. Auch wenn sich wenige verurteilte Verlorene in den Gruben befanden, bekamen einige bei dem ungewohnten und teilweise erschreckenden Aussehen der vielen Verlorenen Angst. Doch schließlich glaubten sie ihnen.

Auf dem Rücken der Tüssler wurden die Arbeiter von diesem Ort fortgebracht. Da die meisten bei schlechter Gesundheit waren, hatte Torke entschieden, sie zunächst in die Verbotene Zone zu bringen. Bis auf diejenigen, die aus ihrer geheimen Stadt stammten, sollte aber niemand sonst dorthin. Soweit ging das Vertrauen dann doch nicht. Allerdings hatten die Verlorenen versprochen, sich um die Befreiten zu kümmern und sie vor den Flecken zu bewahren. Von dort sollte bestimmt werden, wer ein Kandidat fürs Refugium war oder dauerhaft in der Zone bleiben wollte. Nur Dix, dem es glücklicherweise gut ging, wollte bei Ehawee und Fred bleiben. Ihr Tüssler sollte die zwei in die Nähe der Residenz bringen.

»Ich will mit euch kommen. Vielleicht kann ich euch bei der Suche nach dem Portal helfen.«

Ehawee beugte sich zu dem Jungen herunter. »Das geht nicht, Dix. Zum einen würden dich die Dunklen sofort wieder verhaften und dadurch zu früh erfahren, dass mit den Gruben etwas nicht stimmt. Je später das der Fall ist, desto besser ist das für alle. Außerdem möchten deine Eltern dich bestimmt sehen und wissen, wie es dir geht.«

201

Daher verabschiedeten sie sich und Dix kletterte wieder auf den Tüssler. Torke wollte ihn höchstpersönlich nach Zan bringen.

»Vielen Dank für eure Hilfe«, wandte Ehawee sich an Torke.

»Nein, ich habe euch zu danken. Ich war zufrieden mit meiner geheimen Stadt und habe es mir dort zu bequem gemacht. Wir hätten schon längst etwas gegen diesen schrecklichen Ort unternehmen sollen.«

»Was geschieht nun mit den Wächtern?«, fragte Fred, der gesehen hatte, dass einige der Verlorenen in das Gebäude gegangen waren.

Torke lachte. »Die dürfen in ihren Kellerräumen einige Tage über ihre Arbeit nachdenken. Da unten befindet sich genug Wasser und Essen, um diese Zeit zu überstehen. Sobald die Dunklen von dem Ausbruch erfahren, werden sie jemanden hierhinschicken.«

Sie winkten sich noch mal zu, bevor Torke und Dix in die eine Richtung und Ehawee, Taku und Fred in die andere Richtung aufbrachen.

Endspurt

Sie hatten die letzte Aufgabe erfüllt und mussten jetzt nur noch als Erste das Ziel, die Residenz, erreichen. Das würde schwierig werden. Wenn Chap oder Nocal nicht von irgendetwas aufgehalten wurden, war dies sogar unmöglich. Denn mit George, der weiterhin kaum auftreten konnte, kamen sie nur schleppend vorwärts, so dass sich der Vorsprung der anderen Gruppen noch vergrößerte.

Doch endlich kam ihnen einmal der Zufall zur Hilfe.

Denn Ehawee war mit Fred und Taku auf dem Tüssler auf dem Rückweg zur Residenz, als sie andere Teilnehmer der Spiele in ihrer Nähe bemerkte. Da sie von diesen nicht entdeckt werden wollten, versteckten sie sich hinter einem großen Felsen und hofften, dass ihre Freunde bald auftauchen würden. Doch es dauerte eine ganze Weile, bis sie sie endlich sah. Nur langsam kamen sie näher. Der Grund dafür war der humpelnde George. Ehawee, Fred und Taku gingen ihnen entgegen, während der Tüssler geduldig wartete.

Es war eine freudige Begrüßung und ein einziges Durcheinander: die erstaunten und fragenden Gesichter bei Takus Anblick, Ehawees Erklärungen und die Zusammenfassung ihrer bisherigen Erlebnisse. Sie fassten sich trotz aller Aufregung kurz, da die Zeit drängte, um die Spiele noch gewinnen zu können.

»Aber wenn du hier schon so lange wartest, werden wir zu unseren Gegnern nicht mehr aufschließen können«, sagte George frustriert. Was konnten sie noch tun?

Doch Ehawee grinste nur. »Dann müsst ihr eben auf die hiesigen öffentlichen Verkehrsmittel umsteigen.«

Nur Minuten später standen sie auf dem Tüssler und bewegten sich in atemberaubender Geschwindigkeit vorwärts. Sie schossen regelrecht durch einen schmalen, von hohen Felsen gesäumten Weg. Als sie das Kanonenrohr verließen, sahen sie schon die Gruppen von Nocal und Jöra vor sich, die über eine weite Ebene liefen.

»Wenn wir die beiden Gruppen überholt haben, müssen wir nur noch an der von Chap vorbei«, rief Charlie den anderen zu.

Ihre Aufholjagd blieb nicht unbemerkt. Immer wieder drehten sich die Gruppen zu ihnen um, bis Jöra eine Kugel herausholte und sie ihnen entgegenwarf.

»Zurück, das ist eine Elementenkugel. Wir müssen zurück zwischen die Felsen«, brüllte George, der die Gefahr als Erster erkannte.

Fred gab die Befehle umgehend an den Tüssler weiter, der so schnell wendete und zurücklief, dass es ein Wunder war, dass niemand herunterfiel.

Als die Kugel explodierte, bebte der Boden. Dabei warf er gigantische Wellen, die auf sie zurasten. Sie schafften es gerade noch so wieder zwischen die Felsen, da purzelten die Freunde auch schon von ihrem Tüssler. Es glich eher einem kontrollierten Absturz anstatt einem vorsichtigen Absteigen. Minutenlang zitterte und wackelte es unter ihnen und um sie herum, so dass sie nur abwarten konnten. Vor ihnen erklangen laute, seltsame Geräusche, die sie nicht genau zuordnen konnten.

Hoffentlich fallen uns keine Steine von den Felsen auf den Kopf, dachte Sying leicht panisch. Er versuchte seinen Kopf bestmöglich mit den Armen zu schützen.

204

Und dann war das Beben plötzlich vorbei. Während die Freunde sich aufrichteten, schwankte die Umgebung noch eine Weile, daher nahmen sie das Unglück erst zeitverzögert wahr.

»Oh nein!«, entfuhr es Fatma.

»Wir sind erledigt«, sagte Madu niedergeschlagen.

»Und Nirma auch!« Traurig blickte Ehawee sie an.

Fassungslos starrten sie auf die ungefähr sieben Meter breite Erdspalte, die bei dem Beben entstanden war und sie vollständig von ihrem weiteren Weg abschnitt.

Ein wahnwitziger Plan

Resigniert ließen sie sich nieder. Diesmal würden sie es nicht schaffen. Der Vorsprung der anderen Gruppen war zu groß. Wenn sie umkehrten, mussten sie das gesamte Gebirge umrunden. Das war selbst für einen Tüssler eine weite Strecke und bei den engen Bergwegen konnte er seine Geschwindigkeit nicht ausspielen.

»Den Bambus haben wir die ganze Zeit umsonst mitgeschleppt«, sagte Madu.

»Dabei war ich schon neugierig, wofür unser unbekannter Helfer ihn gedacht hatte. Allerdings wüsste ich nicht, wie er uns helfen sollte, die anderen einzuholen.« Fatma sah keine Möglichkeit mehr, den Wettkampf zu ihren Gunsten zu entscheiden.

»Wir haben noch eine gelbe Kugel für das Element Luft übrig. Vielleicht können wir uns dahin pusten lassen«, scherzte Charlie, doch ihr Galgenhumor kam nicht gut an. Schließlich hing zu viel von ihrem Sieg ab.

Da hob Sying abrupt den Kopf. Er hatte die ganze Zeit nach einer Lösung gesucht. Schon als Madu den Bambus erwähnte, hatte er das Gefühl, dass das wichtig war. Doch erst mit Charlies Bemerkung fügte sich alles wie bei einem Puzzle zusammen.

»Das ist es!« Mit einem Schrei sprang er auf und strahlte seine Freunde an. »Wir haben noch eine Chance! Aber wir müssen uns beeilen. Folgt mir und vergesst eure Taschen nicht. Wir müssen nach oben auf den Felsen.« Er zeigte auf einen breiten Vorsprung über ihnen, der aus einer der

206

Felswände noch über den neu entstandenen Riss herausragte.

»Und jetzt?« Keuchend ließ Madu sich neben seinen Freunden zu Boden sinken.

Im Eiltempo hatten sie den Berg bestiegen. Fatma, Charlie und er hatten keine Ahnung, was Sying damit bezweckte – aber von hier oben hatten sie eine hervorragende Aussicht. Deutlich konnten sie die einzelnen Gruppen in der Ferne erkennen, und ihr Ziel: die Residenz.

George war wegen seines Fußes bei Ehawee und Fred geblieben. Gemeinsam wollten sie sich auf dem Tüssler auf den langen Weg zur Residenz machen. Da es für den Sieg völlig ausreichte, wenn mindestens drei von ihrer Gruppe das Ziel erreichten, machte sein Fehlen nichts. Sying hatte alle so angetrieben, dass er keine Gelegenheit gehabt hatte, sie über seinen Plan zu informieren. Nur dass er waghalsig war, hatten sie aus seinen wenigen Worten herausgehört.

Ehawee legte sanft ihre Hand auf Georges Schulter. »Wir haben schon viele unmögliche Situationen gemeistert. Sie werden auch das schaffen. Hab ein wenig Vertrauen.«

Oh, Vertrauen hatte er. Nur hatte er sich in der Eile nicht einmal von Charlie verabschieden können. Was, wenn ihr etwas passierte? Und er nicht bei ihr war?

Trotzdem war er dankbar für Ehawees aufmunternde Worte.

Sying legte die Bambusstäbe und den Stoff, mit dem sie die Gläser eingewickelt hatten, vor seine Freunde.

»Wir bauen Drachenflieger und lassen uns damit mithilfe unseres Elementes Luft bis zur Residenz wehen.«

In Charlies, Fatmas und Madus Gesicht sah Sying ihre Gedanken: Er muss völlig den Verstand verloren haben.

Charlie gingen mehr als genug Gegenargumente durch den Kopf, doch fehlte ihr aktuell die Luft, um zu widersprechen. Der schnelle Aufstieg hatte ihr wieder vor Augen geführt, dass sie erst eine schwere Erkrankung hinter sich gebracht hatte und noch nicht wieder fit war. Daher beschränkte sie sich vorläufig darauf zuzuhören, während sie auf ein wenig Erholung hoffte.

»Ich habe alle Modelle schon mehrfach gebaut, naja, in einem kleineren Maßstab. Zinus meinte, sie würden auch in der normalen Größe funktionieren«, versuchte Sying seine Freunde zu beruhigen.

»Verstehe ich das richtig? Weil du aus Bambus kleine Drachenflieger mit unserem äußerst seltsamen Hausmeister hergestellt hast, glaubst du, dass wir damit in Wirklichkeit fliegen können? Etwas, was niemand von uns jemals gemacht hat.« Fatma konnte es nicht fassen und nicht verhindern, dass ihre Stimme bei ihren letzten Worten ein wenig schrill wurde.

»Ganz genau.« Sying schien unbeirrt. »Überlegt doch mal. Bisher haben uns alle ausgewählten Dinge in höchster Not geholfen. Das Einzige, was wir bisher nicht benutzt haben, liegt vor uns und bietet uns einen Ausweg. Diese Sachen«, er zeigte auf den Bambus und den Stoff und betonte jedes Wort eindringlich, »können uns jetzt wieder retten. Sie geben uns die Chance, das Spiel noch zu gewinnen. Und wenn wir uns Luft speziell zum Drachenfliegen wünschen, werden die Luftverhältnisse für uns optimal sein.«

Das waren ungewohnt viele Worte für den sonst so stillen Chinesen. Er konnte förmlich sehen, wie die drei darüber nachdachten, während sie den Bambus in der Hand hielten.

208

Schließlich sagte Madu: »Da dies offensichtlich unsere einzige Idee ist, können wir die Dinger zumindest zusammenbauen.«

»Juhuu!« Sying fiel seinem Freund um den Hals.

»Halt, nicht so schnell«, wiegelte Madu ab. »Das bedeutet nicht, dass ich sie auch benutzen will.«

»Das werden wir sehen. Was ist mit euch? Seid ihr dabei?«, wandte Sying sich an die beiden Mädchen.

»Ich habe zu Beginn gesagt, ich werde alles tun, was nötig ist, um Nirma zu retten«, antwortete Charlie. »Außerdem hätte Fliegen den unschlagbaren Vorteil, dass ich den Weg nicht zurücklaufen muss.«

Auch Fatma nickte zögernd. »Wie Madu schon sagte, es schadet nicht, die Flieger zu bauen.«

Träume vom Sieg

Bald haben wir es geschafft. Bald werde ich den Pokal in den Händen halten. Nocal konnte seine Freude kaum zügeln. Mit dem Sieg heute werde ich endgültig im Ansehen der Dunklen steigen. Die Heilergruppe hat aufgegeben und diese gemischte Gruppe hat keine Chance, den tiefen Graben zu überwinden. Bleibt nur noch Chaps Gruppe. Diese ist die einzige, die meinem Team gefährlich werden konnte. Theoretisch zumindest, fügte er in Gedanken hinzu und rieb sich erwartungsvoll die Hände. Denn nur er wusste, dass auf Chap ein Hindernis wartete, das ihn aufhalten und ihm, Nocal, den Sieg bescheren würde.

Wenn ihn nicht alles täuschte, war Chaps Team, das auf seins ein gutes Stück Vorsprung hatte, soeben stehen geblieben. Und er kannte den Grund dafür. Schließlich hatte er nicht umsonst in dem Hohepriester Rhem einen mächtigen Verbündeten. Zugegeben, bei der Aufgabe mit den Guru-Vögeln war etwas schief gelaufen. Eigentlich wollte Rhem dafür sorgen, dass er eine Feder bekam. Doch aus irgendeinem Grund war er nicht erschienen. Aber er hatte einen Ausweg aus dieser misslichen Lage gefunden. Immerhin hatte der Hohepriester bei der zweiten Prüfung Wort gehalten, ein Jäger hatte ihm eine Verlorene präsentiert. Die Tatsache, dass Chaps Team nicht mehr weiterging, zeigte ihm, dass ihr Plan funktionierte und sie planmäßig von Wanen aufgehalten wurden. Ob dies Rhems Verdienst war oder der der Garde, die er sicherheitshalber darum gebeten hatte, die Tiere hierher zu bringen, war ihm

210

egal. Alles, was zählte, war, dass sie hier waren. Trotzdem mussten sie sich beeilen. Denn wie er Chap kannte, würde er bald eine Möglichkeit finden, an den Wanen vorbeizukommen. Doch seine Sorge erwies sich als unbegründet, weil sie nach einiger Zeit zu der anderen Wächtergruppe aufschließen konnten.

Chap sah Nocal misstrauisch an. Er mochte diesen Dunklen nicht und traute ihm sämtliche Untaten zu. Dass seine Gruppe so kurz vor ihrem Sieg von Wanen, ausgerechnet Nocals Lieblingstieren, aufgehalten wurde, wirkte auf ihn äußerst verdächtig.

»Was soll das? Was machen die Wane hier?«

»Das weiß ich nicht.« Der Wächteranwärter bemühte sich um einen unschuldigen Gesichtsausdruck. »Ich bin genauso mit den Spielen von Zanano beschäftigt gewesen wie du.«

Chap schnaubte abfällig. Er glaubte ihm kein Wort.

»Aber«, fuhr dieser fort, »ich will nicht verhehlen, dass das ein glücklicher und willkommener Zufall ist. Wie es so schön heißt, ›mal gewinnt man, mal verliert man‹.«

Damit trat er an die Tiere heran, kraulte ihre Ohren und flüsterte ihnen etwas zu, woraufhin sie leicht auseinanderwichen und sich ein Gang zwischen ihnen bildete.

Ohne zu zögern gingen Nocal und Jöra mit ihren Teams hindurch. Doch als Chap folgen wollte, rückten die Wane wieder aneinander und es gab wie zuvor kein Durchkommen.

»Tja, ich schätze, wir warten dann auf euch in der …« Nocal hatte ›Residenz‹ sagen wollen, wurde aber von dem Gemurmel neben sich abgelenkt.

Die anderen blickten nach oben und gestikulierten wild in Richtung einiger großer Vögel über ihnen. Bei genauerem Hinsehen erkannte Nocal, dass er sich geirrt hatte.

Das sind gar keine Vögel! Das ist diese gemischte Gruppe mit seltsamen Gestellen. Wie kann das sein? Wie können sie fliegen? Seine aufgeregten Gedanken wurden von einer weiteren Erkenntnis überlagert: In der Luft sind sie viel schneller als wir. Sie werden uns überholen und die Ersten an der Residenz sein. Sie werden gewinnen! Nein, niemals! Das werde ich nicht zulassen!, beschloss Nocal im gleichen Augenblick mit einem gehässigen Grinsen auf seinem Gesicht.

»Lass es regnen«, forderte er seine Teamkollegin Baga auf, die noch eine Wasserkugel besaß. Diese hatte sich nach ihrer Befreiung wieder ihrem Team angeschlossen. Dank einer Abkürzung durch den Wald der Tränen, in dem alle scharfen Blätter auf dem Boden lagen, hatte sie Nocal und die anderen nach der dritten Aufgabe eingeholt.

»Sie werden abstürzen. Ich weiß nicht recht.« Unsicher sah sie ihn an.

»Was du nicht sagst. Und jetzt gib mir die Kugel. Dann mach ich es eben selbst. Ich übernehme die Verantwortung.« Nocal entriss seiner Gefährtin die Kugel und warf sie hoch. »Regen!«

Sie hatten sich ein Herz gefasst. Als sie mit dem Bau der Drachenflieger fertig waren und diese zu ihrer Überraschung stabil aussahen, beschlossen die Freunde, den Sprung ins Nichts zu wagen. Sie vertrauten auf Syings Wissen und auf ihr Schicksal, das ihnen hoffentlich gewogen war, das nicht zulassen würde, dass sie abstürzten. Denn damit wäre auch Nirma verloren.

Der eigentliche Sprung war das Schwierigste gewesen. Sying hatten ihnen eine Schnelleinführung gegeben, wie sie ihr Fluggerät durch die Verlagerung ihres Gewichts steuern

212

konnten. Mit dem Wurf ihrer letzten Elementenkugel hatten sie sich Luft zum Drachenfliegen gewünscht und sich mit dem aufkommenden Wind vom Felsen gestürzt. Und sie waren tatsächlich nicht abgestürzt. Eine Böe drückte sie sowohl nach oben als auch nach vorne. Nach den ersten ängstlichen Momenten fingen sie an, ihren Flug zu genießen. Hatten sie ihre Richtung anfangs nur vom Wind bestimmen lassen, versuchten sie nun vorsichtige, eigene Steuerungen.

Es war gar nicht so schwer, zumal sie das Gefühl hatten, dass ihre Fehler immer wieder durch einzelne Böen korrigiert wurden. Schnell näherten sie sich den anderen Gruppen, die sie mittlerweile entdeckt hatten. Trotz der Entfernung erkannten sie, dass Nocal eine Kugel warf.

Oh nein, das ist nicht gut, dachte Fatma. Besorgt sah sie, wie aus dem Nichts dunkle Wolken erschienen.

»Nocal lässt es regnen!«, Madu schrie die Warnung zu den anderen herüber.

Er bezweifelte, dass seine Freunde ihn überhaupt gehört hatten. Da sie nichts dagegen unternehmen konnten, spielte es auch keine Rolle.

Nur Sekunden später öffnete der Himmel seine Schleusen und starker Regen trommelte auf sie herab. Die Sicht war gleich null und die vier mussten ihre ganze Konzentration darauf verwenden, das Gleichgewicht zu halten. Außerdem konnte der Stoff ihrer Drachenflieger nur eine begrenzte Menge Wasser abweisen, so dass er immer nasser und schwerer wurde, wodurch sie tiefer sanken.

Wir dürfen nicht so kurz vor dem Ziel scheitern.

Sying zermarterte sich den Kopf und suchte fieberhaft nach einem Ausweg. Er konnte es nicht genau erkennen,

213

aber er hatte das Gefühl, dass der Regen nur auf einen gewissen Bereich beschränkt war. Einige hundert Meter vor ihnen blitzte wiederholt ein kleines Stück blauer Himmel auf.

»Wir müssen es bloß bis da vorne schaffen«, schrie er seinen Freunden zu. Gleichzeitig zeigte er mit seinem Arm nach vorne.

Das hätte er besser nicht gemacht. Sofort geriet sein Flieger ins Trudeln und die Spitze senkte sich. Über ihm erklang ein erschrockener Schrei. Immer weiter stürzte er dem Boden entgegen. Im letzten Moment, als er schon mit dem Aufprall rechnete, drückte ihn eine Windböe wieder nach oben.

Fast hätte er über Nocals verdattertes Gesicht gelacht, auf das er einen kurzen Blick erhaschen konnte, und der offenbar fest mit seinem Absturz gerechnet hatte. Der dunkle Junge war außer sich. Das konnte doch nicht sein, dass ausgerechnet diese Mannschaft über ihn triumphierte und ihn womöglich den Sieg kostete.

»Chap, du hast noch eine Feuerkugel. Hol sie mit einem Blitz herunter.« Nocals Stimme überschlug sich beinahe, als er seinem Wächterkollegen die Aufforderung, über die Wane hinweg, zurief. »Wir dürfen sie nicht gewinnen lassen. Es muss ein reines, dunkles Team gewinnen. Lass nicht zu, dass wir von Hellen und einem Defekten lächerlich gemacht werden.«

Chap hob den Arm mit der Kugel in der Hand. Er sah das fanatische Gesicht Nocals in seiner Nähe und Syings Gesicht, das direkt über ihm war. Für einen kurzen Augenblick trafen sich ihre Blicke.

Wenn Chap sein Element aktiviert, war es das, gegen Blitze oder Feuer können wir nichts ausrichten, dachte Sying.

214

In dem Moment senkte der Anführer der Wächtertruppe seine Hand, ließ seine Kugel auf den Boden fallen und zerstörte sie mit dem Fuß.

»Nein!« Wie ein Wahnsinniger stürzte Nocal sich auf ihn. »Was machst du denn da?«

»Etwas, das ich schon längst hätte tun sollen«, sagte Chap kalt. Dann hob er erneut den Arm, diesmal um seinen Konkurrenten zuzuwinken. »Guten Flug«, rief er ihnen nach und wandte sich an seine Mitstreiter. »Wer hat Lust, einen ehrenvollen zweiten Platz zu erreichen und mitzukommen?«

Wie erwartet, wollte das sein ganzes Team. Die Wane hinderten sie nicht daran, ihren Weg fortzusetzen. Ohne einen weiteren Befehl von Nocal, der noch zu schockiert über seinen entgangenen Sieg war, leisteten sie keinen Widerstand.

Als sie Nocals Gruppe passierten, sprach Baga ihn an. »Darf ich auch mitkommen? Ich schäme mich, dass ich Nocal unterstützt und ihm meine Regenkugel gegeben habe. Ich dachte, wenn er die Verantwortung übernimmt, wäre es okay. Aber man kann Verantwortung nicht abgeben, man ist selbst verantwortlich für das, was geschieht, für das, was man macht, und auch für das, was man nicht macht. Ich bin froh, dass du seiner Aufforderung nicht gefolgt bist.«

»Ich glaube, wir haben heute alle etwas gelernt. Du darfst uns gerne begleiten«, antwortete Chap.

So kam es, dass Chaps Gruppe gemeinsam mit Baga das letzte Stück zur Residenz zurücklegte. Nur Nocal blieb mit irrem Blick, den Resten seines Teams und Jöra zurück.

Die Residenz lag vor ihnen. Sie konnten es kaum fassen, dass sie es bis hierher geschafft hatten. Doch nun tauchte ein neues Problem auf, über das sich keiner der Freunde bisher Gedanken gemacht hatte. Irgendwie mussten sie diese Drachenflieger landen. Zwar flogen sie wegen des Regens nicht mehr so hoch, allerdings war der Abstand zum Boden immer noch zu weit, um sich fallen zu lassen. Instinktiv verlagerten sie ihr Gewicht nach vorne, wodurch sich die Flieger nach unten senkten. Leider verringerte sich dadurch nicht ihre Geschwindigkeit.

Der Kontakt mit dem Untergrund war hart. Am besten gelang Sying die Landung. Er nutzte das Tempo und lief ein gutes Stück mit dem Drachenflieger aus. Auch Fatma erreichte einigermaßen sanft den Boden. Charlie und Madu fehlten dazu die Kraft. Die Spitzen ihrer Flieger bohrten sich, nachdem ihre Füße aufgesetzt hatten, in die Erde. Daraufhin wurden sie durchgeschüttelt und überschlugen sich mehrfach. Ängstlich rannten Fatma und Sying zu ihren Freunden, doch ihre Besorgnis war unnötig. Abgesehen von ein paar Prellungen und Schrammen sowie einer verstauchten rechten Hand bei Fatma waren sie bei ihrem Sturz unverletzt geblieben.

Gemeinsam legten sie die letzten Meter zurück, die schon von vielen Dunklen gesäumt wurden. Diese hatten das waghalsige Flugmanöver erstaunt beobachtet. Bei den Zuschauern erhob sich aufgeregtes Gemurmel, sobald sie erkannten, welche Gruppe den Sieg davontragen würde. Als Charlie, Fatma, Madu und Sying Hand in Hand die Ziellinie überquerten, blieb der übliche Jubel aus. Stattdessen warteten die Zuschauer gespannt darauf, wie die erste Hohepriesterin reagieren würde.

Hara blickte jedem Einzelnen der Sieger in die Augen, besonders lange verweilte sie bei Madu, der ihr ihr gelbes Z als Beweis für das Bestehen ihrer dritten Aufgabe entge-

216

genhielt. Dann straffte sie die Schultern und klatschte. Das war das Zeichen für alle anderen. Es wurde geklatscht, gejubelt und den Siegern gratuliert.

Diese waren nur glücklich, heil aus dem Wettkampf herausgekommen zu sein und den Pokal errungen zu haben.

Bald würde sich zeigen, ob sich ihr Einsatz gelohnt hatte. Denn dies war nur der Fall, wenn sich der Stein für die Zeitmaschine wirklich im Inneren des Sockels befand und es ihnen damit gelang Nirma zu retten.

Ehawee und George

George, Ehawee und Fred hielten ihren Tüssler an. Sie hatten fast die Residenz erreicht.

»Ho«, sagte der kleine Pilz und zog leicht an den Haaren des Tieres.

Der Umweg war beschwerlicher als erwartet, doch sie sollten es rechtzeitig zur Siegesfeier am Abend schaffen. Ob allerdings ihr Team gewonnen hatte, wussten sie nicht, würden es aber bald herausfinden. Das letzte Stück liefen sie trotz Georges verletzten Fußes, da sie keine Aufmerksamkeit auf sich lenken wollten, was mit einem Tüssler nicht zu vermeiden war.

Sie bedankten sich überschwänglich bei dem Tier. Fred konnte ein Schluchzen nicht unterdrücken. Wenn alles gut lief, würden sie noch heute nach Nirma zurückkehren. Aber es bedeutete auch, seine neuen Freunde nie wiederzusehen.

Sie gingen durch den Wald und benutzten die Bäume als Deckung. Vor ihnen ragte die Residenz mit den abweisenden Zäunen auf. Sie konnten jedoch keine Zananerversammlung draußen erkennen. Vielleicht waren sie dafür zu weit weg. Wahrscheinlicher war, dass die Spiele beendet und die Siegermannschaft in Empfang genommen worden war. In dem Fall würden sich alle für die Siegerehrung in der großen Halle versammeln.

Doch bevor sie darüber weiter nachdenken konnten, liefen sie einer vertrauten Person über den Weg.

»Was machst du denn hier? Solltest du nicht in Zan sein und dich im Refugium erholen?«, wunderte sich George.

218

Dix wirkte ein wenig verlegen. »Ich habe Masor überredet, mich mitzunehmen. Schließlich geht es auch um meine Welt. Kommt mit«, sagte er und winkte sie hektisch zwischen die Bäume.

Neugierig gingen die Freunde auf ihn zu. Und standen unerwartet einer Gruppe von Hellen und Verlorenen gegenüber.

»Wir greifen die Residenz an und werden die Dunklen besiegen. Masor und Torke sind auch hier.« Rasch brachte der Junge sie zu den beiden Anführern, die sie herzlich begrüßten, auch wenn Torke etwas brummte, was sich wie »auf euch trifft man wohl überall« anhörte.

Masor war begeistert von Taku. »Erst lerne ich einen von kleinen Volk kennen und jetzt noch einen Woko! Wer hätte das gedacht.« Er drückte Ehawee etwas in die Hand und zwinkerte ihr zu. »Wir haben schon überlegt, wie und wann wir euch diesen wichtigen Gegenstand übergeben können. Ich glaube, ihr werdet ihn noch brauchen.«

Spontan umarmte die Nirmanerin den Anführer der Hellen, als sie den ersten Teil der Zeitmaschine erkannte. Rasch steckte sie ihn in ihre Tasche.

»Daran haben wir in dem ganzen Chaos gar nicht mehr gedacht. Das wäre schön blöd gewesen, wenn wir ohne dagestanden hätten.«

»Dafür habt ihr ja uns«, grinste Dix und klatschte mit George ab.

»Habt ihr euch euren Aufstand wirklich gut überlegt?«, fragte Ehawee. »Nicht, dass ihr meint, dies für uns machen zu müssen?« Sie fühlte sich unbehaglich.

Was wäre, wenn der Protest niedergeschlagen wurde und es den Hellen noch schlechter erging? Oder jemand getötet wurde? Und sie wären verantwortlich dafür?

Doch Masor beruhigte sie. »Wir machen dies ein bisschen für euch, aber hauptsächlich für uns. Die Pläne für diesen Angriff haben wir schon länger ausgearbeitet. Wir wollen die Residenz einnehmen und einige hochrangige Dunkle als Geiseln nehmen. Dann bleibt ihnen nichts anderes übrig, als zu verhandeln.«

»Außerdem ist die Gelegenheit im Moment zu günstig«, beruhigte Torke sie. »Die Dunklen sind durch die Siegesfeier abgelenkt, der größte Teil der Garnison versucht den Gefangenenausbruch einzudämmen und die Wane können wir dank der Tüssler ausschalten.«

Erst als der Anführer der Verlorenen hinter sich deutete, bemerkten die Freunde die riesigen Tiere, die sich auf einer Lichtung zusammengerollt hatten. Im ersten Moment wirkten sie wie eine Hügellandschaft. Bei der von Fred veranlassten Kooperation zwischen Verlorenen und Tüsslern ging es ihm zwar mehr um den sicheren Transport der Entflohenen aus den Gruben. Aber das war auch eine Einsatzmöglichkeit.

»Es sind viel mehr Kämpfer zusammengekommen, als wir erwartet haben«, erklärte Dix stolz.

Masor nickte. »Die Läufer haben dank unserer großen Helfer rasch die anderen hellen Dörfer informieren können und zahlreiche Helle sind unserem Aufruf gefolgt. Zahlreiche Verlorene und sogar einige Grubenarbeiter haben die Verbotene Zone verlassen und sind hierhergekommen, um uns zu unterstützen.«

»Uns erwähnt natürlich wieder keiner«, hörten die Freunde eine vertraute Stimme. »Dabei habe ich noch einige Fehler im Plan gefunden und sie selbstverständlich behoben. Ganz zu schweigen von den großartigen Geräten, die gerade unter meiner Anweisung hergestellt werden.«

220

Masor grinste. »Ich glaube, den KirMön kennt ihr schon. Und er ist uns wirklich eine sehr große Hilfe«, beeilte er sich zu sagen, als er die hochgezogene Braue des Möniers bemerkte.

Ehawee und George freuten sich, den seltsamen Kauz wiederzusehen. Seitdem er Charlie gerettet hatte, konnte er von ihnen aus so selbstverliebt sein, wie er wollte.

George wollte auf keinen Fall zu spät zur Pokalüberreichung kommen. Daher mussten sie sich schon verabschieden. Ihnen blieb nichts anderes übrig, als ihren Freunden viel Erfolg und Glück zu wünschen und aufzubrechen.

Als Mitglied eines Spielerteams konnte George problemlos die Residenz betreten. Dort suchte er den Hausmeister Zinus. Gemeinsam konnten sie Ehawee, Fred und Taku hereinlassen. Unbemerkt erreichten die drei die Geheimzentrale und versteckten sich.

Während George durch die Flure zur Siegesfeier hastete, kam er an einem Raum mit angelehnter Tür vorbei. Er vernahm Haras Stimme und blieb stehen, um zu lauschen.

»... verstehe nicht, wie die Verlorenen die Grubianer überhaupt befreien konnten.« Ihre Stimme klang aufgewühlt, doch bei ihren nächsten Worten fasste sie sich wieder. »Hauptmann, es muss uns unbedingt gelingen, diesen Aufstand so schnell wie möglich zu beenden und die Flüchtigen wieder einzufangen. Dabei werden wir keine Gnade walten lassen.«

»Dafür müssen wir noch mehr Wächter einsetzen. Ich werde sofort mit den restlichen Wachposten von hier aufbrechen und unterwegs unsere Truppen mit denen aus den dunklen Städten und Freiwilligen verstärken.«

»Wartet damit noch, bis die Siegesfeier begonnen hat. Ich möchte verhindern, dass sich diese unschöne Angelegenheit wie ein Lauffeuer verbreitet.«

Der Hauptmann schlug die Hacken zusammen. »Ich werde Euch nicht enttäuschen!«

Siegerehrung

Eine solche Siegesfeier fand zum ersten Mal statt. Da eine Mannschaft mit Teilnehmern aus jedem Bereich gewonnen hatte, fühlte sich diesmal jede Gilde als Sieger. Es herrschte eine harmonische und friedliche Atmosphäre.

Darüber, dass zu diesem Team zwei Helle gehörten, wurde großzügig hinweggesehen. Schließlich hatte es einer von ihnen nicht rechtzeitig ins Ziel geschafft und der anderen war dies nur mit Hilfe ihrer dunklen Freunde gelungen. So wurde der Sieg den Schülern der Residenz gegenüber erklärt. Die hellen Dienstboten sahen das natürlich vollkommen anders und schritten viel selbstbewusster und aufrechter durch die Gänge. Wenn zwei von ihnen bei den Spielen mitmachen durften und sogar gewannen, was war dann alles möglich?

Die Siegermannschaft stand neben der ersten Hohepriesterin und wartete auf die Vergabe des Pokals. Sie hatten zwar die Gelegenheit bekommen, sich frisch zu machen, doch waren sie immer noch eine ziemlich ramponierte Truppe.

George hatte einen bandagierten Fuß, Fatma und Sying jeweils einen verbundenen Arm. Madu konnte wieder hören, hatte aber weiterhin ein permanentes Fiepgeräusch auf einem Ohr. Und Charlie sah völlig erschöpft aus. Die Anstrengungen der Spiele so kurz nach ihrer schweren Erkrankung hatten ihre Spuren hinterlassen.

Trotzdem zeigten ihre strahlenden Gesichter ihre Freude über den Sieg. Sie schielten dauernd zu dem Tisch herüber, auf dem der Pokal unter einer Glasglocke thronte. Er war wie ein Z geformt, das hell- und dunkelgrün gesprenkelt war und auf einem Sockel stand.

Hara betrat das Podium und wandte sich an die Schüler, die augenblicklich verstummten. »Ich gestehe, ich war skeptisch, als sich eine gemischte Gruppe für die Spiele anmeldete. Doch in meinem ersten Ärger habe ich jemandem keine Beachtung geschenkt, der auch Mitglied dieser Gruppe sein sollte. Madu. Als ich Madu das erste Mal sah, wusste ich, dass er etwas Besonderes ist«, sagte die Hohepriestern. »Denn nur dem Primus ist es möglich, eine solche Mannschaft zum Sieg zu führen.«

Hört, hört, dachte Charlie. Vor einiger Zeit klang das noch ganz anders. Aber sie weiß, wie sie unseren Sieg geschickt für ihre Zwecke einsetzen und sogar zwei Helle zu Gewinnern erklären kann: mit einem allmächtigen Primus.

»Deswegen gebührt auch ihm die Ehre, den Pokal in Empfang zu nehmen.«

Sie hob die Haube an, und Madu ergriff die so hart erkämpfte Trophäe. Aber er fühlte sich alles andere als wohl .

Auch wenn sie gehört hatten, dass die Sieger für eine Nacht immun gegen den tödlichen Zauber des Pokals waren, blieb ein Rest Unsicherheit. Doch die Sorgen waren umsonst. Denn er konnte das Z ohne Probleme an sich nehmen und reckte es triumphierend in die Höhe. Das Schönste aber war, dass die meisten mit jubelten.

Nachdem sie etliche Glückwünsche entgegengenommen hatten, gelang es den Freunden endlich, sich mit dem Pokal unauffällig in ihre Geheimzentrale zurückzuziehen. Ehawee, Fred und Taku warteten schon aufgeregt auf sie.

224

»Warum habt ihr eine Zeichnung von diesem komischen Teil aus dem Tempelraum hier an der Wand?«, fragte Madu erstaunt beim Betreten des Raumes.

»Das ist doch …«, setzte Ehawee zu einer Erklärung an, als ihr einfiel, dass Madu und Charlie bei ihrem letzten Treffen gar nicht dabei gewesen waren.

Seitdem hatten sich die Ereignisse mit dem Beginn der Spiele und Charlies Befreiung so überschlagen, dass sie völlig vergessen hatten, ihre Informationen über das Portal weiterzugeben.

»Warte, hast du gerade gesagt, dass sich dieses Gerät im Tempelraum befindet?«, fragte die Nirmanerin verblüfft. Rasch brachte sie ihre beiden Freunde auf den neuesten Stand.

Madus Nicken löste ein Freudentänzchen aus.

»Wir wissen, wo sich das Portal befindet. Genau rechtzeitig, vorausgesetzt der Stein liegt wirklich im Sockel.« Eilig versuchte George den Sockel zu öffnen, doch es gelang ihm nicht. Auch die Versuche der anderen blieben erfolglos.

»Hier ist eine schmale Lücke«, stellte Fred nach einer genauen Begutachtung der Trophäe fest. Die Stelle unterhalb des Zs war ihnen gar nicht aufgefallen, da sie wie ein normaler Schatten aussah.

»Versuch doch mal eine Scherbe aus deinem Stern hineinzulegen. Das müsste passte und hat uns schon mal geholfen«, schlug Charlie vor.

Die Nirmanerin löste ihren Stern in Scherben auf und reichte ihr eine davon. Charlie schob sie vorsichtig in den Spalt. Da Ehawee und Fred nicht zum ernannten Siegerteam gehörten, achteten sie darauf, dass sie den Pokal nicht berührten. Sie wollten diesbezüglich kein Risiko eingehen.

225

Ein Klicklaut ertönte. Fatma nahm die Trophäe in die Hand und drehte erneut am Sockel. Diesmal funktionierte es!

Neugierig blickte sie in den Hohlraum und machte ein enttäuschtes Gesicht.

»Ist er nicht drin?«, fragte George erschrocken. War alles vergebens?

»Doch, schon. Ich habe nur einen spektakuläreren Stein erwartet«, sagte sie und hielt ihren Freunden grinsend das schlichte, aber so begehrte Objekt entgegen, das leicht grünlich schimmerte.

Charlie nahm glücklich den Stein in die Hand. »Es ist doch egal, wie er aussieht. Hauptsache, wir haben ihn endlich.«

Rhem

Endlich betrat Rhem die Residenz. Unterwegs war er Nocal begegnet, der die ganze Zeit von fliegenden Leuten brabbelte.

Nach und nach hatte der Hohepriester aber erfahren, dass das Verräterteam den Sieg errungen hatte, und das mit der Unterstützung anderer Dunkler! Daran konnte man sehen, dass das umstürzlerische Gedankengut Nirmas schon erste Früchte trug. Darum würde er sich als erstes kümmern, sobald er an der Macht war.

Als er Nocal von der Gruppe aus Nirma berichtete, kam wieder Leben in den Jungen. Schließlich war es etwas anderes, von einer fremden Welt gezielt besiegt zu werden als von den Hellen des eigenen Planeten.

Die restliche Strecke hatten sie in Rekordzeit zurückgelegt. Die Aussicht, die Garde zusammenzutrommeln und das vermeintliche Siegerteam vor aller Augen bloßzustellen, hatte ihre Schritte beschleunigt. Als sie durch die Residenz eilten, waren sie erstaunt, wie leer diese war. Rhem schnappte sich einen der wenigen Wachposten, die ihnen begegneten.

»Was ist hier los?«, bellte er den Zananer an. »Wo ist die Garnison? Sie ist doch wohl nicht auf der Siegesfeier?«

»Es hat einen Gefangenenausbruch gegeben, Hohepriester!«, antwortete der Wächter respektvoll. »Die Garnison hat den Auftrag, sie wieder einzufangen.«

»Und die Residenz ist ungeschützt?«, folgerte Rhem fassungslos.

»Ähm, nun ja …«, setzte sein Gegenüber stotternd an.

Doch er war mit Nocal schon weitergeeilt. Kraftvoll stieß er die Türen zum großen Saal auf, sodass sie mit einem lauten Knall an die Wand donnerten. Trotz des Lärms und der ausgelassenen Stimmung auf der Siegesfeier drehten sich alle Köpfe zu ihnen um.

»Rhem«, sagte die Hohepriesterin mit kalter Stimme, »schön, dass du uns nach Tagen der Abwesenheit auch wieder beehrst.«

»Schön, dass du dir offenbar so viel Mühe mit der Suche nach mir gemacht hast«, blaffte dieser zurück.

Oha! Das sah nach einer Eskalation aus. Instinktiv traten die Anwesenden einen Schritt zurück. Die beiden Streithähne standen sich nun direkt gegenüber.

»Denn dann hättest du eher erfahren, dass sich Verräter aus Nirma bei uns eingeschlichen haben, allen voran dein heißgeliebter Primus.«

»Bist du auf den Kopf gefallen? Was redest du da für einen Unsinn?« Hara winkte Rhems Anschuldigung mit einer entschiedenen Handbewegung ab.

»Unsinn? Wo ist das Siegerteam denn? Lass sie uns befragen, dann werden wir sehen, ob ich die Wahrheit spreche.«

228

Gefangen

Wir haben den Stein!«, jubelte Fred. »Wir sollten schauen, dass wir so schnell wie möglich nach Hause kommen.«

Ehawee hatte den anderen Teil der Zeitmaschine aus ihrer Tasche geholt und drückte den Stein in die dafür vorgesehene Stelle. Er passte wie angegossen. Eine Welle der Erleichterung überkam die Freunde.

Jetzt müssen wir nur noch nach Nirma zurückkehren und dann wird alles gut , dachte Charlie glücklich.

»Bevor wir zum Portal gehen, müssen wir aber unbedingt Mema und die anderen Verlorenen, die bei den Spielen gefangenen wurden, befreien«, erinnerte Fatma sie.

»Und genau das werden wir jetzt auch machen«, sagte George entschlossen.

»Soso, dass habt ihr also vor«, erklang eine nur allzu vertraute Stimme hinter ihnen. »Es hat zwar etwas gedauert, aber wir haben euch gefunden.«

Entsetzt fuhren sie herum. Geistesgegenwärtig ließ Ehawee die Zeitmaschine in ihrer Tasche verschwinden. Ihnen gegenüber stand Rhem. Und der Hohepriester war nicht allein. Neben ihm platzierten sich Hara und Nocal, der sie gehässig ansah. Dahinter konnten sie Schüler der Residenz erkennen, die den dreien gefolgt waren.

Lautstark brachte Nocal seine Anschuldigungen vor: »Dank Rhem weiß ich, wie ihr gewinnen konntet. Ihr stammt von Nirma!«

»Da ist tatsächlich einer vom kleinen Volk«, sagte Hara fassungslos, die soeben Fred entdeckt hatte. »Und einen

Woko habt ihr auch dabei. Es ist also wahr.« Ächzend ließ sie sich gegen die Wand sinken.

Rhem sah sich triumphierend um. Ihre Ablösung als erste Hohepriesterin war besiegelt. Zu viele hatten ihr Versagen mitbekommen. Wenn diese Krise bewältigt war, würde …

»Ihr werdet uns jetzt alles erzählen …« In dem Moment wurde er von Schreien unterbrochen, die zu ihnen herüberschallten.

»Die Residenz wird angegriffen! Zahlreiche Helle sind auf dem Weg hierher.« Kurz darauf hörten sie die ersten Kampfgeräusche.

Das war ein Problem, um das der Hohepriester sich zuerst kümmern musste. »Alle sind zur Verteidigung der Residenz eingeteilt«, rief er den Schülern zu.

»Nocal, die Nirmaner wollten doch so gern zu den verlorenen Gefangenen. Bring sie zu ihnen und sperr sie da ein. Ich werde mich später mit ihnen beschäftigen.«

Mit einem Knall schloss Nocal die Tür zur Gefängniszelle.

»So wendet sich das Blatt. Ich freue mich schon, mich um euch zu kümmern, sobald wir mit den Hellen da draußen fertig geworden sind.« Schadenfroh ging er davon.

»Das werden wir ja noch sehen«, grummelte Fred.

Die Freunde entschuldigten sich wortreich bei den Verlorenen, unter denen sich auch Mema befand, dass sie sie bisher nicht hatten befreien können.

»Aber die Hellen greifen gerade die Residenz an, bestimmt können sie uns und euch retten«, machte Fatma ihnen allen Hoffnung.

»Oder wir helfen uns selbst«, knurrte George und trat gegen die Tür. »Alleine werde ich es nicht schaffen.«

230

»Ehawee, mach mit«, rief Charlie ihrer Freundin zu, die aber weiterhin wie angewurzelt stehen blieb und fassungslos auf einen Kalender starrte, der an der Wand hing.

»Ehawee, hast du mich nicht gehört?« Charlie stellte sich neben sie, um zu sehen, was diese so in ihren Bann zog.

»Welcher Tag ist heute?«, fragte die Nirmanerin mit tonloser Stimme.

Charlie zeigte auf den entsprechenden Tag am Kalender.

»Damit ist es ein Jahr und einen Tag her, dass Nirma zerstört wurde.«

»Nein, das kann gar nicht sein. So lange sind wir noch nicht hier«, meinte George, der mit den anderen hinzugekommen war.

»Doch, es stimmt. Ich habe es mehrfach überprüft.« Ehawees Stimme klang unendlich traurig.

Als wäre alle Kraft aus ihren Beinen gewichen, setzten sich die Freunde auf den Boden. Sie konnten es nicht glauben. Ihre Gehirne weigerten sich, die Information aufzunehmen.

Es war über ein Jahr her, dass Nirma zerstört worden war!

Ihre Chance, Ehawees und Freds Welt zu retten, war vorbei. Alle Mühen, Strapazen, jegliche Hoffnung – alles umsonst. Sie dachten an die unterschiedlichen Völker Nirmas, an die Marianer, die Usahs, an Nokomis, Aria, Gromp und Gerzin. Niemanden von ihnen würden sie jemals wiedersehen. An die Wände ihres Gefängnisses gelehnt saßen sie auf dem Boden und sprachen kein Wort. Es war, als hätte sich ein schwarzes Loch aufgetan und sie alle verschlungen. Selbst der Lärm und die Kampfgeräusche, die sich mittlerweile sehr nah anhörten, lösten keine Reaktion aus. Nur Mema schaute durch eine kleine

Öffnung in der Tür. Da erkannte sie Torke, der in dem Moment mit lautem Gebrüll seine Leute anführte und an ihrem Raum vorbeikam.

»Die Verlorenen und die Grubenarbeiter sind da, um uns zu helfen. Vielleicht können wir uns bemerkbar machen«, rief sie erfreut den anderen zu.

»Warum? Um ihnen zu sagen, dass ihr Einsatz vergebens ist und wir versagt haben?«, sagte George düster.

»Jetzt haben wir nicht nur Nirma, sondern auch Zanano auf dem Gewissen. Davon werden sich die Hellen nie mehr erholen«, sagte Charlie niedergeschlagen.

Ehawee schluchzte bei diesen Worten laut auf. Fred schmiegte sich tröstend an sie.

Trotzdem wollte Mema nach Torke rufen, als …

»Habt ihr nicht eine Mission zu erfüllen?«

Die unerwartete Stimme ließ ihre Köpfe herumfahren. An der Wand stand Zinus, der Hausmeister.

»Wie kommst du hierher? Und woher weißt du das?«, fragte Fatma.

»Oh, ich weiß vieles«, sagte Zinus geheimnisvoll und fügte flüsternd hinzu: »Nimm den Schirm, den Schirm.«

Sying sah ihn entgeistert an: »Bei der Auswahl, die Stimme, die ich gehört habe. Das warst du!«

Charlie dämmerte etwas. »Und du hast auch den Speiseplan in meine Tasche in Rhems Zimmer geschmuggelt. Aber wie?«

Vor ihren Augen wurde Zinus unsichtbar. »Eine äußerst nützliche Fähigkeit. Da ich gesehen hatte, dass Rhem unplanmäßig in sein Zimmer zurückkehrt, dachte ich, ich gehe mit, damit nichts Fatales geschieht. Bei deiner Ausrede mit dem Speiseplan, war mir klar, dass Rhem ihn sehen wollen würde. Daher habe ich schnell einige

232

Mahlzeiten aufgeschrieben und den Zettel unter deine Sachen gemischt. Dabei war es natürlich überaus hilfreich, dass er die Tasche so wüst ausgeschüttet hat. Und um die Frage von vorhin zu beantworten: Ich bin hier, weil ich mit euch in diesen Raum gegangen bin.«

»Du bist ein Verlorener!«, stellte Ehawee fest. Nur so konnte sie sich seine Fähigkeiten erklären.

Als Zinus nickte, lauschten Mema, die anderen Gefangenen und die Freunde ehrfürchtig seiner Antwort.

»Genaugenommen, ein Verlorener der ersten Stunde. Ich befand mich damals im exakten Zentrum der Explosion. Eigentlich hätte ich umkommen müssen, stattdessen habe ich eine Menge neuer Eigenschaften bekommen.«

»Im Zentrum der Explosion? Dann bist du ...«, setzte Charlie an.

»... schon ganz schön alt«, vollendete Zinus den Satz.

»Bist du unsterblich?«, fragte Madu.

»Ich vermute nicht. Ich altere nur sehr, sehr langsam. In hundert Jahren so viel wie andere in einem Jahr.«

»Was hast du die ganze Zeit gemacht?«, wollte Fred wissen.

»Ich habe ziemlich rasch die Stelle des Hausmeisters in der Residenz angenommen. Ich dachte, wenn ich hier bin, erkenne ich vielleicht irgendwann die Gelegenheit, das Schicksal der Hellen zu ändern.«

»Und die Dunklen fanden es nicht auffällig, dass sie seit Jahrhunderten den gleichen Hausmeister haben?«, fragte Ehawee.

»Die Zananer haben gedacht, dass immer jemand Neues aus meiner Familie den Posten übernimmt.« Auf einmal veränderten sich Zinus' Gesichtszüge und wenige Sekunden später stand eine deutlich jüngere Ausgabe von ihm vor ihnen. »Wie gesagt, ich habe einige nützliche Eigenschaften erhalten. Allerdings ist dieser Wechsel viel anstrengender als das Unsichtbarmachen.«

Sying schüttelte den Kopf. Die ganze Zeit hatte er mit Zinus zusammengearbeitet, ohne etwas Auffälliges zu bemerken. »Woher wusstest du so viel über den Wettkampf und was wir brauchen würden?«

»Sagen wir mal, wir haben eine gemeinsame Freundin«, zwinkerte der Hausmeister.

»Das Orakel!«, vermutete Charlie.

Zinus nickte. »Ich bin abgesehen von euch der Einzige, mit dem sie noch spricht. Ich vermute, dass meine – sagen wir mal – Wandlungsfähigkeit und die Tatsache, dass ich aus der gleichen Zeit wie sie stamme, es ihr leichter machen mit mir Kontakt aufzunehmen. Denn ich bin ja nicht im Besitz eines Sternes.«

Ehawee trat vor, nahm ihren Stern ab und gab ihn Zinus. »Ich habe dem Orakel etwas versprochen. Bitte sorge dafür, dass sie ihn erhält. Dann hat unser Aufenthalt hier wenigstens etwas Gutes bewirkt.«

»Das werde ich gerne tun. Aber solltet ihr nicht endlich eure Mission erfüllen?«, wiederholte er seine Frage.

»Oh«, sagte George, »dann scheinst du leider doch nicht alles zu wissen. Wir sind zu spät. Das Jahr, in dem wir vor die Katastrophe auf Nirma hätten zurückspringen können, ist vorbei.«

Zinus trat ans Fenster und sah hinaus. »Ich habe unsere Sonne immer geliebt. Selbst in meinen dunkelsten Stunden hat sie mir Zuversicht gegeben. Es ist die gleiche Sonne, die ihr auf Nirma habt. Doch unser Planet ist etwas näher an ihr als eurer, weswegen er die Umrundung der Sonne schneller schafft, genaugenommen zwei Tage schneller.«

234

Erwartungsvoll sah er in die Runde. Einen Augenblick war es still. Dann brachen George, Charlie und Fatma in lauten Jubel aus. Die anderen sahen sie verdutzt an, sie hatten den Grund für den Gefühlsausbruch nicht verstanden.

»Was ist los?«, fragte Madu.

»Das Jahr auf Zanano ist zwei Tage kürzer als auf Nirma, was bedeutet, dass das Jahr auf Nirma noch nicht vorbei ist«, erklärte Fatma.

»Wir haben also noch zwei Tage für den Einsatz der Zeitmaschine«, ergänzte Charlie.

Ehawee schwankte ein wenig. Die Gefühlsachterbahn der vergangenen Minuten war etwas viel gewesen. »Wir können Nirma noch retten«, flüsterte sie und dann lauter: »Wir können Nirma noch retten!«

»Dann solltet ihr keine Zeit verlieren. Ich wollte euch die Stelle sicherheitshalber erst so spät wie möglich verraten, aber das Portal befindet sich im …«, sagte Zinus und zog seine Schlüssel aus der Tasche, um die Tür aufzusperren.

» … Tempelraum!«, antworteten die Freunde im Chor.

»Das wisst ihr schon? Na dann nichts wie los.« Vergnügt hielt Zinus ihnen die Tür auf. »Ach, Ehawee, das soll ich dir noch mit den besten Wünschen von Sana geben. Es lag in ihrer Putzkiste und sie meinte, du würdest sehr daran hängen.« Augenzwinkernd reichte er ihr das Objekt.

»Mein Ketchup. Jetzt kann nichts mehr schiefgehen!«

Das Portal

Vor dem Tempelraum sahen sie Masor und Torke. Gemeinsam kämpften sie gegen Rhem und seine Garde, die direkt vor der Tür standen.

Offenbar hat Rhem sich einen anderen Hohepriesterstock besorgt, dachte Ehawee, als sie ihn daraus grüne Blitze abfeuern sah. Wer davon getroffen wurde, sank zu Boden.

Die Freunde wussten, dass sie sich zu diesem Raum durchschlagen mussten. Doch gegen eine gut ausgebildete Garde und einen Hohepriester würde das schwer werden. Da hörten sie hinter sich ein Geräusch. Chap, Baga und einige weitere Dunkle rannten auf sie zu.

Jetzt sind wir in der Zange, dachte Fatma. Wie sollen wir auf beiden Seiten kämpfen?

Doch zu ihrer Überraschung liefen die Dunklen an ihnen vorbei bis zu Rhems Anhängern.

»Was macht ihr denn da?«, herrschte dieser die Gruppe an. »Ihr wärt besser auf der anderen Seite geblieben. Dann hätten sie keine Fluchtmöglichkeit gehabt.«

»Eigentlich sind wir hier genau richtig«, sagte Chap und richtete zur Überraschung aller seine Waffe auf die Garde. Seine Begleiter taten es ihm nach.

»Wie? Was?« Die Gardisten waren so perplex, dass sie keinen Widerstand bei ihrer Entwaffnung leistete.

Lediglich Rhem bäumte sich auf. »Ihr«, stieß er zischend in Richtung der Freunde hervor, »ihr seid schuld an dem ganzen Chaos.« Er fuchtelte wild mit seinem Stab herum. »Bis ihr aufgetaucht seid, war alles in bester Ordnung und

236

jetzt sind sogar unsere eigenen Leute gegen uns. Dunkle gegen Dunkle!«

»Nichts war hier in Ordnung«, sagte George, »aber es gibt gute Chancen, dass das so wird.«

Sie eilten an ihren dunklen Helfern vorbei und nickten ihnen dankend zu.

Sying blieb kurz bei Chap stehen. »Werdet ihr keinen Ärger bekommen?«

»Und wenn schon? Manchmal muss man für das, was einem wichtig ist, kämpfen. Außerdem«, fügte er grinsend hinzu, »war ich dir noch etwas schuldig.«

Sie schlugen ihre Fäuste gegeneinander, dann folgte Sying seinen Freunden, die gemeinsam mit Masor die Tür zum Tempelraum öffneten.

Rhem stieß einen erbosten Schrei aus, flüsterte etwas und richtete seinen Stab auf die Gruppe, die soeben den Raum betrat. Torke stürzte sich sofort auf den Hohepriester, doch er konnte nicht verhindern, dass sich ein roter Strahl löste und Ehawees rechte Schulter traf.

»Aua!« Schmerzhaft rieb sie sich die Schulter.

»Geht weiter«, drängte sie der Anführer der Verlorenen. »Ich werde dafür sorgen, dass Rhem und Nocal auf unbestimmte Zeit Urlaub in der Verbotenen Zone machen.«

Als sie die Tür hinter sich schlossen, hörten sie Nocal betteln. »Rhem, so tu doch was. Hilf mir! Was werden sie mit uns machen?«

Schwer atmend verriegelten sie die Tür. Sie mussten sich beeilen. Da die Dunklen mehr Wächter schicken würden, stellte Masor sich bewaffnet neben die Tür. Aber einen geballten Ansturm würde er nicht lange aufhalten können.

237

Etwas ratlos standen die Freunde vor dem Schlüssel zum Portal, einem an der Wand angebrachtem grünlichem Zylinder mit sieben quadratischen Vertiefungen. Seitlich ragte aus ihm ein dreieckiges Verbindungsstück, dessen Gegenstück sich an der Zeitmaschine befand. Davor stand ein kleiner Tisch mit einer Schale mit mehreren Würfeln.

Vorsichtig führte Fatma die beiden Objekte zusammen. Ein klickendes Geräusch erklang. Sie waren eingerastet. Ehawee drehte den Zeitschalter bis zum Anschlag. Er zeigte auf den maximalen Zeitraum von einem Jahr.

»Jetzt müssen wir nur noch wissen, was es mit dem Rest auf sich hat«, sagte Sying.

»Ich glaube, ich weiß, was das ist«, antwortete George. »Ich erinnere mich an einen Film, in dem ein Gegenstand vorkam, der ziemlich genau wie das da aussah. Ein Kryptex. Dort standen Buchstaben auf nebeneinanderliegenden Ringen, die man in die korrekte Reihenfolge bringen musste.«

»Und was macht man mit einem Kryptex?«, fragte Ehawee.

»Man versteckt ein Geheimnis in ihm. Erst wenn man die korrekte Reihenfolge eingibt, öffnet es sich. Vermutlich müssen wir die Würfel richtig in die Vertiefungen legen.«

»Und dann öffnet sich das Portal nach Nirma und wir können endlich nach Hause«, hoffte Fred.

Madu sah sich die Würfel an. »Auf allen gibt es die gleichen Zahlen: eins, zwei, drei und sechs.«

»Aber wie sollen wir die Zahlen ordnen? Bei insgesamt sieben Ziffern, die wir richtig eingeben müssen, bleiben uns unendlich viele Möglichkeiten«, gab Fatma zu bedenken.

»In dem Film war es so, dass sich bei nur einer falschen Eingabe das Kryptex unwiderruflich zerstörte«, setzte

238

George noch einen drauf und wandte sich an Charlie, die nachdenklich die Würfel in ihrer Hand drehte. »Du sagst ja gar nichts.«

»Ich bin mir nicht sicher, aber irgendwie kommen mir die Zahlen bekannt vor.«

»Klar, die Zahlen gibt es auch bei uns auf der Erde«, scherzte er und strich sich mit der Hand eine vorwitzige Locke aus der Stirn.

»Blödmann.« Charlie boxte George leicht gegen den Oberarm. »Warum nicht die vier oder fünf? Warum sind es diese Zahlen?«

Erschrocken fuhren sie zusammen, als vor der Tempeltür laute Geräusch erklangen.

»Die Dunklen versuchen die Tür aufzubrechen«, sagte Madu.

Sie wussten, was das bedeutete: Die Hellen waren überwältigt worden und ihr Widerstand zusammengebrochen. Vermutlich war die Garnison schneller als erwartet zur Residenz zurückgekehrt. Gegen so viele gut ausgebildete Dunkle hatten die Hellen keine Chance, auch wenn sie mit dem Mut der Verzweiflung kämpften.

»Ein paar wenige von uns werden im Refugium ein gutes Leben haben. Darunter wird auch Dix sein, der im Wald zurückgeblieben ist. Er hat mir versprochen, sich dort hinzubegeben, wenn wir verlieren. Wir wussten, dass wir nur geringe Erfolgsaussichten hatten«, wandte Masor sich an die Freunde. »Umso wichtiger ist es jetzt, dass unser Einsatz nicht vergebens war, ihr durch das Portal geht und eure Welt rettet.«

»Wenn die Dunklen da draußen endlich mit ihrem Kriegsgeheul aufhören würden, könnten wir uns auch besser konzentrieren«, murrte Fred leicht genervt.

»Gesang, das ist es.« Begeistert drückte Charlie den kleinen Pilz. »Denkt an das Lied, das die Kinder in Zan immer gesungen haben. Wir hatten doch einen Ohrwurm davon.«

Wie aufs Stichwort fing Madu an zu singen:

>>Zwei Dunkle bauten ein Haus, kamen über den Fluss;
Ein Heller, ein Dunkler bauten ein Haus,
Zwei Helle bauten ein Haus, kamen über den Fluss;
Drei Helle, drei Dunkle
Sechs Zananer bauten ein Haus, dann wurde mehr daraus.«

»Ganz genau, alle Zahlen kommen vor. Demnach wäre die Reihenfolge 2112336«, sagte Charlie aufgeregt und trat an das Kryptex.

»Was ist, wenn du dich irrst? Wir haben nur einen Versuch«, gab George zu bedenken.

»Ich irre mich nicht. Oder hat jemand eine bessere Idee? Dann heraus damit. Es dauert nicht mehr lange, bis die Dunklen die Tür aufbrechen.«

Da niemand etwas sagte, ließ Charlie einen Würfel mit der Zwei nach oben in die erste Vertiefung fallen. Dabei zitterten ihre Hände deutlich. Ganz so überzeugt, wie sie sich nach außen gab, war sie nicht. Was ist, wenn ich mich irre? Dann ist Nirma verloren.

Sie platzierte die Würfel in der Reihenfolge aus dem Lied. Als sie den letzten losließ, erklang eine seltsame Melodie. Die grüne Scheibe am Boden, die die Sonne darstellte, begann sich zu drehen.

Sying, der darauf stand, sprang hastig zur Seite. Sie drehte sich immer schneller, bis die Freunde keine Einzelheiten

240

mehr erkennen konnten. Nur einen Moment später lag das geöffnete Portal vor ihnen. Vorsichtig löste Ehawee die Zeitmaschine vom Kryptex und steckte sie zusammen mit Fred in ihre Tasche.

»Die lassen wir besser nicht hier.« Sie sah die anderen an. »Also dann, wir sehen uns auf Nirma.«

Nacheinander sprangen sie hinein. Nur Taku brauchte einen kleinen Schubs. Als nur noch George und Charlie übrig waren, gab die Tempeltür den Bemühungen der Dunklen nach und flog mit einem lauten Knall auf. Sie strömten mit der ersten Hohepriesterin an der Spitze in den Raum. Erschrocken sahen die beiden, dass einige Dunkle Chap und Baga festhielten und bedrohten. Wie angewurzelt verharrten die Dunklen, als sie das geöffnete Portal erkannten.

»Was macht ihr denn da?«, fragte Hara konsterniert und befahl im gleichen Atemzug ihren Leuten: »Haltet sie auf!«

Masor bäumte sich auf und kämpfte tapfer, um ihnen Zeit zu verschaffen. Doch gegen die Übermacht hatte er keine Chance. Er wurde von mehreren Dunklen zu Boden gedrückt.

Charlie sah Hara mit kaltem Blick an. »Um deine Frage zu beantworten: Wir kehren endlich auf unsere Welt zurück, nach Nirma, wo es keine Unterschiede zwischen den Hautfarben gibt und alle zusammen in Frieden leben.« Dass sie eigentlich von der Erde kamen, hielt sie für nicht relevant.

Die Gesichtszüge der Hohepriesterin entgleisten.

In dem Moment hatte George eine Eingebung. »Wir haben von den Ungerechtigkeiten auf eurer Welt erfahren und wollten uns ein eigenes Urteil bilden. Ihr seid dabei nicht besonders gut weggekommen. Daher haben wir den

Elementenwürfel hierher gebracht und ihn Masor überreicht.«

Die Dunklen waren so entsetzt über das Gehörte, dass ihnen Masors überraschter Blick glücklicherweise entging.

»Seid ihr verrückt geworden? Wisst ihr denn nicht, was der Würfel anrichten kann?« Hara war außer sich.

»Doch, wir kennen die Auswirkungen nur zu gut«, sagte Charlie. »Wenn ihr Zanano und euch retten wollt, solltet ihr besser anfangen zu verhandeln und die Hellen wieder gleichberechtigt behandeln. Dann hat Masor sicher keinen Grund, diese Waffe einzusetzen.«

»Durchsucht ihn!«, befahl Hara, woraufhin Masor lachte.

»Glaubst du wirklich, dass ich den Würfel bei mir habe? Ich habe ihn schon vor einigen Tagen erhalten und an jemanden Vertrauenswürdigen weitergegeben.«

Masor und Hara starrten sich eindringlich an.

»Wir müssen springen, bevor sich das Portal schließt«, raunte Charlie George zu.

Er nickte und fasste die Hand seiner Freundin. Hier konnten sie nichts weiter tun, den Grundstein für eine neue Welt hatten sie gelegt. Nun lag es an den Zananern, etwas daraus zu machen.

Als sie in das Portal sprangen, hörten sie noch, wie Hara ihren Leuten den Befehl gab, Masor freizulassen.

Nirma

Ehawee wurde wach und fühlte harten Stein unter sich. Fast ängstlich schlug sie die Augen auf. Es war tatsächlich Gerzins Turm, in dem sie und ihre Freunde lagen. Der Wandteppich, der Sessel, der etwas chaotische Schreibtisch – alles in dem Raum war so, wie sie es in Erinnerung hatte. Alles war wie immer, Freudentränen stiegen ihr in die Augen.

Unbewusst rieb sie sich die schmerzende Schulter, wo Rhems Strahl sie getroffen hatte. Zum Glück hatte er keine schlimmen Verletzungen verursacht, nur ein paar grüne Flecken blieben zurück. Aber all das war jetzt unwichtig, sie war wieder zuhause.

Aber hat die Zeitmaschine wirklich funktioniert und die Zerstörung Nirmas noch nicht begonnen? Besorgt trat sie ans Fenster und sah hinaus. Ein erleichterter Seufzer entwich ihr. Um den Turm herum sah sie grüne Wiesen, in der Ferne Wälder und die ihr vertrauten Landschaften. Nirgendwo auch nur die Spur eines Sumpfes. Das war ihr Nirma, so wie sie es kannte und liebte. Ihre wunderschöne Welt, wie sie vor der Zerstörung durch den Elementenwürfel ausgesehen hatte!

Hinter ihr regten sich die anderen und setzten sich auf, genau in dem Augenblick, in dem Gerzin leise pfeifend den Raum betrat.

Verwirrt musterte er den unerwarteten Besuch. »Ehawee, bist du nicht bei deiner Großmutter? Charlie, Sying ... ihr alle, was macht ihr denn hier? Ist das etwa Taku?« Ächzend ließ er sich auf seinen Sessel fallen. »Ich verstehe nicht ...«

243

»Wir sind hier, um Nirma zu retten«, plapperte Fred los. »Zuerst waren wir auf der Erde, dann auf Zanano, um an die Zeitmaschine zu gelangen und jetzt sind wir hier, um gegen die Sumpfhexe zu kämpfen.«

Gerzin war anzusehen, dass er kein Wort von dem verstand, was aus dem kleinen Kerl hervorsprudelte. Ungläubig rieb er sich über sein Gesicht.

»Ich denke, es ist besser, wenn wir die Geschichte von Anfang an erzählen«, sagte Ehawee. »Doch das Wichtigste zuerst. Welcher Tag ist heute?«

Ihnen blieben nur noch sieben Stunden, bis die Sumpfhexe in den Besitz des Würfels gelangen und das Unheil seinen Lauf nehmen würde. Die bisherigen Stunden seit ihrer Ankunft auf Nirma hatten sie genutzt, um Kontakt mit Aria aufzunehmen und einen Plan zu schmieden. Sie vermuteten, dass die Hexe dank ihrer Kräfte einen Riss in der Zeit verursachen würde, um so an den Würfel zu gelangen.

»Warum können wir nicht einfach den Würfel vor der Sumpfhexe holen? Danach müsste sich der Riss doch wieder verschließen?« Madu sah Gerzin fragend an.

»Das stimmt. Aber das Holen des Würfels aus der Zukunft übersteigt meine Fähigkeiten. Nur ein so altes Geschöpf Nirmas wie die Sumpfhexe kann die magische Energie aufbringen, die notwendig ist, um ihn in unsere Zeit zu holen. Und das kann sie nur schaffen, weil ich ihr diesen Weg stark erleichtert habe, als ich vor einem Jahr die Zeit Richtung Vergangenheit manipuliert habe.«

Charlie zuckte bei diesem Hinweis zusammen. Schließlich hatte Gerzin nur ihretwegen, um ihre Eltern zu retten, gegen die Zeitregeln verstoßen.

244

»Außerdem würden wir so auch nicht die gefährlichste Person auf unserer Welt fangen und so wäre es nur eine Frage der Zeit, bis sie sich neues Unheil ausdenkt. Dies ist eine einmalige Gelegenheit, die Hexe wieder zu ergreifen.« So besprachen und verwarfen sie ihre Ideen, bis sie sich aus Zeitgründen auf ein Vorgehen einigten. Ihre Überlegungen wiesen noch zahlreiche Lücken auf, doch auch Gerzin und Aria war kein hundertprozentiges Mittel gegen den Würfel eingefallen. Dass selbst dem Weisen von Nirma und der Hüterin mit ihren Fähigkeiten und als Trägerin des Sterns nichts anderes einfiel, zeigte den Ernst der Lage mehr als deutlich. So mussten sie sich mit einem Plan B begnügen und hoffen, dass er ausreichte.

»Das Duplikat hält einer genaueren Prüfung nicht stand«, warnte Gerzin. »In dem Moment, in dem die Sumpfhexe nach dem Würfel greift, müsst ihr sie ablenken. Nur wenn sie ihre Aufmerksamkeit auf etwas anderes richtet, wird unsere Täuschung gelingen.«

»Sie muss aber auf jeden Fall die Zeit haben, die Fälschung in die Hand zu nehmen«, ergänzte Aria. »Nur dann kann der Zauber, der sich darin befindet, wirken.«

Die Freunde sahen sich unbehaglich an. Das war ein weiterer Knackpunkt bei ihrem Vorhaben. Sie dachten an das Armband, das Sador der Hexe bei ihrem ersten Abenteuer auf Nirma angelegt hatte. Der Anführer der Sumpfbewohner hatte damit versucht, ihre Magie zu unterdrücken, was leider nicht funktioniert hatte.

Gerzin hatte den Zauber weiterentwickelt, verstärkt und mithilfe der Hüterin in den gefälschten Würfel gebracht. Sobald die magischen Fähigkeiten der Hexe dadurch neutralisiert wurden, wollte Aria sie wieder in ihr altes Gefängnis, der Ebene bei den Levitanern, teleportieren.

»Wir müssen aufbrechen, wenn wir zeitig ankommen wollen«, warf Ehawee ein.

Aria und Gerzin hatten herausgefunden, dass die Sumpfhexe in den Sümpfen die größte Chance hatte, um durch den Riss zu greifen. Nur in ihrer Heimat konnte sie die stärkste Energie sammeln und für ihre Magie nutzen. Aria konnte sie den größten Teil der Strecke zu den Sümpfen teleportieren. Den Rest würden sie auf Kah-tings zurücklegen. Darauf freuten sich die Freunde sehr, da sie die niedlichen, känguruhähnlichen Tiere vermisst hatten. Bei ihrem ersten Abenteuer hatten sie ihnen verlässlich als Reittiere gedient. Dementsprechend herzlich fiel die Begrüßung aus. Nachdem sie die Kah-tings eine Weile gekrault hatten, hüpften sie nebeneinander bis zu ihrem Ziel. Dort hatte Sador sie zusammen mit weiteren Levitanern in Empfang genommen und mit ihnen den Rest des Weges auf dem gasbetriebenen Gefährt, das sie schon von ihrem ersten Besuch in den Sümpfen kannten, zurückgelegt. Trotz der heiklen Situation hatte er es sich nicht nehmen lassen, sie herzlich zu begrüßen. Leider trug er seine Arbeitskleidung für die morastige Gegend. Ein wenig hatten die Freunde auf ein neues, schräges Outfit gehofft. Für ihre Mission war dies allerdings die bessere Wahl.

Das letzte Stück mussten sie laufen. Nun lagen die Freunde auf der Lauer, an dem Ort, an dem sie damals die letzte Scherbe gefunden hatten, an dem Tempel in den Sümpfen.

Selbst die Hexe brauchte eine gewaltige Energie und Kraft, um in die Zukunft greifen zu können, auch wenn sich das Fenster dahin schon geöffnet hatte. In ihrer Heimat konnte sie die meiste Energie ziehen, der Ort der

246

maximalen Kraftentfaltung war an dem Tempel, an dem die Freunde damals die letzte Scherbe gefunden hatten.

Hier ist es in den vergangenen Monaten nicht schöner geworden, dachte Madu.

»Wenigstens sind keine Ghoule mehr da«, sagte Fatma, als hätte sie Madus Gedanken erraten.

Mit Schaudern erinnerten sie sich an ihre Begegnung mit diesen dunklen Gestalten. Diese Kreaturen konnten zwar nichts sehen, dafür aber umso besser riechen. Nur mit Glück hatten sie die Konfrontation mit ihnen heil überstanden.

»Das wird sich sicher ganz schnell wieder ändern, wenn wir hier verlieren«, sagte Ehawee bitter.

Charlie umarmte ihre Freundin. »Das werden wir nicht.«

»Pst«, sagte Sying und duckte sich automatisch. »Ich höre etwas.«

Wie vermutet und gehofft erschien die Sumpfhexe. Bisher hatten die Freunde sie in der Gestalt einer alten und einer jungen Frau gesehen. Diesmal hatte sie sich für ein mittleres Alter entschieden. Blätter und Ranken, die aus ihren Haaren wuchsen, umhüllten sie. Während die Hexe in ihrem gesamten Auftreten majestätisch wirkte, gab ihr Begleiter Raspe das gleiche jämmerliche Bild eines Speichelleckers ab, das sie schon kannten. Neu war allerdings, dass er sich eine Hakenprothese an seinen Armstumpf gebunden hatte. Er hatte ihnen damals als Gehilfe von Brelor das Leben schwer gemacht und sich offenbar direkt jemand Neues gesucht, dem er dienen konnte.

Wenigstens sind wir hier richtig. George war erleichtert. Gerzin hatte ihnen zwar versichert, dass das Vorhaben der Hexe nur an dieser Stelle möglich wäre, doch ein Rest Unsicherheit war bei ihm zurückgeblieben.

247

Die Freunde beobachteten gebannt jede Bewegung der Sumpfhexe. Genau wie Raspe, der unterwürfig an ihren Lippen hing. Wenn sie eine Falle erahnte oder vermutete, dass sie und Raspe nicht allein waren, ließ sie sich nichts anmerken. Stattdessen sprach sie konzentriert einige Worte, die die Freunde nicht verstehen konnten. Das Ergebnis des Zauberspruchs erblickten sie dafür umso deutlicher. Vor der Hexe zerriss die Luft in Sichthöhe. So sah es zumindest aus. Ein klaffender, flimmernder Riss entstand, dahinter war eine zweite Ebene sichtbar.

Das war der Moment für Teil eins ihres Plans.

Sador stürzte sich mit einigen Levitanern und viel Lärm auf die Hexe, die die Attacke nach einem kurzen Augenblick der Irritation mit einer Handbewegung beendete. Die Angreifer flogen zurück und blieben bewusstlos liegen. Eigentlich hatten die Freunde diese Aufgabe übernehmen wollen, doch Sador ließ sich nicht davon abbringen, seinen Beitrag zum Ergreifen der Sumpfhexe beizutragen.

Soweit, so gut, dachte George.

Die Nirmaner sollten sie nicht überwältigen, sondern nur für eine Ablenkung sorgen. Denn diesen Augenblick hatte Gerzin genutzt, um das Würfelduplikat im Fenster vor dem echten Würfel zu platzieren.

»Ich weiß zwar nicht, woher ihr wusstet, dass ich heute hier bin«, erklang die Stimme der gefährlichen Frau, die sich suchend nach weiteren Gegnern umsah, »aber mit so einem lächerlichen Angriff könnt ihr mich nicht aufhalten.«

»Jetzt hol schon den Würfel«, bettelte Raspe gierig. Er konnte es kaum noch erwarten.

Die Hexe richtete ihre Aufmerksamkeit wieder auf das Zeitfenster und griff nach Gerzins Vision des Würfels.

248

Kurz bevor sich ihre Hände darum schlossen, stutzte sie und kniff die Augen zusammen. Dann lachte sie schäbig.

»Es funktioniert nicht«, sagte Ehawee entsetzt zu ihren Freunden. »Sie hat unsere Falle bemerkt. Was können wir nur tun?«

Keiner von ihnen wusste eine Antwort. Am liebsten wären sie fortgelaufen, um das Drama nicht weiterverfolgen zu müssen. Stattdessen waren sie erstarrt vor Sorge und beobachteten das Geschehen mit einer gewissen Faszination, aber vollkommen unfähig einzugreifen und ihren Freunden und Nirma zu helfen.

»Gerzin, das war doch deine Idee, komm raus.« Die Sumpfhexe zog ihre Hand zurück und drehte sich um, während Raspe in Richtung der Bäume ging und sich suchend umblickte. Er verstand zwar nicht, woher die anderen Nirmaner so plötzlich kamen, wollte aber unbedingt verhindern, dass ihr so wichtiges Vorhaben scheiterte.

»Mit deiner Annahme liegst du richtig«, erklang Gerzins ruhige Stimme und trat in das Sichtfeld seiner Feindin. »Der Elementenwürfel wurde nicht umsonst vor langer Zeit so gut versteckt. Verschließ das Fenster und lass ihn dort, wo er ist. Ich bin sicher, wir finden eine Lösung für ein friedliches Zusammenleben.«

Erneut erklang das gackernde Lachen der Hexe. »Du meinst, verbunden mit einem Aufenthalt für mich auf einer Ebene bei den Levitanern? Danke für dein großzügiges Angebot. Den letzten dort habe ich zwar sehr genossen«, ihre Stimme troff vor Ironie, »aber, nein danke.«

»Außerdem haben wir euch gar nicht nötig«, sagte Raspe selbstbewusst, der wieder neben seiner Herrin stand. Dank ihrer Kräfte fühlte er sich sicher und unbesiegbar.

Madu verdrehte die Augen. Dass der Kerl seinen Kommentar dazu abgeben musste, war wirklich überflüssig.

Doch dieser elende Wurm hatte noch nicht genug. »Wir werden Nirma so gestalten, wie es uns gefällt und nur diejenigen bei uns behalten, die uns gefallen.« Er näherte sich drohend Gerzin. »Vielleicht behalten wir dich oder diese kleine Arborianerin zum Spaß, damit ihr täglich sehen könnt, was aus eurem geliebten Nirma geworden ist.«

»Genug jetzt! Es ist Zeit, den echten Würfel zu holen«, sagte die Sumpfhexe.

»Tu es nicht«, flehte der Weise von Nirma. Für die Freunde war es unerträglich, diesen sonst so starken und fröhlichen alten Mann nun so verzweifelt zu sehen.

Raspe feixte und freute sich über Gerzins Hilflosigkeit. »Das letzte Mal haben du und deine Verbündeten gewonnen. Diesmal werden wir die Sieger sein. Schon dumm, wenn man nichts machen kann, weil der Würfel unzerstörbar ist.«

Bei Raspes letzten Worten fügte sich etwas in Charlies Kopf zusammen. Einzelne Puzzleteile, die schon länger vorhanden waren, aber nicht ihren richtigen Platz gefunden hatten.

Natürlich! Sie schlug sich mit der Hand vor die Stirn und begann hektisch in Ehawees Tasche zu suchen.

»Was machst du?«, fragte diese erstaunt.

»Ich habe eine Idee, die den Elementenwürfel vielleicht vernichten kann. Hast du deine Steinschleuder dabei?«

Das war keine wirkliche Frage, denn Ehawee führte ihre Schleuder immer mit sich. Zur Bestätigung hielt sie diese direkt hoch.

»Was willst du machen? Diese schreckliche Waffe ist doch unzerstörbar«, wollte Fatma wissen.

»Genauso unzerstörbar wie die Herrenhäuser der Dunklen?«

»Du meinst ...«, setzte George an, dem dämmerte, worauf Charlie hinauswollte.

Sie nickte. »Genau. Was ist, wenn das Material der Häuser das gleiche ist wie das des Würfels und nur etwas von der Erde es vernichten kann?« Triumphierend hielt sie die Ketchupflasche hoch. »Kannst du ihn damit treffen?«

»Nichts lieber als das«, sagte Ehawee und legte die Flasche in die Schlaufe, spannte an und ließ sie fliegen.

Die Hexe zog den echten Würfel, der sich hinter dem Duplikat befand, aus dem Zeitfenster. Diesmal ließ sie sich durch nichts aufhalten und hielt ihn Gerzin schadenfroh hin. »Sieh es positiv, alter Mann. So hast du die einmalige Gelegenheit, bei der Erschaffung einer neuen Welt dabei zu sein. Vielleicht stimme ich Raspes Vorschlag zu und behalte dich und ein paar von deinen Anhängern eine Weile als Gefangene.«

In dem Moment prallte etwas gegen den Würfel in ihrer Hand und zerbrach. Rote Flüssigkeit lief an ihren Fingern und dem Gegenstand herab. Auch Gerzin sah sein Gegenüber verblüfft an. »Was... ?«

Ehawee und Charlie hatten ihre Deckung verlassen. Wenn ihr Plan nicht funktionierte, hatten sie sowieso keine Chance.

Wütend sah die Hexe sie an. »Ich hätte mir denken können, dass ihr auch hier seid. Wenn es Ärger gibt, seid ihr in der Nähe. Was auch immer ihr damit bezweckt habt, es wird nicht funktionieren.«

Sie sah herab und verzog das Gesicht. »Was ist das? Was habt ihr getan?« Das Heulen der Sumpfhexe war durch-

251

dringend, als sie bemerkte, dass der Würfel in ihrer Hand schmolz. »Das kann nicht sein. Er ist unzerstörbar! Unzerstörbar!«

Sie schüttelte immer wieder fassungslos den Kopf und sah hasserfüllt zwischen der Gruppe und den schmelzenden Würfel in ihrer Hand hin und her. Langsam gingen sie und Raspe rückwärts.

»Das ist nicht das Ende! Wir werden uns wiedersehen. Versucht gar nicht erst, uns mit euren beschränkten magischen Möglichkeiten aufzuhalten. Das wird euch nicht gelingen.«

In dem Moment machte es zweimal »Bong«, die Hexe und Raspe verdrehten die Augen und fielen bewusstlos zu Boden.

»Unsere Magie vielleicht nicht, aber manchmal sind die ältesten Methoden die effektivsten«, sagte George und klatschte Sying ab. Dann hielten sie jubelnd die Äste hoch, mit denen sie die zwei niedergeschlagen hatten.

Glücklich fielen sich die Freunde in die Arme. Doch bevor sie ihren Sieg richtig feiern konnten, gab es noch etwas zu tun. Aria konnte die bewusstlose Sumpfhexe problemlos auf die Gefängnisebene bei den Levitanern teleportieren. Wegen der großen Entfernung war sie danach aber zu erschöpft, um auch Raspe dorthin zu bringen. So wurde er von Madu und Sying wie ein Weihnachtspaket verschnürt und würde unter Sadors Aufsicht in sein Gefängnis reisen.

Gerzin betrachtete stirnrunzelnd die Überreste des Würfels. »Ich hätte nicht gedacht, dass das möglich ist. Was ist das für ein Zeug?«

»Oh, das«, Ehawee, die mit leichtem Bedauern auf die zerbrochene Flasche vor ihren Füßen sah, tunkte ihren Fin-

252

ger in die rote Flüssigkeit und leckte sie genüsslich ab, »ist primär lecker.«

Epilog

Bevor ihr auf die Erde zurückkehrt, möchte ich euch etwas zeigen.«

Gerzin beschwor in seinem Wasserbecken ein Bild herauf. Erstaunt erkannten die Freunde die Sumpfhexe, die sich soeben durch den Morast auf der Gefängnisebene einen Weg bahnte und von Raspe auf Schritt und Tritt verfolgt wurde, der unaufhörlich auf sie einredete.

»Ich verstehe nicht, wie das passieren konnte. Du hast doch gesagt, der Plan wäre absolut sicher und nichts könnte uns aufhalten.«

Die jetzt wieder alte und runzelige Frau hielt sich genervt die Ohren zu. »Wirst du jetzt endlich still sein? Ich habe dir schon hundertmal erklärt, dass ich nicht weiß, woher diese vermaledeiten Kinder gekommen sind und woher sie erfahren haben, dass wir den Elementenwürfel haben wollten.«

»Aber du hast gesagt, ich bekomme ein eigenes Königreich auf Nirma, wenn ich dir helfe«, heulte Raspe weiter.

Die Hexe lächelte boshaft und zeigte auf ihre Umgebung. »Hier, bitte, dein Königreich. Ich gratuliere dir, Prinz von Sumpfland.«

Ein gackerndes Lachen folgte, während das Bild langsam vor den Freunden verschwand.

»Ich bin mir nicht sicher, ob die Strafe für die Sumpfhexe mit Raspe an ihrer Seite nicht noch höher ausfällt«, meinte George grinsend.

»Wenigstens ist sie da oben nicht allein«, ergänzte Charlie. »Die zwei werden sich schon zusammenraufen.«

»Wir werden einen Weg finden, regelmäßig Kontakt mit den Gefangenen aufzunehmen«, sagte Gerzin. »Eure Worte damals haben uns nachdenklich gemacht. Auch wenn die Hexe sehr gefährlich ist, werden wir sie nicht wieder einfach vergessen und sich selbst überlassen.«

Die Freunde waren froh, das zu hören. Sie hatten kritisiert, dass die Hexe, so gefährlich und boshaft sie auch war, keinen Kontakt zu einer anderen Person hatte und vollkommen von der Außenwelt abgeschnitten gewesen war. Somit waren das gute Nachrichten. Noch mehr hatten sie sich nur über eine Meldung aus Zanano gefreut, die Gerzin während der nächsten Tage auf Nirma erhalten hatte.

Die Zananer hatten das alte Portal aktiviert. Bei ihrer überhasteten Abreise hatten sie zwar die Zeitmaschine mitgenommen, die Würfel allerdings in der richtigen Reihenfolge zurückgelassen. Masor hatte sie später herausgenommen und sich dabei den Code gemerkt.

Dieser Umstand erwies sich jetzt als Glücksfall. So erfuhren sie, dass die Dunklen und die Hellen Gespräche auf Augenhöhe führten, um gemeinsam eine neue Gesellschaftsordnung zu erschaffen. Sie hatten Nirma um Hilfe dabei gebeten, die ihnen umgehend gewährt wurde. Gerzin und Aria hatten bereits Pläne geschmiedet, Leuchtpflanzen und ausgerottete Tierarten wieder auf Zanano anzusiedeln, vorausgesetzt der Friedensprozess ging weiter seinen Weg. Jede Welt hatte einen Botschafter als unmittelbaren Ansprechpartner ausgewählt: für Zanano Chap und Mema, für Nirma Ehawee und Fred.

Dessen Volk plante schon Reisen in die andere Welt. Offiziell, um die Tüssler kennenzulernen, inoffiziell, um sich als kleines Volk hofieren zu lassen.

Die Freunde hatten die Tage nach dem Sieg genutzt, um alte Bekannte auf Nirma wiederzusehen. So hatten sie mit großer Freude Coria und Grompf getroffen. Coria hatten sie in einem Dorf, nicht weit von Brelors Schloss entfernt, kennengelernt. Sie hatte ihnen damals geholfen, in die Burg zu gelangen. Auf den Zwerg waren sie in einem Höhlenlabyrinth gestoßen und hatten ihn trotz seiner schrulligen Art und seinem Hang zum Sammeln aller möglichen Dinge ins Herz geschlossen. Sie hatten ihn dabei unterstützt, seine von Brelors Schergen gekidnappte Frau und seinen Sohn zurückzubekommen. Und nun präsentierte er ihnen stolz seine neugeborene Tochter Grampa. Sie alle hatten ihm herzlich gratuliert.

Mit Freude hatten sie gehört, dass die Usahs dabei waren am Rand der Wüste ein obernirmanisches Dorf für ihr Volk zu bauen. Es sollte durch Tunnel mit ihrer bisherigen Stadt verbunden werden.

Die Marianer und Yetiden konnten sie leider in so kurzer Zeit nicht besuchen, doch Ehawee versprach sie ganz herzlich zu grüßen.

Dann war es an der Zeit, zur Erde zurückzukehren. Sie hatten sich wieder auf der Wiese vor Gerzins Turm versammelt. Diesmal waren nicht so viele Nirmaner da wie beim letzten Mal. Das lag daran, dass die meisten die Gefahr, in der sie geschwebt hatten, gar nicht mitbekommen hatten. Dennoch konnten die Freunde neben Grompf, seiner Familie, Coria, Sador und Aria das ein oder andere bekannte Gesicht entdecken und winkten ihnen fröhlich zu.

»Noch vor Kurzem haben wir an der gleichen Stelle gestanden und euch für die Rettung Nirmas gedankt.«

Gerzin räusperte sich. »Und heute ist dies wieder der Fall. Auch wenn wir uns immer freuen, euch wiederzusehen, hoffe ich doch sehr, dass unser nächstes Treffen aus einem anderen Grund stattfindet.«

Vereinzelte Lacher waren zu hören.

»Seid ihr bereit für eure Rückkehr? Ihr wisst, dass ihr zu dem Ort und der Zeit zur Erde zurückkehren werdet, an dem ihr sie verlassen habt?«

Die Freunde nickten und Madu raunte den anderen zu: »Oh Mann, wir werden eine Menge Ärger in Berlin bekommen, wenn wir da plötzlich im Museum auftauchen.«

Sying dachte mit Unbehagen an den Wachmann zurück, der ihn fast entdeckt hätte.

»Und erst einmal in England«, ergänzte George. Ihre mehrtägige, unentschuldigte Abwesenheit von der Schule würde sicherlich unangenehme Konsequenzen nach sich ziehen. Doch das war es wert gewesen. Für die Rettung Nirmas und die Veränderungen auf Zanano hätten sie alle auch noch mehr Probleme in Kauf genommen.

»Ich würde euch ja ein paar Tage eher zurückschicken, aber ...«

»Auf keinen Fall«, unterbrach Charlie Gerzin hastig. »Keine Strafe kann so schlimm sein, dass wir nicht damit fertig werden.«

Die anderen stimmten ihr zu.

»Ich wäre ein Narr, euch in diesem Punkt zu widersprechen.« Gerzin öffnete das Portal.

Ehawee trat mit Fred vor. »Wir werden uns wiedersehen.«

Sie drückte jeden von ihnen noch einmal herzlich. Dabei verzog sie das Gesicht, weil ihre Schulter noch schmerzte.

Aber mit ein wenig Ruhe und Arias Heilkunst würden die Schmerzen sicher bald verschwinden.

Die Nirmaner winkten ihnen zum Abschied zu, während die Mädchen und Jungen nacheinander in das Portal sprangen.

»Komm, Fred, heute machen wir frei. Aber dann haben wir als Botschafter eine Menge Arbeit zu erledigen.« Darauf freuten sich beide sehr.

Die wichtigsten Personen und Tiere:

Von der Erde:

George	- sechzehn Jahre, aus England, groß, leicht welliges, etwas zu langes braunes Haar, dunkelblaue Augen
Charlie	- fünfzehn Jahre, aus Amerika, schlank, blasse Haut, rotblondes und leicht gelocktes, widerspenstiges Haar
Fatma	- vierzehn Jahre, aus dem Mittleren Osten, leicht pausbackiges Gesicht, braune Augen
Madu	- zwölf Jahre, aus Afrika, dunkle Haut, strahlend weiße Zähne, fröhliches und breites Lachen, kurze schwarze Haare
Sying	- zwölf Jahre, aus China, schwarze Haare, drahtig, Zirkusjunge, halb blind

Von Nirma:

Ehawee	- 15 Jahre, hellgrüne Haut, viele dünne schulterlange Rasterzöpfe
Fred	- Fliegenpilz mit grünem Hut, gerne vorlaut
Gerzin	- Weiser von Nirma
Aria	- Hüterin
Sumpfhexe	- magisch begabte, böse Hexe
Raspe	- Gehilfe der Sumpfhexe, kann sich in eine Krähe verwandeln
Sador	- Levitaner (aus den Sümpfen)
Taku	- zahmer Wolf, Freund von Ehawee, im ersten Abenteuer in eine Schlucht gestürzt
Kha-tings	- Känguruähnliche Tiere, die als Reittiere verwendet werden

259

Von Zanano:

Das Dorf Zan:

Masor	- Anführer der Hellen
Nudara	- Chefin der geheimen Bibliothek
Samal	- stummer Maler
Sana	- Mutter von Dix und Sim, arbeitet in den Herrenhäusern der Dunklen
Dix	- neunjähriger Junge, spielt gerne Gerim
Sim	- Zwillingsbruder von Dix
Molana	- alte Bewohnerin des Refugiums
Lifar	- Läufer, Kenner der Verbotenen Zone
Mork	- Anführer der Erntehelfer
Flaps:	- Urungo, Fell kann die Farbe wechseln, klaut gerne
Orakel	- seit tausenden Jahren in einem Eissplitter gefangene Helle

Verbotene Zone:

Torke	- Anführer der Verlorenen, entstelltes Gesicht
Mema	- hell- und dunkelgrün gemusterte Verlorene
KirMön	- Symbiont, der aus dem kräftigen Kiri und dem klugen Mönier besteht
Tüssler	- ähneln Tausendfüßlern, ist aber sehr groß und hat Greifzangen, lebt in einer Symbiose mit dem kleinen Volk

Slagharia:

Kelpie	- hat telepathische Fähigkeiten, ähnelt einem riesengroßen Seepferdchen
Gurus	- Vögel mit einer auffälligen Feder

260

Residenz:

Hara	- 1. Hohepriesterin der Dunklen
Rhem	- 2. Hohepriester der Dunklen
Chap	- Wächteranwärter
Nocal	- Wächteranwärter, Neffe von Rhem
Baga	- Wächteranwärterin
Jöra	- Heileranwärterin
Sacros	- Priesteranwärter
Pelu	- Priesteranwärter
Zinus	- heller Hausmeister der Residenz mit Geheimnissen
Wane	- waranähnliche Reittiere der dunklen Wächter

Zu guter Letzt...

Damit hat auch mein zweites Abenteuer ein glückliches Ende gefunden. Wieder haben mich die Freunde und ihre Erlebnisse eine lange Zeit begleitet. Das Schreiben dieser Geschichte war auch für mich sehr spannend. Oft habe ich eine Idee und weiß, wie ich eine bestimmte Situation lösen möchte, manchmal weiß ich es aber noch nicht. Doch irgendwann im Verlauf des Schreibens kommt dann – genau wie bei den Freunden – ein Geistesblitz, der mich weiterschreiben lässt. Selten fällt mir nichts ein, wenn doch, stelle ich die Idee zurück. Vielleicht für ein drittes Abenteuer?
Auch beim zweiten Teil hat mich, wie schon zuvor, meine Familie sehr unterstützt, der ich ganz herzlich danke. Besonders meinen Mann möchte ich hervorheben, der mich immer wieder motiviert und Aktionen organisiert, um die Werbetrommel für meine Bücher zu rühren.
Ganz lieben Dank auch für die wertvollen Ratschläge meiner Testleser, meiner Freundin Anja Sippel und Scarlett von buchblogger4you.
Das vierte Cover finde ich genauso gut gelungen wie die vorherigen, auch hier ein dickes Dankeschön an Juliane Schneeweiss sowie an Janine Kolbach für das Lektorat.

Zuletzt noch der Aufruf an euch, meine Leserinnen und Leser: Wenn euch meine Bücher gefallen, empfehlt sie bitte weiter und schreibt doch eine natürlich grandiose ;-) Bewertung auf den gängigen Seiten. Über ein Feedback an mich persönlich freue mich auch immer sehr.

Eure Alena